MAZE RUNNER
VIRUS LETAL

Título original: *The Kill Order*
Traducción: Silvina Poch
Dirección de proyecto editorial: Cristina Alemany
Edición: Roxanna Erdman – María Inés Linares
Dirección de proyecto gráfico: Trini Vergara
Dirección de arte: Paula Fernández
Diseño: Cristina Carmona
Ilustración de cubierta: Marcelo Orsi Blanco (Depeapá Contenidos)

© 2012 James Dashner
© 2013 V&R Editoras
www.vreditoras.com

Argentina: San Martín 969 10º (C1004AAS) Buenos Aires
Tel./Fax: (54-11) 5352-9444 y rotativas
e-mail: editorial@vreditoras.com

México: Av. Tamaulipas 145, Colonia Hipódromo Condesa
CP 06170 - Del. Cuauhtémoc, México D. F.
Tel./Fax: (5255) 5220-6620/6621 • Tel.: (5255) 5211-5415/5714 • 01800-543-4995
e-mail: editoras@vergarariba.com.mx

ISBN: 978-987-612-565-9

Impreso en Argentina por Triñanes • Printed in Argentina

Febrero de 2015

Dashner, James
    Virus letal. - 1a ed. 2a reimp. - Ciudad Autónoma de
Buenos Aires : V&R, 2015.
    364 p. ; 20x14 cm.

    Traducido por: Silvina Poch
    ISBN 978-987-612-565-9

    1. Narrativa Juvenil Estadounidense. I. Poch, Silvina ,
trad. II. Título
    CDD 813.928 3

MAZE RUNNER
VIRUS LETAL

JAMES DASHNER

V&R
EDITORAS

PRÓLOGO

Teresa observó a su mejor amigo y se preguntó cómo sería olvidarse de él. Parecía imposible, aunque ella ya había visto cómo implantaban el Neutralizador en decenas de chicos antes que Thomas. Pelo castaño claro, ojos penetrantes y una mirada que parecía ser siempre contemplativa; ¿cómo podría ese chico ser alguna vez un desconocido para ella? ¿Cómo podrían estar en la misma habitación sin bromear sobre un olor o acerca de algún tonto despistado que anduviera por ahí? ¿Cómo podría estar frente a él y no aprovechar la oportunidad de comunicarse telepáticamente? Imposible.

Sin embargo, faltaba apenas un día para que eso ocurriera.

Para ella. En cuanto a Thomas, era solo cuestión de minutos. Yacía sobre la mesa quirúrgica con los ojos cerrados mientras su pecho subía y bajaba al compás de una respiración suave y constante. Con el uniforme obligatorio del Área –pantalones cortos y camiseta–, parecía una fotografía del pasado: un chico común durmiendo la siesta después de un largo día de escuela, antes de que las llamaradas solares y la enfermedad transformaran al mundo en algo totalmente fuera de lo habitual. Antes de que la muerte y la destrucción obligaran a secuestrar chicos, junto con sus recuerdos, y enviarlos a un lugar tan aterrador como el Laberinto. Antes de que los cerebros humanos se transformaran en zonas letales y fuera necesario observarlos y estudiarlos. Todo en nombre de la ciencia y la medicina.

El médico y la enfermera que habían preparado a Thomas le colocaron la máscara sobre el rostro. Entre pitidos y silbidos, deslizaron cables, elementos metálicos y tubos de plástico a través de su piel y por los canales auditivos, mientras las manos del chico se retorcían instintivamente a los costados de su cuerpo. A pesar de las drogas, era probable que sintiera algún tipo de dolor, pero nunca lo recordaría. La máquina comenzó la tarea de extraer imágenes de su memoria y así borrar su vida, eliminando los recuerdos de su madre, de su padre y de *ella*.

Una pequeña parte de sí misma sabía que eso debería hacerla enojar, gritar y negarse a colaborar un minuto más. Pero el resto era tan sólido como las rocas de las colinas que los rodeaban. Sí, ella tenía arraigada casi toda la certeza, de manera tan profunda, que sabía que seguiría pensando igual al día siguiente, cuando tuviera que pasar por lo mismo. Thomas y ella estaban poniendo a prueba su convicción al someterse a lo que se les había exigido a los demás. Y si tenían que morir, así sería. CRUEL encontraría la cura, se salvarían millones de personas y la vida en la Tierra volvería a la normalidad. Estaba tan segura de eso como de que los seres humanos envejecían y que, en otoño, los árboles se quedaban sin hojas.

Thomas respiró con dificultad, luego emitió un gemido leve y se movió. Por un segundo aterrador, Teresa pensó que podría despertarse en medio de una terrible agonía: estaban maniobrando dentro de su cerebro. Sin embargo, se apaciguó y volvió a respirar suave y tranquilamente. Los ruiditos metálicos y los pitidos continuaron mientras los recuerdos de su mejor amigo se desvanecían como las repeticiones de un eco.

Todavía resonaba en su cabeza la frase *Nos vemos mañana* que habían pronunciado al despedirse. Por alguna misteriosa razón, esas palabras le habían causado un fuerte impacto y, en ese instante, hacían que todo fuera aún más triste y extraño. Era cierto que se verían al día siguiente, pero Teresa se encontraría en estado de coma y él no tendría la menor idea de quién era ella, excepto, quizá, por un cosquilleo en su mente que le diría que le resultaba vagamente familiar. *Mañana.* Después de todo lo que habían vivido (el miedo, el entrenamiento, los planes), el momento crítico había llegado. Les harían a ellos lo mismo que a Alby, a Newt, a Minho y a todos los demás. Ya no había vuelta atrás.

Pero la calma era como una droga en su interior. Se sentía en paz y esa sensación tranquilizadora mantenía bajo control el terror que le provocaban los Penitentes o los Cranks. CRUEL no había tenido alternativa. Thomas y ella tampoco. ¿Cómo podía acobardarse ante la idea de sacrificar a unos pocos para salvar a muchos? ¿Acaso alguien podría? No había tiempo para sentir lástima o tristeza o para desear que las cosas fueran de otra manera. La realidad era así, lo hecho hecho estaba, y sucedería… lo que tuviera que suceder.

Ya no había vuelta atrás. Thomas y Teresa habían ayudado a construir el Laberinto y, al mismo tiempo y con gran esfuerzo, ella había edificado una pared para contener sus emociones.

Sus pensamientos se evaporaron y quedaron suspendidos en el aire mientras esperaba a que concluyera el procedimiento. Cuando eso finalmente ocurrió, el médico oprimió varios botones en su pantalla y el concierto de sonidos se aceleró. Una vez que los tubos y cables se alejaron serpenteando de sus posiciones invasoras y retornaron a la máscara, el cuerpo de Thomas se retorció levemente. Luego se calmó otra vez, la máscara se apagó y cesaron todos los sonidos y movimientos. La enfermera se adelantó y retiró la máscara de su rostro: la piel había quedado roja y llena de líneas; los ojos continuaban cerrados.

Por un segundo, la pared que contenía su tristeza comenzó a resquebrajarse: si Thomas despertaba en ese momento, no la recordaría. Experimentó el terror, casi pánico, de saber que pronto se encontrarían en el Área y serían dos desconocidos. Era un pensamiento demoledor que le recordó vívidamente la razón por la cual había construido esa pared. Como un albañil golpeando el ladrillo en la argamasa endurecida, Teresa selló la grieta con fuerza y solidez.

No había vuelta atrás.

Dos hombres del equipo de seguridad se acercaron para trasladar a Thomas. Lo alzaron como si estuviera relleno de paja. Uno lo tomó de los brazos, el otro de los pies y lo colocaron en una camilla. Sin siquiera echar una mirada hacia Teresa, se dirigieron a la puerta del quirófano. Todos sabían adónde lo llevaban. El médico y la enfermera comenzaron a ordenar el lugar: su trabajo estaba hecho. Aunque no la estaban mirando, les hizo un gesto con la cabeza y después salió al corredor detrás de los dos hombres.

Mientras realizaban el largo trayecto por los elevadores y pasillos del cuartel general de CRUEL, a Teresa le resultaba difícil mirar a su amigo. La pared se había debilitado otra vez. Thomas estaba muy pálido y su rostro estaba cubierto de gotas de sudor, como si tuviera algún nivel de conciencia y luchara contra las drogas sabiendo que le esperaban cosas terribles. Verlo así le rompió el corazón y sintió miedo al recordar que ella era la siguiente. Esa estúpida pared. Además, ¿qué importancia tenía? De todos modos, desaparecería junto con todos sus recuerdos.

Llegaron al nivel del sótano, que se encontraba debajo de la estructura del Laberinto, y recorrieron el depósito con sus filas de estantes llenos de suministros para los Habitantes del Área. Ante el frío y la oscuridad reinantes, notó que se le erizaba la piel de los brazos. Se estremeció y se los frotó con fuerza.

Cuando la camilla chocaba contra las grietas del suelo de concreto, el cuerpo de Thomas saltaba y se zarandeaba. La expresión de terror permanecía allí, intentando atravesar la calma exterior de su rostro dormido.

Arribaron al hueco del elevador, donde descansaba el gran cubículo de metal: la Caja.

A pesar de que se hallaba apenas un par de pisos debajo del Área propiamente dicha, habían manipulado las mentes de los Habitantes para que creyeran que el viaje hacia arriba era increíblemente largo y tortuoso. Todo estaba planeado para provocar una variada gama de emociones y patrones cerebrales que iban desde la confusión y la desorientación hasta el terror más visceral. Era un comienzo perfecto para quienes iban a analizar la zona letal de Thomas. Sabía que ella haría el mismo viaje al día siguiente, aferrando una nota entre las manos. Pero al menos Teresa estaría en estado de coma y se ahorraría esos treinta minutos en medio de la movediza oscuridad. Thomas se despertaría dentro del montacargas en la más completa soledad.

Los dos hombres lo empujaron hasta la Caja. Uno de ellos arrastró una enorme escalera plegable hasta el costado del cubículo y, al hacerlo, produjo un horrendo chirrido metálico contra el cemento. Siguieron unos segundos de torpeza mientras trepaban juntos aquellos escalones intentando sostener nuevamente a Thomas. Teresa podría haber ayudado, pero se negó; era lo suficientemente testaruda como para quedarse de pie observando, al tiempo que apuntalaba a duras penas las grietas de su pared interior.

Con algunos resoplidos y unas pocas maldiciones, los empleados lo transportaron hasta el borde superior. El cuerpo estaba emplazado de tal manera que sus ojos cerrados enfrentaron a Teresa por última vez. Aunque sabía que no podía escucharla, le habló dentro de su mente.

Thomas, estamos haciendo lo correcto. Nos vemos del otro lado.

Los hombres se inclinaron hacia adelante, bajaron a Thomas por los brazos hasta donde alcanzaron y luego lo soltaron. Teresa alcanzó a oír el ruido seco de su cuerpo al golpear contra el piso de metal frío. Su mejor amigo.

Dio media vuelta y se alejó. Desde atrás le llegó el sonido inconfundible del metal deslizándose contra el metal. A continuación, las puertas de la Caja se cerraron con gran estruendo, sellando el destino incierto de Thomas.

1

Mark tembló de frío, algo que no le sucedía desde hacía mucho tiempo.

Acababa de despertarse; los primeros indicios del amanecer se filtraban por las grietas de los troncos apilados que formaban las paredes de su pequeña cabaña. Casi nunca se cubría con la manta, aunque estaba orgulloso de ella, ya que la había hecho con la piel de un alce gigantesco que había matado dos meses antes. Pero cuando la usaba, no lo hacía para calentarse, sino más bien porque era confortable. Al fin y al cabo, vivían en un mundo devastado por el fuego. Quizás esa fuera una señal de cambio: realmente sentía algo de fresco en el aire matutino que se colaba a través de las mismas grietas que la luz. Estiró la manta peluda hasta la barbilla y, con un ruidoso bostezo, se volteó para quedar de espaldas.

Al otro lado de la cabaña, a poco más de un metro de distancia, Alec seguía durmiendo en su catre en medio de fuertes ronquidos. Era un hombre hosco y mayor, un ex soldado endurecido por la vida, que rara vez sonreía. Y cuando lo hacía, el hecho solía estar relacionado con dolores de estómago producidos por gases estridentes. Pero Alec tenía un corazón de oro. Después de pasarse más de un año luchando para sobrevivir junto con Lana, Trina y el resto del grupo, Mark ya no se sentía intimidado por el viejo oso. Para probarlo, se inclinó, tomó un zapato del suelo y se lo arrojó. Le dio en el hombro. Alec emitió un rugido y se incorporó: los años de entrenamiento militar conseguían despertarlo en un instante.

—¡Qué rayos…! —gritó y la maldición fue interrumpida por el otro zapato de Mark, que esta vez se estrelló contra su pecho—. Maldita rata inmunda

–exclamó impasible. Después del segundo ataque, se había quedado quieto mirando a Mark con los ojos entrecerrados. Pero se percibía una chispa de humor detrás de ellos–. Más vale que tengas una buena razón para poner en riesgo tu vida despertándome de esta manera.

–Hummm –respondió Mark frotándose la barbilla como si estuviera pensando intensamente hasta que chasqueó los dedos–. Ah, ya lo tengo. Básicamente era para interrumpir los horrendos sonidos que brotaban de ti. En serio, viejo, tienes que dormir de costado o algo por el estilo. Roncar de esa forma no puede ser saludable: uno de estos días te vas a ahogar.

Alec gruñó y resopló varias veces mientras se deslizaba fuera del catre y se vestía mascullando palabras indescifrables; algo así como "ojalá nunca…", "estaría mejor" y "un año infernal". Aunque eso fue lo único que Mark logró entender, el mensaje había quedado claro.

–Vamos, sargento –bromeó el muchacho sabiendo que estaba a tres segundos de pasarse de la raya. Hacía mucho tiempo que Alec se había retirado del ejército y realmente detestaba que Mark lo llamara así. Cuando se produjeron las llamaradas solares, era un trabajador contratado por el Ministerio de Defensa–. Nunca habrías llegado a esta hermosa morada si nosotros no te hubiéramos mantenido todos los días alejado del peligro. ¿Qué tal si nos damos un abrazo y volvemos a ser amigos?

Alec se metió la camisa por la cabeza y luego bajó la vista hacia Mark. Sus cejas grises y tupidas se juntaron en el centro como insectos peludos tratando de aparearse.

–Me caes bien, hijo. Sería una lástima tener que guardarte dos metros bajo tierra –comentó, y después aporreó a Mark en el costado de la cabeza; era lo más cercano a un gesto de cariño que el soldado llegaba a mostrar.

Un soldado. Aunque hubiera pasado mucho tiempo, a Mark le gustaba pensar en él como tal: lo hacía sentir mejor, más seguro. Mientras Alec abandonaba la cabaña a grandes zancadas para enfrentar el nuevo día, Mark esbozó una sonrisa. Era una verdadera sonrisa: algo que, finalmente, se iba volviendo más común después del año de terror y muerte que los había conducido hasta ahí arriba, a los montes Apalaches, al oeste de Virginia del Norte. Decidió que, sin importar lo que sucediera, dejaría a un lado todo lo malo del pasado y disfrutaría de ese día. Sin excusas.

Eso significaba que tendría que encontrar a Trina en los próximos diez minutos. Se vistió deprisa y salió a buscarla.

La divisó arriba, junto al arroyo: uno de los lugares tranquilos adonde iba a leer los libros que habían logrado rescatar de una vieja biblioteca con la cual se habían topado en alguno de los viajes. A esa chica le gustaba leer más que a nadie y estaba recuperando los meses perdidos, cuando literalmente debieron correr para salvar sus vidas y los libros eran escasos. Por lo que Mark podía suponer, los digitales habían desaparecido mucho tiempo atrás, cuando las computadoras y los servidores se chamuscaron. Trina leía los antiguos libros de papel.

Como era usual, la caminata hasta el arroyo lo había devuelto a la realidad y cada paso había debilitado su resolución de pasar un buen día. Bastaba con observar la lastimosa red de cabañas, madrigueras subterráneas y casas en los árboles que conformaban la próspera metrópoli en que vivían: nada más que troncos y cuerdas y barro seco, todo inclinado hacia la derecha o hacia la izquierda. No podía deambular por los callejones y pasos atestados del asentamiento sin que le vinieran a la mente aquellos días maravillosos en la gran ciudad, cuando la vida era rica, prometedora y tenía todo al alcance de la mano. Y ni siquiera se había dado cuenta.

Pasó delante de cientos de personas escuálidas y sucias que parecían estar al borde de la muerte. No sintió compasión por ellas ya que, aunque detestara la idea, sabía que él lucía exactamente igual. Tenían comida suficiente, robada de las ruinas, cazada en los bosques o traída desde Asheville, pero el problema era el racionamiento: parecía que a todos les faltara una comida diaria. Y era imposible vivir en el bosque sin ensuciarse de vez en cuando, por más frecuentes que fueran los baños en el arroyo.

El cielo estaba azul con una pizca de naranja oscuro que acechaba la atmósfera desde que las llamaradas solares azotaron la Tierra sin previo aviso. Ya había pasado más de un año y todavía seguía ahí arriba, como una cortina de bruma que no les permitía olvidar lo ocurrido. ¿Quién podía saber si alguna vez las cosas volverían a la normalidad? La frescura que Mark había sentido al despertarse parecía ahora un mal chiste. A medida que el sol brutal bordeaba la escasa línea de árboles de las montañas, la temperatura en ascenso ya había bañado de sudor su cuerpo.

Pero no todo era negativo. Al dejar atrás las madrigueras de los campamentos y adentrarse en el bosque, percibió muchas señales auspiciosas: árboles nuevos, otros viejos que se estaban recobrando, ardillas correteando entre las agujas ennegrecidas de los pinos, brotes verdes y capullos alrededor. Hasta divisó en la distancia algo que parecía ser una flor anaranjada. Estaba tentado de cortarla y llevársela a Trina, pero sabía que ella lo reprendería con mucha severidad si se atrevía a impedir el progreso de la naturaleza. Tal vez sería un buen día después de todo. Habían sobrevivido a la peor catástrofe natural de la historia de la humanidad: quizá todo había quedado atrás.

Cuando alcanzó el sitio preferido de Trina, respiraba agitadamente por el esfuerzo de trepar la pared de la montaña. Durante la mañana, las posibilidades de encontrarse con alguien ahí eran muy remotas. Se detuvo y la observó desde atrás de un árbol, sabiendo que ella lo había oído llegar, pero contento de que no lo demostrara.

¡Qué hermosa era! Apoyada contra una enorme roca de granito, que parecía haber sido colocada ahí por un gigante decorador, sostenía en su falda un libro grueso. Dio vuelta una hoja sin despegar sus ojos verdes de las palabras. Llevaba una camiseta negra, jeans gastados y calzado deportivo que parecía tener cien años. Con el pelo corto y rubio ondeando en el viento, era la mejor definición de paz y comodidad. Como si perteneciera al mundo que había existido antes de que el fuego arrasara con todo.

Debido a la situación en que se encontraban, Mark siempre había pensado que ella era suya. Casi toda la gente que Trina había conocido estaba muerta y él formaba parte de los restos de la catástrofe de los que ella podía adueñarse: era eso o estar sola para siempre. Pero Mark desempeñaba su papel con gran alegría; hasta se consideraba afortunado. No podía imaginar cómo sería su vida sin ella.

—Este libro estaría mucho mejor si no hubiera un tipo raro acechándome mientras trato de leerlo —exclamó Trina sin la más leve sonrisa. Luego dio vuelta otra hoja y continuó la lectura.

—Soy yo —repuso él. Casi todo lo que decía cuando estaba cerca de ella sonaba tonto. Salió de atrás del árbol.

Trina se echó a reír y finalmente levantó la vista hacia él.

—¡Ya era hora de que vinieras! Estaba por ponerme a hablar sola. Estoy acá leyendo desde antes del amanecer.

Caminó hacia ella y se tumbó en el suelo a su lado. Se dieron un abrazo fuerte y cálido, tan prometedor como lo que había sentido desde que se despertó.

Se apartó y la miró, sin preocuparse por la sonrisa tonta que seguramente tenía dibujada en el rostro.

—¿Sabes algo?

—¿Qué?

—Hoy será un día perfecto.

Trina sonrió y el agua del arroyo continuó fluyendo deprisa, como si sus palabras no significaran nada.

2

—No he tenido un día perfecto desde que cumplí dieciséis años —comentó Trina mientras doblaba el borde de la hoja y cerraba el libro—. Tres días después, tú y yo huíamos por un túnel más calcinante que el sol.

—Qué buenos momentos —reflexionó Mark poniéndose más cómodo. Se reclinó contra la misma roca y cruzó las piernas—. Qué buenos momentos.

Trina le echó una mirada de reojo.

—¿Mi cumpleaños o las llamaradas solares?

—Ninguno. En tu fiesta, te gustaba ese idiota de John Stidham, ¿te acuerdas?

—Humm, sí —respondió ella con expresión culpable—. Siento como si hubieran pasado tres mil años.

—Tuvo que desaparecer la mitad del planeta para que finalmente repararas en mí —comentó Mark con una sonrisa ausente. La verdad era bastante deprimente, incluso bromear acerca de ella, y además se estaba formando una nube negra arriba de su cabeza—. Cambiemos de tema.

—Estoy de acuerdo —repuso. Cerró los ojos y apoyó la nuca en la piedra—. No quiero pensar en eso ni un segundo más.

A pesar de que ella no podía verlo, Mark asintió. De pronto había perdido las ganas de hablar y su plan de pasar un día perfecto se alejó flotando en el agua del arroyo. Los recuerdos no lo dejaban en paz ni siquiera durante media hora. Siempre tenían que volver a invadirlo trayendo todo el terror a cuestas.

—¿Estás bien? —preguntó Trina. Extendió su mano y tomó la de Mark, pero él se desprendió porque sabía que estaba sudada.

—Sí, estoy bien. Solo desearía que pudiéramos pasar un día sin que algo nos llevara al pasado. Si lográramos olvidar, yo podría vivir felizmente en este lugar. Las cosas están mejorando. ¡Solo tenemos que… olvidar el pasado! –pronunció la última parte casi gritando, pero no tenía idea hacia dónde iba dirigida su ira. Simplemente odiaba lo que tenía en su cabeza: las imágenes, los sonidos, los olores.

–¡Lo haremos, Mark! ¡Ya verás! –replicó ella. Estiró la mano y, esta vez, él la tomó.

–Es mejor que regresemos –agregó. Siempre hacía eso: cada vez que lo atacaban los recuerdos, buscaba cosas que hacer. Ocuparse de tareas, trabajar y no usar la mente. Era lo único que lo ayudaba–. Estoy seguro de que Alec y Lana tienen al menos cuarenta trabajos para nosotros.

–Que tienen que hacerse hoy mismo –sentenció Trina–. ¡Hoy, o será el fin del mundo!

Ella sonrió y los problemas parecieron un poquito menos terribles.

–Puedes seguir leyendo tu libro aburrido más tarde –acotó Mark poniéndose de pie y ayudándola a levantarse. Tomaron el sendero de la montaña en dirección al pueblo improvisado al que llamaban hogar.

Lo primero que percibió Mark fue el olor. Cuando se dirigía a la Cabaña Central, siempre le pasaba lo mismo: maleza podrida, carne asándose y savia de pino. Todo mezclado con ese tufillo a quemado tan característico después de que las llamaradas solares barrieran el planeta. No era desagradable, en realidad; solo inquietante.

Se abrieron camino a través de las construcciones del asentamiento: edificios torcidos y aparentemente levantados con rapidez. La mayoría de los que se encontraban de ese lado del campamento se había edificado en los primeros meses, antes de que encontraran arquitectos y constructores que se encargaran de la tarea: cabañas hechas con troncos de árboles, lodo y agujas de pino; orificios a modo de ventanas y entradas con formas extrañas. En algunos lugares no había más que agujeros en la tierra tapizados con láminas de plástico y cubiertos por unos pocos troncos atados entre sí para resguardarse de la lluvia. Nada que ver con los gigantescos rascacielos y el paisaje de hormigón donde Mark había crecido.

Alec los saludó con un gruñido al verlos cruzar la puerta inclinada de la estructura de troncos de la Cabaña Central. Antes de que pudieran responder, Lana se acercó a ellos con paso decidido. Era una mujer corpulenta de cabello negro siempre recogido, que había sido enfermera del ejército, y su edad estaba entre la de Alec y la de Mark. Cuando el muchacho los conoció en los túneles de la ciudad de Nueva York, ella se encontraba con Alec. En ese entonces, ambos trabajaban para el Ministerio de Defensa y el soldado era su jefe. Aquel día, antes de que todo cambiara, iban juntos a una reunión.

—¿Y dónde se habían metido ustedes dos? —preguntó Lana, deteniéndose a pocos centímetros de Mark—. Se suponía que hoy íbamos a partir al amanecer hacia el valle del sur y explorar la zona en busca de otro sitio para establecer una sucursal. Unas semanas más con esta sobrepoblación y me voy a poner muy antipática.

—Buen día —exclamó Mark a modo de respuesta—. Hoy se te ve muy animada.

Lana sonrió ante el comentario: Mark sabía que lo haría.

—A veces tiendo a ir directo al grano, ¿no es cierto? Pero todavía me falta bastante para ponerme tan gruñona como Alec.

—¿El sargento? Sí, tienes razón.

En ese preciso instante el viejo oso emitió un resoplido.

—Lamento llegar tarde —dijo Trina—. Inventaría una buena excusa, pero no hay mejor política que la sinceridad. Mark me obligó a subir hasta el arroyo y luego nosotros… ya se imaginan.

Últimamente no era fácil sorprender a Mark y menos aún hacerlo enrojecer, pero Trina tenía la habilidad de lograr ambas cosas. El chico masculló algo por lo bajo y Lana puso los ojos en blanco.

—Ahórrame los detalles, por favor. Vayan a desayunar si todavía no lo han hecho y luego preparen todo para partir. Quiero estar de regreso en una semana.

Una semana por tierras inexploradas, viendo cosas nuevas, cambiando de aire… esa perspectiva sonó genial y levantó el ánimo de Mark de esa zona oscura donde había caído un rato antes. Juró mantener sus pensamientos en el presente y tratar de disfrutar el viaje.

—¿Han visto a Darnell y al Sapo? —preguntó Trina—. ¿Y dónde está Misty?

—¿Los Tres Chiflados? —agregó Alec con una carcajada. El hombre tenía un extrañísimo sentido del humor—. Al menos ellos no olvidaron el plan. Ya comieron y fueron a preparar las mochilas. Deberían estar aquí en un santiamén.

Mark y Trina ya iban a la mitad de los panes y de la salchicha de ciervo, cuando escucharon las voces familiares de los otros tres amigos que habían encontrado en los túneles de Nueva York.

—¡Quítate eso de la cabeza! —exclamó una voz quejosa justo antes de que apareciera en la puerta un adolescente con un calzón a modo de sombrero sobre el pelo castaño: Darnell. Mark estaba convencido de que ese chico nunca se había tomado nada en serio en toda su vida. A pesar de que solo un año atrás el sol había intentado quemarlo vivo, siempre estaba dispuesto a hacer alguna broma.

—¡Pero es que me gusta! —estaba diciendo al entrar en la Cabaña—. Me mantiene el pelo en su lugar y me protege de las inclemencias del tiempo. ¡Dos por el precio de uno!

Detrás de él entró una chica alta y delgada de larga cabellera roja, apenas más joven que Mark, que observaba a Darnell con una expresión entre disgustada y divertida. Aunque la llamaban Misty, ella nunca les había dicho si ese era su verdadero nombre. El Sapo, bajo y rechoncho como sugería su apodo, entró saltando; pasó delante de ella e intentó arrancar los calzoncillos de la cabeza de Darnell.

—¡Dámelos! —gritó, al tiempo que brincaba a su alrededor tratando de manotearlos. Era el muchacho de diecinueve años más bajito que Mark había visto en su vida, pero fuerte como un roble y puro músculo. Por alguna razón, su baja estatura hacía que los otros lo molestaran cons-tantemente, pese a que todos sabían bien que, si realmente quería, podía darles una buena paliza. Pero al Sapo le gustaba ser el centro de atención, y a Darnell ser tonto y fastidioso.

—¿Por qué quieres llevar algo tan desagradable en la cabeza? —preguntó Misty—. Pensaste dónde estuvieron, ¿no? ¡Cubriendo las partes íntimas del Sapo!

—Excelente comentario —respondió Darnell con una fingida expresión de desagrado, justo cuando el Sapo lograba arrebatarle la ropa interior de la cabeza—. Muy mala elección la mía —añadió encogiéndose de hombros—. En ese momento me pareció gracioso.

—Parece que yo soy el último en reír —comentó su amigo mientras metía la prenda recuperada en la mochila—. Hace por lo menos dos semanas que no lo lavo.

Se echó a reír con ese ruido que a Mark le hacía pensar en un perro luchando por un pedazo de carne. Cuando el Sapo soltaba esa risa, los que estaban en la habitación no podían evitar unirse a él y el hielo se rompía. No podía distinguir qué era lo que le causaba tanta gracia: el episodio del calzoncillo o los ruidos que brotaban del Sapo. De cualquier manera, esos momentos eran cada vez más escasos y era agradable reírse y ver cómo se iluminaba el rostro de Trina.

Al notar que Alec y Lana también reían entre dientes, pensó que, después de todo, ese podría ser un día perfecto.

Pero de pronto sus risas se vieron interrumpidas por un ruido extraño, algo que Mark no había escuchado desde hacía al menos un año y no esperaba volver a escuchar nunca más: el sonido de motores en el cielo.

3

Un rugido atronador sacudió la Cabaña de arriba abajo. Las ráfagas de polvo se filtraron entre los troncos apilados al descuido. Un bramido insoportable barrió el aire por encima de sus cabezas. Mark se tapó los oídos hasta que el ruido se apagó lo suficiente como para que la Cabaña dejara de temblar. Antes de que nadie lograra siquiera procesar el giro de los acontecimientos, Alec ya se encontraba de pie en dirección a la puerta. Al instante, Lana y los demás se hallaban detrás de él.

Nadie habló hasta que estuvieron todos afuera, bajo el aplastante resplandor del sol matutino.

Mark entornó los ojos y levantó la mano para cubrirse del fulgor mientras buscaba el origen de los ruidos.

—Es un Berg —anunció el Sapo innecesariamente—. ¡¿Qué diablos…?!

Era la primera vez que Mark veía una de esas gigantescas naves desde las llamaradas solares, y la visión era sorprendente. No se le ocurrió ningún motivo por el cual un Berg (que hubiera sobrevivido al desastre) tuviera que acercarse volando por las montañas. Pero ahí estaba: enorme, brillante y redondo; los estridentes propulsores arrojaban vivas llamas azules mientras descendía en el centro del asentamiento.

—¿Qué está haciendo acá? —preguntó Trina al tiempo que el pequeño grupo corría a través de los callejones abarrotados del pueblo en pos del Berg—. Ellos siempre dejan las provisiones en los asentamientos mayores, como Asheville.

—Quizá —empezó Misty—… quizá vienen a rescatarnos o nos van a trasladar.

—Imposible —se burló Darnell—. Lo hubieran hecho hace mucho tiempo.

Mientras corría detrás del grupo, Mark no dijo nada pues seguía impresionado ante la súbita aparición del enorme Berg. Los demás comenzaron a hablar de *ellos*, aunque nadie sabía quiénes eran esas personas misteriosas. Habían llegado rumores y señales de que se estaba organizando una especie de gobierno central, pero no eran más que noticias poco confiables. Y obviamente, no había existido aún ningún tipo de contacto oficial. Era cierto que los suministros y provisiones se enviaban a los campamentos de los alrededores de Asheville y ellos los compartían con los más alejados.

El Berg se detuvo encima de ellos y los propulsores azules apuntaron hacia abajo mientras quedaba suspendido a unos quince metros de la Plaza Mayor: un área de forma más o menos cuadrada, que habían dejado libre al construir el asentamiento. El grupo apuró el paso y, al llegar a la Plaza, ya había una multitud congregada observando con estupor la máquina voladora como si se tratara de una bestia mitológica. El rugido y el despliegue deslumbrante de luz azulada contribuían a darle esa apariencia. Además, era la primera muestra de tecnología de avanzada que contemplaban en mucho tiempo.

La mayor parte de la muchedumbre estaba reunida en el centro de la Plaza, con la expectativa y el entusiasmo pintados en sus rostros. Parecía que todos habían llegado a la misma conclusión que Misty: que el Berg estaba en una misión de rescate o que los trasladarían a un lugar mejor. Sin embargo, Mark estaba preocupado. Después de lo que habían sufrido durante ese año, ya había aprendido a no alentar esperanzas.

Trina lo sujetó de la manga y se inclinó para hablarle al oído.

—¿Qué está haciendo? No hay espacio suficiente para que aterrice.

—No sé. No tiene ningún distintivo ni nada que diga a quién pertenece o de dónde viene.

Alec se encontraba cerca y escuchó la conversación por encima del zumbido atronador de los propulsores. Probablemente, con su súper oído de soldado.

–Dicen que los que llevan los suministros a Asheville tienen las siglas CPC pintadas en grandes letras en el costado: Coalición Post Catástrofe –explicó casi gritando–. Es raro que este no tenga nada escrito.

Mark le echó una mirada de extrañeza; no sabía qué podía significar la información de Alec. Se dio cuenta de que estaba aturdido. Volvió a levantar la vista y se preguntó quiénes estarían dentro de la nave y qué intención tendrían. Trina le apretó la mano y él le devolvió el gesto. Los dos transpiraban.

–Tal vez Dios está ahí adentro –arriesgó el Sapo con voz aguda. Siempre le ocurría eso cuando gritaba–. Viene a pedirnos perdón por el asunto de las llamaradas solares.

Por el rabillo del ojo, Mark vio que Darnell tomaba aire y abría la boca, probablemente para contestarle algo cómico e ingenioso al Sapo. Pero la acción fue interrumpida por un violento estrépito que vino desde arriba, seguido de crujidos y chirridos del sistema hidráulico. Fascinado, observó la panza de la nave, donde comenzaba a abrirse una escotilla grande y alargada, que luego giró sobre las bisagras y descendió como una rampa. El interior estaba oscuro y, al ensancharse la abertura, salieron bailando pequeñas nubes de bruma. Las exclamaciones y los gritos ahogados recorrieron la multitud, que levantaba las manos y apuntaba hacia arriba. Impresionado por la sensación de asombro que lo rodeaba, Mark arrancó los ojos del Berg para examinar la situación. Se habían convertido en personas realmente desesperadas, que vivían atormentándose con la idea de que cada día podría ser el último. Y ahí estaban todos, mirando al cielo como si la broma del Sapo hubiera sido algo más que eso. En muchos ojos distinguió un anhelo; parecía que realmente pensaban que un poder divino venía a salvarlos, y se sintió un poco perturbado.

Una nueva oleada de gritos se desparramó por la Plaza y Mark volvió a levantar la cabeza. De la oscuridad del Berg habían surgido cinco personas con una vestimenta que le hizo correr un escalofrío por la espalda. Verdes, gomosos y voluminosos, los trajes cubrían a los desconocidos de la cabeza a los pies. En sus caras tenían visores transparentes, pero el brillo y la distancia impedían distinguir los rostros. Caminaron cuidadosamente con sus enormes botas negras hasta que quedaron alineados en el borde exterior de la escotilla; el tenso lenguaje corporal mostraba el esfuerzo que realizaban para mantener el equilibrio.

Cada uno de ellos sostenía en las manos un tubo negro a manera de pistola, que no se parecía a ninguna de las armas que Mark conocía. Eran finos y largos y tenían un accesorio en el extremo que les daba la apariencia de piezas de plomería que alguien hubiera arrancado de una bomba industrial. Una vez que los extraños estuvieron ubicados en sus posiciones, levantaron los tubos y los apuntaron directamente hacia quienes se encontraban abajo.

Mark se dio cuenta de que Alec estaba gritando con todas sus fuerzas mientras empujaba a todos para que se alejaran. A su alrededor se había desatado el caos. Sin embargo, ante los gritos y el pánico, se quedó paralizado y solo atinó a observar a los visitantes que emergían del Berg con sus extraños equipos y sus armas amenazadoras al tiempo que el resto de la muchedumbre finalmente comprendía que esa gente no estaba ahí para salvar a nadie. ¿Qué le había sucedido al Mark que actuaba con rapidez? ¿Él, que había sobrevivido a un año infernal después de que las llamaradas solares arrasaran la Tierra?

Cuando llegó desde arriba el primer disparo, continuaba en estado de trance. Percibió un movimiento borroso y de uno de los tubos brotó un destello oscuro y fugaz. Sus ojos siguieron la trayectoria. Al notar un sonido nauseabundo, volvió la cabeza justo cuando un dardo de doce centímetros se clavaba en el hombro de Darnell. La delgada varilla de metal se había enterrado en el músculo y de la herida goteaba sangre. El chico emitió un extraño resoplido y se desplomó.

En ese mismo instante, Mark salió de su aturdimiento.

4

Los aullidos rasgaron el aire mientras la multitud huía en medio del caos. Mark se arrodilló y enganchó los brazos de Darnell en sus codos. El sonido de los dardos volando a diestra y siniestra lo impulsó a darse prisa y borrar cualquier otro pensamiento de su cabeza.

Arrastró a su amigo por el piso. Trina había caído, pero Lana ya estaba ahí, ayudándola a levantarse. Ambas corrieron hacia él y cada una sujetó uno de los pies. Con resoplidos sincronizados, levantaron a Darnell y lo alejaron de la Plaza y del espacio abierto. Era un milagro que ninguno de ellos hubiera sido alcanzado por un dardo. Los proyectiles surcaban el aire y se escuchaban los gritos y el ruido de los cuerpos al chocar contra el suelo. En medio de la lluvia de dardos, Mark, Trina y Lana se deslizaron lo más rápido que pudieron transportando a Darnell con dificultad. Al pasar detrás de un conjunto de árboles, Mark escuchó los golpes de los dardos que se hundían en las ramas y en las cortezas. Volvieron a salir al espacio abierto y atravesaron velozmente un pequeño claro hasta enfilar por un sendero de cabañas de troncos construidas al azar. Había gente por todas partes: algunos golpeaban frenéticamente las puertas, otros se arrojaban por las ventanas.

A continuación Mark oyó el rugido de los propulsores y un aire cálido le azotó la cara. El ruido fue aumentando y el viento sopló con más intensidad. Alzó los ojos y comprobó que el Berg había cambiado de posición y perseguía a la multitud que huía. Vio al Sapo y a Misty exhortando a todos a darse prisa. Sus gritos se perdían bajo el estruendo del Berg.

No sabía qué hacer. Buscar refugio era lo más apropiado, pero había demasiada gente intentando hacer lo mismo, y si se unían al caos con

Darnell a rastras, terminarían aplastados. El Berg se detuvo una vez más y los desconocidos, con sus extraños atuendos, alzaron nuevamente las armas y abrieron fuego.

Un dardo rozó la camisa de Mark y se clavó en el suelo. Alguien lo pisó y lo enterró más profundamente. Otro pegó en el cuello de un hombre que pasaba a toda velocidad. Con un grito, se dobló hacia adelante mientras la sangre manaba de la herida. Cuando se desplomó, se quedó quieto y tres personas tropezaron con él. Apabullado por lo que ocurría a su alrededor, Mark se detuvo y no reaccionó hasta que Lana le gritó que se moviera. Obviamente, los agresores habían mejorado la puntería. Los dardos volaban, clavándose en la gente, y el aire se impregnó de gritos de dolor y de espanto. Se sintió completamente indefenso: no había forma de protegerse del aluvión de artillería. Lo único que podía hacer era intentar superar a duras penas a una máquina voladora: una tarea imposible.

¿Dónde estaba Alec, el hombre duro de instintos guerreros? ¿Hacia dónde había huido?

Mark seguía moviéndose, empujando el cuerpo de Darnell y forzando a Lana y a Trina a mantener su ritmo. El Sapo y Misty corrían junto a ellos mientras trataban de ayudar sin entorpecer la carrera. Los proyectiles continuaban cayendo desde arriba. Más alaridos, más cuerpos que se desplomaban. Dobló en un recodo, se agazapó en el callejón que conducía a la Cabaña y se pegó al edificio que tenía a su derecha, usándolo de escudo. Poca gente tomaba esa dirección y había menos dardos que esquivar.

El pequeño grupo remolcó con torpeza el cuerpo inconsciente de su amigo. En esa sección del poblado, las casas estaban construidas prácticamente unas sobre otras y no quedaba espacio para sortearlas y escapar hacia los bosques de las montañas circundantes.

—¡Ya casi llegamos a la Cabaña! —anunció Trina—. ¡Apúrense antes de que el Berg vuelva a colocarse encima de nosotros!

Mark giró para quedar de frente mientras mantenía a Darnell agarrado de la camisa a sus espaldas. Al andar hacia atrás, había forzado al máximo los músculos de las piernas, que comenzaban a acalambrase. No había nada en el camino que los frenara, de modo que aceleró el paso. Trina y Lana se mantenían detrás de él, sosteniendo las piernas de Darnell. Misty y el Sapo sujetaban cada uno un brazo para compartir el peso de la carga. Se deslizaron a derecha e izquierda entre angostos senderos y pasadizos, raíces prominentes y tierra compacta. El zumbido del Berg sonaba a la derecha del grupo, silenciado por los edificios y las hileras de árboles que se erguían en medio.

Por fin, Mark dobló una esquina y divisó la Cabaña al otro lado de un pequeño claro. Se preparó para comenzar a correr cuando una horda de vecinos en fuga frenética y violenta emergió como un remolino desde el lado opuesto y se desparramó hacia las puertas. Se quedó congelado en el lugar justo en el momento en que el Berg se acercaba a toda velocidad, más cerca del suelo que nunca. Ahora había solo tres personas sobre la escotilla, que comenzaron a disparar tan pronto como la nave quedó suspendida en el aire. Finos rayos de plata cayeron sobre la gente que se adentraba en el claro. Todos los proyectiles parecían encontrar su blanco en brazos y cuellos de hombres, mujeres y niños, que se desplomaban en el suelo casi instantáneamente mientras otros tropezaban con ellos en su precipitada huida en busca de refugio.

Rodearon el costado del edificio más próximo y depositaron a Darnell en el suelo. El dolor y el cansancio se extendían por los brazos y las piernas de Mark, que anhelaba derrumbarse junto a su amigo inmóvil.

–Deberíamos haberlo dejado allá atrás –dijo Trina con las manos en las rodillas mientras trataba de recuperar el aliento–. Nos retrasa mucho y de todas maneras sigue estando en medio de los disparos.

–Y posiblemente muerto –agregó el Sapo con voz ronca.

Mark lo miró con severidad, pero tenía que admitir que el chico podía tener razón. Quizá habían arriesgado la vida para salvar a alguien que ya no tenía posibilidad de sobrevivir.

–¿Qué está sucediendo ahora? –preguntó Lana acercándose a la esquina de la construcción para espiar. Les echó una mirada por encima del hombro—. Están liquidando gente en forma indiscriminada. ¿Por qué usarán dardos en vez de balas?

—Es inexplicable —respondió Mark.

—¿No podemos hacer algo? —inquirió Trina mientras su cuerpo temblaba, más por la frustración que por el miedo—. ¿Por qué permitimos que esto ocurra?

Mark se acercó a Lana y se puso a espiar con ella. Los cuerpos estaban diseminados por el suelo, atravesados por dardos que apuntaban hacia el cielo como un bosque en miniatura. El Berg permanecía sobrevolando la plaza en medio del fuego azulado de los propulsores.

—¿Dónde están los tipos de seguridad? —murmuró Mark sin dirigirse a nadie en particular—. ¿Se tomaron el día libre?

Nadie respondió, pero un movimiento inusual en la puerta de la Cabaña llamó su atención, y respiró aliviado. Agitando las manos frenéticamente, Alec los alentaba a unirse a él. Sostenía lo que parecían ser dos enormes rifles con ganchos en los extremos, unidos a largos rollos de cuerda.

Como buen soldado, aun después de tanto tiempo el hombre tenía un plan y necesitaba ayuda. Iba a enfrentar a esos monstruos, y Mark también lo haría. Se apartó del muro y, al echar una mirada a su alrededor, divisó un trozo de madera al otro lado del callejón. Sin advertir a los demás sobre lo que pensaba hacer, cruzó corriendo, lo tomó y, usando la madera a modo de escudo, salió a la plaza abierta para llegar a la Cabaña, donde se encontraba Alec. No necesitaba mirar hacia arriba: podía oír los silbidos inconfundibles de los dardos que se acercaban en su dirección. Escuchó el golpe nítido de uno de ellos al incrustarse en la tabla y continuó la carrera.

5

En su camino hacia Alec fue variando el ritmo de sus pasos, a veces más lento, otras más rápido, esquivando los dardos que llovían alrededor de sus pies. Un segundo proyectil se enterró en su escudo improvisado. Mientras él corría a cielo abierto, Alec se dirigió directamente hacia el centro de la Plaza sin soltar los rifles. Los dos amigos casi chocaron uno contra el otro justo debajo del Berg y, de inmediato, Mark se agachó y levantó el escudo. Los ojos del viejo oso brillaban con intensidad y determinación. A pesar de las canas, parecía veinte años más joven.

—¡Tenemos que darnos prisa! —gritó—. ¡Antes de que ese aparato decida largarse de aquí!

Los propulsores ardían sobre sus cabezas y los dardos seguían clavándose en las personas que los rodeaban. Los alaridos eran horrendos.

—¿Qué hago? —exclamó Mark. Una mezcla de adrenalina y terror que ahora le resultaba tan familiar recorrió su cuerpo mientras esperaba las instrucciones de su amigo.

—Cúbreme con esto —indicó Alec, al tiempo que sujetaba los rifles debajo de un brazo y sacaba de atrás de los pantalones una pistola negra que Mark no conocía. No había tiempo para vacilar: tomó el arma con la mano libre y, por el peso, supo que estaba cargada. Al amartillar la pistola, un dardo se incrustó en la madera. Luego otro más. La gente del Berg había divisado a las dos personas que se hallaban tramando algo en el medio del claro. Más proyectiles aterrizaron en el suelo como una repentina tormenta de granizo.

—¡Dispara, hijo! —rugió Alec—. Y apunta bien, porque solo tienes doce balas. No falles. ¡Ahora!

Con esas palabras, se dio vuelta y salió corriendo hacia un sitio que se hallaba a unos metros. Mark apuntó la pistola a los hombres de la escotilla e hizo dos rápidos disparos sabiendo que debía distraer su atención para que no notaran los movimientos de Alec. Los tres trajes verdes retrocedieron y se pusieron de rodillas para que la rampa de metal los protegiera del agresor. Uno de ellos giró y comenzó a trepar para ingresar en la nave.

Mark arrojó a un lado el escudo, sujetó el arma con ambas manos y se concentró. Cuando una cabeza se asomó por el borde de la escotilla, la colocó rápidamente en la mira y disparó. Sus manos saltaron con el culatazo, pero alcanzó a ver en el aire la bruma roja del chorro de sangre. Un cuerpo se tambaleó por la rampa y, al caer, chocó contra tres personas que se hallaban abajo. Cuando la gente notó lo que estaba sucediendo, nuevos coros de gritos brotaron de todos lados.

Un brazo emergió de la puerta blandiendo uno de los tubos y comenzó a lanzar tiros al azar. Mark disparó y enseguida oyó el sonido agudo de la bala que pegaba contra el artefacto de metal y vio caer el arma hacia el suelo. Al instante, una mujer la recogió y comenzó a examinarla para descubrir cómo funcionaba. Podría ser de gran ayuda.

Mark se arriesgó a echar un rápido vistazo a Alec: sostenía el arma con los anzuelos como si fuera un hombre de mar a punto de lanzar un arpón a una ballena. Un ligero estallido y repentinamente el gancho salió volando hacia el Berg mientras la soga giraba detrás como una nube de humo. El garfio chocó contra uno de los brazos hidráulicos que mantenían abierta la escotilla y se retorció con fuerza a su alrededor. Alec tensó la cuerda.

—¡Arrójame la pistola! —le gritó.

Mark miró hacia arriba para asegurarse de que nadie hubiera reaparecido para lanzar otro aluvión de dardos, y luego salió corriendo hacia Alec con la pistola. Apenas se la había entregado cuando escuchó un clic y vio a Alec volando por el aire mientras el dispositivo lo elevaba con la cuerda hacia el Berg. Con una mano sujetaba firmemente el rifle con los ganchos y, con la otra, apuntaba el arma hacia arriba. Tan pronto llegó al borde de la escotilla, sonaron tres disparos sucesivos y fulminantes. El hombre subió la rampa y sus pies se perdieron en el interior. Unos segundos después, otro cuerpo con traje verde atravesaba volando el borde y se precipitaba a tierra.

—¡El otro gancho! —le gritó Alec desde arriba—. ¡Apúrate, antes de que aparezcan más o se vayan! —advirtió y se dio vuelta hacia el Berg sin esperar respuesta.

El corazón de Mark latía a toda prisa y casi le producía dolor al golpear con fuerza contra las costillas. Miró a su alrededor y distinguió el pesado dispositivo en el piso, donde Alec lo había dejado. Lo levantó y, tras estudiarlo, lo invadió el pánico al pensar que no sabría cómo usar esa estúpida arma.

—¡Solo tienes que apuntar hacia acá arriba! —le explicó con un bramido—. Si no se engancha, lo amarro yo mismo. ¡Vamos!

Mark lo empuñó, apuntó hacia el centro de la escotilla y apretó el gatillo. La sacudida fue intensa, pero esta vez se inclinó hacia el arma y solo sintió una ráfaga de dolor en el hombro. El gancho y la cuerda trepadora se elevaron raudamente hacia el Berg y pasaron por encima de la escotilla abierta. El gancho golpeó contra el metal y se deslizó hacia abajo, pero Alec lo agarró justo a tiempo. Corrió hasta uno de los brazos hidráulicos y lo ató con fuerza.

—¡Muy bien! —gritó—. ¡Ahora oprime el retractor verde de la culata…!

Sus palabras se interrumpieron cuando los motores del Berg rugieron con más intensidad y la nave se sacudió en el aire.

Sujetó el extremo del dispositivo justo en el momento en que este lo levantaba del suelo y lo izaba hacia arriba. Escuchó la voz de Trina que le gritaba desde abajo, pero el piso se fue alejando y las personas se empequeñecieron con el paso de los segundos. El miedo lo envolvió mientras se aferraba con tanta fuerza que los dedos se le pusieron blancos. Al mirar hacia abajo le dolía la cabeza y se le revolvía el estómago, así que decidió fijar la vista en la escotilla.

Después de haber estado casi al borde de la muerte, Alec intentaba nuevamente encaramarse sobre el borde de la rampa. Forcejeó y pataleó hasta volver a estar en una posición segura, usando la misma cuerda a la que Mark se aferraba con toda su vida. Luego se dejó caer sobre el vientre y observó a su joven amigo con ojos desorbitados.

—¡Mark, busca el botón verde! —rugió—. ¡Oprímelo!

El viento azotaba el cuerpo de Mark junto con el aire de los propulsores. El Berg estaba ascendiendo y ya se encontraba por lo menos a sesenta metros del suelo. Se movía hacia adelante, en dirección a la arboleda. Si no hacía algo, en breves segundos los árboles lo harían pedazos o lo arrancarían de la cuerda. Se mantuvo bien aferrado mientras buscaba desesperadamente el botón verde.

Por fin lo encontró, a unos pocos centímetros del gatillo que había disparado el gancho y la soga. Odiaba tener que soltarse aunque fuera por un segundo, pero concentró toda su fuerza en la mano derecha, apretó los dedos y luego lo buscó con la izquierda. Todo su cuerpo se mecía en el aire de un lado a otro, bamboleándose contra el viento y saltando con cada sacudida del aparato. Las puntas de los pinos y de los robles se acercaban peligrosamente, y no conseguía la firmeza necesaria para pulsar el botón.

De pronto, escuchó un chirrido metálico sobre su cabeza y levantó la vista: la escotilla se estaba cerrando.

6

—¡**D**ate prisa! —le gritó Alec desde arriba.

Mark estaba buscando nuevamente el botón cuando vio que los árboles se acercaban a toda velocidad. Volvió a apoyar la mano izquierda sobre el arma y la sujetó con todas sus fuerzas; luego se hizo un ovillo y apretó los ojos. El Berg se movió bruscamente y lo lanzó hacia los árboles: las ramas superiores del pino más alto azotaron su cuerpo, las púas le pincharon la piel y las ramas puntiagudas le rasgaron la ropa y el rostro. Parecían manos de esqueletos tratando de enviarlo a la muerte. Tenía toda la piel cubierta de arañazos.

Pero logró sobrevivir gracias al impulso del Berg y a la cuerda, que lo alejaron repentinamente de las garras de los árboles. Relajó las piernas y después dio una patada muy potente hacia afuera mientras la nave daba una vuelta y lo enviaba volando en un amplio arco. La escotilla se hallaba a medio cerrar y Alec estaba inclinado sobre ella intentando izar la soga, con el rostro morado de tanto gritar. Sus palabras se perdían en el ruido circundante.

Mark tenía el estómago revuelto pero sabía que le quedaba una sola oportunidad. Soltó el dispositivo con la mano izquierda, tanteó el costado hasta que encontró el gatillo y luego recorrió con los dedos la distancia hasta el botón verde. Su visión periférica le avisó que se estaban aproximando a más árboles. La nave descendió un poco, como para asegurarse de que él no saliera con vida.

Encontró el botón y lo presionó, pero sus dedos resbalaron. A pesar de que las ramas ya se extendían hacia él, probó otra vez mientras apretaba el dispositivo contra su cuerpo para lograr afirmarse. Salió disparado hacia arriba justo cuando, de un balanceo, se internó en el espeso follaje. Pasó velozmente a través de los árboles, saltando hacia la escotilla al tiempo que las ramas le apaleaban el rostro. Se oyó un ronroneo cuando la cuerda se retrajo dentro del dispositivo y lo impulsó hacia Alec, que lo esperaba con la mano extendida. Faltaba solo un metro para que la placa de metal se cerrara por completo.

Soltó el dispositivo justo antes de chocar contra el borde filoso de la escotilla en lento ascenso. Dio un salto para atrapar la mano de Alec y sujetar el metal con la otra. El soldado lo aferró fuertemente y comenzó a jalar de él para hacerlo pasar a través de la estrecha abertura. Como el espacio era muy angosto, se retorció y pataleó, pero consiguió escurrirse a tiempo. Tuvo que arrancarse la suela del zapato para que no lo aplastaran las garras de la escotilla, que se cerró con un ruido atronador cuyo eco resonó por las oscuras paredes del interior del Berg.

Adentro estaba fresco y, una vez que el sonido se extinguió, lo único que logró escuchar fue su agitada respiración. La oscuridad era completa; al menos eso fue lo que percibieron sus ojos, que todavía no habían logrado adaptarse después de haber estado expuestos a la luz cegadora del sol. Sintió cerca de él la presencia de Alec, que también trataba de recuperar el aliento.

Le dolía hasta el último centímetro del cuerpo y podía afirmar que tenía varias heridas sangrantes. El Berg se había detenido y se mantenía flotando en el lugar, emitiendo un zumbido.

—No puedo creer lo que acabamos de hacer —exclamó y su voz retumbó como un eco—. ¿Por qué no hay acá un ejército de personas listas para arrojarnos por la borda? ¿O dispararnos esos dardos?

Alec suspiró con pesadez.

—No lo sé. Es probable que tengan una tripulación reducida, pero creo que hay al menos un tipo ahí adentro esperándonos.

—Podría estar apuntándome una de esas pistolas de dardos a la cabeza en este mismo momento.

—¡Bah! —soltó Alec—. Creo que esos tipos no eran nadie. Seguramente los contrataron para hacer el trabajo que deberían haber hecho profesionales. Quizá limpiamos a toda la tripulación. Al menos, todos menos el piloto.

—O tal vez hay diez tipos armados al otro lado de este recinto —masculló Mark.

—Bueno, de todos modos, solo puede ser una de esas dos opciones —repuso Alec—. Salgamos de aquí.

El soldado arrastró los pies hacia adelante y Mark solo pudo rastrear sus movimientos por el ruido que producía. Parecía que estaba gateando.

—Pero… —comenzó Mark; luego se dio cuenta de que no tenía nada que decir. ¿Qué otra cosa podían hacer: sentarse ahí a jugar a las escondidas hasta que alguien saliera a saludarlos con leche y galletas? Con una mueca de dolor por los golpes recibidos, se puso en cuatro patas y siguió a su amigo. Un poco más adelante surgió una luz débil y, a medida que se acercaban, todo lo que los rodeaba fue cobrando nitidez. El ámbito parecía ser algún tipo de depósito, con estantes en las paredes y correas o puertas de malla metálica para mantener todo en su lugar. Al menos la mitad de los estantes se encontraban vacíos.

La luz era un panel brillante colocado encima de una puerta baja de metal con tornillos alineados en los bordes.

—Me pregunto si estamos encerrados —comentó Alec mientras se enderezaba. Caminó hasta la puerta y movió la manija, que obviamente no se abrió.

Mark estaba contento de poder levantarse, porque el suelo era muy duro, pero sus músculos se quejaron cuando se estiró para ponerse de pie. Hacía bastante tiempo que no gastaba tanta energía y era la primera vez que recibía semejante paliza de un grupo de árboles.

—¿Qué está sucediendo? —preguntó—. ¿Por qué alguien querría meterse con nuestro miserable pueblito? ¿Y lanzarnos *dardos?* ¿Qué rayos pasó?

—Ojalá lo supiera —comentó Alec mientras seguía forcejeando con la manija con más fuerza, sin resultado alguno—. Lo que sí es seguro es que esas personas cayeron como moscas cuando les dispararon con esos malditos dardos —se alejó de la puerta con una mirada de frustración y luego apoyó las manos en las caderas, como si fuera una anciana.

—Cayeron como moscas —repitió Mark por lo bajo—. Y una de ellas fue Darnell. ¿Crees que estará bien?

Alec le echó una mirada que decía que era demasiado inteligente para creer eso. Y Mark sabía que estaba en lo cierto. Sintió pesar en el corazón. Desde la llegada del Berg, todo había sido nada más que una huida loca y frenética, y solo ahora caía en la cuenta: Darnell debía estar muerto.

—¿Qué hacemos acá arriba? —inquirió.

Alec le apuntó con el dedo.

—Lo que haces cuando alguien irrumpe en tu casa y ataca a tu gente: te defiendes. No voy a dejar que estos miserables se salgan con la suya.

Pensó en Darnell y en todas esas personas heridas y conmocionadas, y comprendió que Alec tenía razón.

—De acuerdo. Puedes contar conmigo. ¿Qué hacemos?

—Primero, tengo que abrir esta maldita puerta. Ayúdame a buscar algo para poder hacerlo.

Bajo la luz mortecina, recorrió con la vista toda la habitación.

—¿Y ahora por qué seguimos suspendidos en el aire?

—Veo que te encanta hacerme preguntas que no tengo manera de responder. Mantén los ojos bien abiertos y ponte a investigar.

—Está bien.

Al principio no vio más que trastos viejos o inútiles: piezas sueltas, herramientas, cajas llenas de suministros, desde jabón hasta papel higiénico. Luego divisó algo amarrado a la pared, algo que supo que le agradaría a Alec: una maza.

—¡Ey! ¡Por aquí! —gritó mientras desataba la herramienta y la sopesaba—. Es bien pesada: ideal para que derribes la puerta con tus descomunales brazos de soldado.

—No son tan fuertes como solían serlo.

Cuando el viejo oso sujetó el mango de madera, esbozó una sonrisa y sus ojos brillaron. Se dirigió hacia la puerta y comenzó a aporrearla. No parecía que fuera a durar mucho, pero Mark pensó que le llevaría unos buenos minutos derribarla. Solo esperaba que cuando eso sucediera, no hubiera un ejército de matones vestidos de verde del otro lado.

Clan, clan, clan. Alec no cesaba de pegarle y las abolladuras eran cada vez mayores.

Continuó examinando el lugar en busca de otra herramienta que pudiera usar cuando la puerta finalmente cediera. Al menos Alec tenía esa enorme maza que revolear. En el rincón más oscuro del recinto, algo le llamó la atención: un sector lleno de cajas duras de unos sesenta centímetros de largo por treinta de altura y profundidad, que parecían proteger algo importante. Algunas estaban abiertas y vacías; otras, selladas.

Se acercó rápidamente y entornó los ojos para ver mejor, pero estaba demasiado oscuro. Levantó una de las cajas cerradas, que resultó más liviana de lo que había imaginado, y se movió hacia la luz. La apoyó sobre la rejilla de metal del piso y se inclinó para ver de qué se trataba.

Tenía un símbolo de advertencia pegado arriba, de esos que indican que el contenido implica un riesgo biológico. Debajo del símbolo había una etiqueta que decía:

Virus VC321xb47

Altamente contagioso

24 dardos, máxima precaución

De repente, Mark deseó no haber tocado la caja.

7

Se incorporó y se alejó unos pasos. No podía creer que hubiera movido esa caja. Y de no haberla colocado antes bajo la luz, quizá la habría abierto. Esos dardos debían haberse roto durante el vuelo del Berg y tal vez el virus se había filtrado por las pequeñas grietas del contenedor. Además, en los estantes había cajas abiertas, aunque esas parecían estar vacías.

Retrocedió un poco más mientras se limpiaba las manos en los pantalones. *Clan, clan, clan.* Alec se detuvo y respiró agitado.

—Uno o dos golpes más y esta maldita puerta se abrirá. Tenemos que estar preparados. ¿Encontraste algún arma?

Mark se sintió enfermo, como si, en ese mismo instante, unos insectos microscópicos hubieran saltado desde las cajas a su piel y se deslizaran por su sangre.

—No, solo una caja llena de dardos con un virus letal. Quizá podríamos arrojarles algunos, ¿no crees? —quería hacer una broma, pero después de pronunciar aquellas palabras, se sintió peor.

—¿Qué? ¿Un virus? —repitió Alec en tono de duda. Caminó hasta la caja y la observó detenidamente—. Demonios… ¿de modo que eso era lo que nos estaban disparando? ¿Quién es esta gente?

Mark entró en pánico.

—¿Y qué hacemos si nos están esperando al otro lado de la puerta? —preguntó—. Tal vez nos claven esos dardos en el cuello. ¿Qué diablos estamos haciendo acá arriba? —concluyó. Percibió la alarma creciente que había en su propia voz y se sintió avergonzado.

—¡Cálmate, muchacho! Hemos estado en situaciones mucho peores que esta —respondió Alec—. Solo trata de encontrar algo, cualquier cosa, que puedas sostener y arrojarles a quienes aparezcan. ¿Acaso vas a permitir que huyan sin un merecido castigo después de haberles lanzado esos dardos a nuestros amigos? Ya estamos aquí arriba: no hay vuelta atrás.

La fiereza que había en la voz de Alec lo hizo sentirse mejor, más seguro de sí mismo.

—Está bien. Voy a buscar algo.

—¡Date prisa!

Recordaba haber visto una llave inglesa junto a la maza y fue a buscarla. Había esperado que apareciera un arma de verdad, pero iba a tener que contentarse con un pedazo de metal de treinta centímetros de largo.

Alec sostenía la maza, listo para descargarla sobre la manija destrozada de la puerta.

—Tienes razón en que es probable que nos disparen apenas esto ceda. Pero no ataquemos como si fuéramos dos gorilas tontos. Vete hacia atrás y espera a que dé la orden.

Mark hizo lo que se le dijo: apoyó la espalda contra la pared al otro lado de la puerta y sujetó la llave con fuerza.

—Estoy listo —exclamó; el miedo latía en su interior.

—Entonces llegó el momento.

Alec levantó la maza y luego la dejó caer con estrépito sobre el picaporte. Dos golpes más y la cerradura se quebró con un crujido. Otro mazazo más y la puerta se abrió y rebotó contra la pared de afuera. Casi de inmediato, tres dardos rasgaron el aire y se clavaron en la pared del fondo. Luego se escuchó un repiqueteo contra el suelo, seguido de pisadas que se alejaban. Era una sola persona.

Creyendo que Mark saldría detrás del agresor, Alec alzó la mano. Después se asomó por el marco de la puerta.

—Despejado. Y el tipo debe haberse quedado sin dardos, porque arrojó el arma al suelo. Estoy empezando a creer que hay pocas personas en este Berg. Vamos, tenemos que atrapar a esa rata.

Se asomó un poco más y echó una última mirada de inspección. A continuación salió al pasillo alumbrado por una luz tenue. Mark respiró hondo y lo siguió después de patear la pistola con desagrado. El arma repiqueteó por el recinto y chocó contra la pared mientras en la mente de Mark brotaba la imagen de Darnell con el dardo en el hombro. Deseó tener en sus manos algo más que una llave de metal.

Empuñando la maza con ambas manos, Alec se deslizó por el estrecho corredor. Era ligeramente curvo, como si siguiera el borde circular del exterior de la nave. Las únicas fuentes de luz eran unos paneles luminosos como el que habían visto en el depósito, colocados cada tres metros. Pasaron delante de varias puertas; Alec intentó abrirlas, pero todas estaban cerradas.

Durante la marcha, Mark mantuvo sus nervios bajo control, pues quería estar preparado por si algo saltaba sobre él. Estaba a punto de preguntarle a Alec sobre el diseño del Berg (recordó que el soldado alguna vez había sido piloto), cuando escuchó un portazo y luego más pisadas.

—¡Vamos! —rugió Alec.

Con el corazón desbocado, Mark emprendió una veloz carrera detrás de su amigo por el pasillo circular. Alcanzó a vislumbrar una sombra rauda delante de ellos, que parecía llevar el traje verde que habían visto antes y la cabeza descubierta. El extraño gritó algo, pero sus palabras indescifrables retumbaron como un eco en las paredes del pasadizo. No quedaban dudas de que era un hombre, posiblemente el que les había disparado.

Los motores aceleraron y, con una sacudida, el Berg se puso en movimiento y se lanzó hacia adelante con furia. Mark perdió el equilibrio, chocó contra una pared, rebotó y después tropezó con Alec, que estaba tendido en el piso. Ambos se pusieron de pie con dificultad y sujetaron las armas.

—Ahí está la cabina —indicó Alec—. ¡Apúrate!

Sin esperar respuesta, el soldado avanzó por el pasillo, con Mark pegado a sus talones. Llegaron a una zona abierta con sillas y una mesa en el momento en que la figura desaparecía detrás de una escotilla curva, en lo que debía ser la cabina. El hombre comenzó a empujar la puerta para cerrarla, pero Alec le lanzó la maza justo a tiempo. La herramienta golpeó la pared cercana a la escotilla y cayó al suelo, bloqueando la puerta.

Mark no se había detenido: sin pensarlo dos veces, pasó frente a Alec e ingresó en la cabina.

Distinguió fugazmente los dos asientos de los pilotos y ventanillas sobre grandes paneles repletos de instrumentos, agujas y pantallas, que emitían destellos de información. Uno de los asientos estaba ocupado por una mujer que oprimía botones frenéticamente al tiempo que el Berg salía disparado hacia adelante y los árboles se esfumaban debajo de él a gran velocidad.

No había terminado de examinar el lugar cuando alguien lo tacleó desde la derecha y los dos cuerpos se desplomaron en el piso de la cabina.

Se le cortó la respiración cuando el atacante intentó inmovilizarlo, pero Alec descargó la maza en su hombro. El hombre salió despedido hacia el costado y aterrizó lanzando un gemido de dolor. Mark aprovechó para ponerse de pie y llenar de aire los pulmones. Alec tomó al agresor del uniforme verde y lo alzó hasta que sus rostros quedaron frente a frente.

—¿Qué está pasando aquí? —le escupió.

Ignorando la caótica escena que se desarrollaba a sus espaldas, la mujer continuaba operando los controles. Mark se acercó a ella sin saber qué debía hacer. Se plantó y habló con la voz más autoritaria que pudo:

—¡Detén esto ya mismo! ¡Da la vuelta y llévanos a casa!

La piloto actuó como si no lo hubiera escuchado.

—¡Habla! —le gritaba Alec al desconocido.

—¡No somos importantes! —repuso con un quejido lastimero—. Nos enviaron a hacer el trabajo sucio.

—¿Los enviaron? —repitió—. ¿Quiénes?

—No puedo decirlo.

Mark escuchaba lo que estaba ocurriendo del otro lado de la cabina, enojado ante la mujer que no acataba sus órdenes.

—¡Dije que detuvieras esta cosa! ¡Ahora! —exclamó mientras levantaba la llave, sintiéndose completamente ridículo.

—Solo cumplo órdenes, hijo —respondió ella sin emoción en la voz.

Estaba pensando qué responder, cuando el sonido de Alec golpeando al prisionero desvió su atención.

–¿Quién los envió? –repetía–. ¿Qué había en esos dardos que nos dispararon? ¿Un virus?

–No lo sé –dijo el hombre con un sollozo–. Por favor, no me lastimes –suplicó. Mark estaba totalmente concentrado en el desconocido de traje verde, cuyo rostro se vio de pronto cubierto por un tono grisáceo, como si hubiera sido poseído por un fantasma–. Hazlo –ordenó casi mecánicamente–. Aterriza la nave.

–¿Qué? –dijo Alec–. ¿Qué es esto?

La piloto giró la cabeza y enfrentó a Mark, que la observaba perplejo. Tenía en los ojos la misma expresión sin vida que el hombre del traje verde.

–Solo cumplo órdenes.

Extendió la mano y empujó con fuerza una palanca hasta el fondo. El Berg se sacudió hacia adelante y luego se precipitó hacia la tierra; las ventanillas de la cabina se vieron repentinamente invadidas por el verde de la vegetación.

Mark salió despedido por el aire y se estrelló contra los tableros de control. Se produjo un gran destrozo y el rugido de los motores llenó sus oídos; se escuchó un estrépito seguido de una explosión. El Berg frenó de golpe y un objeto duro voló por la cabina y golpeó su cabeza.

Sintió el dolor y cerró los ojos antes de que la sangre empezara a escurrir sobre ellos. Luego, lentamente, fue perdiendo la conciencia mientras escuchaba la voz de Alec que lo llamaba a través de un túnel oscuro e interminable.

Un túnel, pensó antes de desmayarse por completo, *qué apropiado*. Al fin y al cabo, ahí había comenzado todo…

8

Mientras el tren subterráneo circulaba a toda velocidad, Mark se reclinó en el asiento, cerró los ojos y sonrió. Había sido un día de estudio agobiante, pero ya había terminado. Tenía dos semanas de vacaciones por delante. Ahora podría relajarse y descansar, no hacer nada salvo jugar con la caja virtual y devorar cantidades alucinantes de comida. Salir con Trina, hablar con Trina, molestar a Trina. Quizá debería despedirse de sus padres, secuestrarla y huir. Eso sería perfecto.

Abrió los ojos.

Ella estaba sentada enfrente, concentrada en sus propios pensamientos, y no tenía la más mínima idea de que él estuviera loco por ella. Hacía tiempo que eran amigos, más que nada por las circunstancias. Según las leyes del universo, si en la casa de al lado vive alguien de tu edad, tiene que ser tu amigo. Hombre, mujer, extraterrestre… no importa. ¿Pero cómo podía haber adivinado que ella se iba a transformar en esa preciosidad, con un cuerpo increíble y unos ojos deslumbrantes? Claro que el único problema era que también le gustaba al resto de los chicos de la escuela. Y eso a Trina le encantaba: era *obvio*.

—Ey —exclamó. El tren atravesaba como una bala los túneles de la ciudad de Nueva York. A causa del movimiento suave y adormecedor, le entraron ganas de volver a cerrar los ojos—. ¿En qué estás pensando? —le preguntó.

Cuando los ojos de Trina se encontraron con los suyos, una sonrisa iluminó su hermoso rostro.

—En absolutamente nada. Eso es lo que voy a hacer durante dos semanas: no pensar. Si empiezo a pensar, voy a pensar intensamente en no pensar hasta que deje de hacerlo.

—Guau. Eso parece difícil —comentó Mark, queriendo sonar gracioso.

—No. Es divertido. Pero es solo para mentes brillantes.

En momentos como ese, a Mark le sobrevenía el ridículo impulso de decirle que le gustaba, invitarla a salir, estirarse y tomarle la mano. En cambio, de su boca brotaron atropelladamente las palabras tontas de siempre.

—Oh, sabia entre las sabias: tal vez podrías enseñarme ese método de pensar para no pensar.

Trina torció levemente el gesto.

—Eres un idiota.

Confirmado: la tenía en la palma de la mano. Sintió ganas de gruñir o de pegarse un golpe en la cara.

—Pero a mí me gustan los idiotas —agregó para suavizar el golpe, y él volvió a sentirse bien.

—Y… ¿qué planes tienes? ¿Piensas irte de viaje con tu familia o te quedarás acá?

—Es probable que vayamos a visitar a mi abuela unos días, pero estaré acá la mayor parte de las vacaciones. Se supone que saldré con Danny alguna vez, pero nada formal. ¿Y tú?

Otro pequeño golpe. Con esa chica nunca podía estar tranquilo.

—Humm, sí. Digo, no. Nada. Pienso quedarme en casa todo el día comiendo papas fritas y eructando. Y voy a pasar mucho tiempo observando cómo malcrían a mi hermanita llenándola de regalos —comentó. Madison. Sí, realmente era malcriada, pero buena parte de la culpa era de Mark.

—Entonces podríamos salir.

Y otra vez sintió que tocaba el cielo con las manos.

—Eso sería genial. ¿Qué tal todos los días? —preguntó. Era lo más arriesgado que le había dicho en mucho tiempo.

—Bueno. Y quizá hasta podríamos… —comenzó a decir y, luego de echar un vistazo a su alrededor con exagerada precaución, volvió a clavar los ojos en él— besarnos a escondidas en el sótano de tu casa.

Durante un segundo prolongado, creyó que ella hablaba en serio. Se le detuvo el corazón y se le erizó la piel. El pecho le ardía de emoción.

Pero a continuación ella se echó a reír como si estuviera loca. En realidad, no lo hacía con maldad y Mark alcanzó a notar un dejo de coqueteo en su actitud. Sin embargo, normalmente sentía que ella lo consideraba solo un viejo amigo y nada más. Y la idea de besarse en el sótano no era más que una tontería. Decidió dejar sus sentimientos de lado por un rato.

—Eres tan graciosa —dijo—. No puedo parar de reírme.

Ella interrumpió la risa de inmediato y se pasó la mano por el rostro.

—Tú sabes que lo haría.

Apenas pronunció la última palabra, las luces se apagaron. El tren perdió la energía y comenzó a disminuir la velocidad; Mark se cayó del asiento y casi aterriza sobre la falda de Trina. En otra ocasión eso hubiera sido algo bueno, pero en aquel instante se asustó. Había oído historias sobre hechos como ese, que habían sucedido en el pasado, pero en toda su vida nunca había ocurrido que fallara la electricidad subterránea. Quedaron en la más absoluta oscuridad y la gente empezó a gritar. La mente humana no estaba preparada para quedar sumida en una noche negra sin aviso previo. Daba miedo. Finalmente, el resplandor de algunos teléfonos de pulsera rompió la negrura.

Trina le apretó la mano.

—¿Qué diablos pasa? —preguntó.

Al ver que ella no parecía muy asustada, se sintió más seguro y recuperó la calma. Aunque nunca hubiera ocurrido, no era raro que alguna vez se cortara la electricidad del tren subterráneo.

—Supongo que habrá habido alguna falla —aventuró sacando su teléfono celular tipo *palm* (no era suficientemente rico como para tener uno de esos lujosos de pulsera), pero descubrió con asombro que estaba fuera de servicio y volvió a guardarlo en el bolsillo.

Se encendieron unas luces amarillas de emergencia en el techo del vagón. Aunque débiles, eran un bienvenido alivio frente a la oscuridad total. A su alrededor, las personas se habían puesto de pie y miraban alternadamente hacia ambos extremos del tren mientras susurraban entre ellas. Cuchichear parecía ser lo apropiado en una situación semejante.

—Por lo menos no tenemos prisa —dijo Trina. En un susurro, por supuesto. Mark ya había perdido el pánico inicial y ahora lo único que deseaba era preguntarle qué había querido decir con eso de "Tú sabes que lo haría". Pero esa posibilidad había quedado sepultada para siempre. Qué accidente más inoportuno.

El tren se sacudió levemente. Más que nada fue como un temblor o una fuerte vibración, pero resultó inquietante y la gente volvió a gritar y a moverse. Mark y Trina intercambiaron una mirada llena de curiosidad y una pizca de miedo.

A grandes zancadas, dos hombres se dirigieron a las puertas de emergencia e intentaron abrirlas. Cuando por fin lo lograron, saltaron hacia la pasarela que corría a lo largo del túnel. Como un ejército de ratas huyendo del fuego, el resto de los pasajeros se lanzó detrás de ellos en medio de empujones, codazos y maldiciones. En dos o tres minutos, Mark y Trina se quedaron solos en el vagón bajo el pálido centelleo de las luces de emergencia.

—No creo que eso sea lo que deberíamos hacer —dijo Trina sin dejar de susurrar—. Estoy segura de que la luz volverá en cualquier momento.

—Sí —comentó Mark. Pero el ligero temblor del tren no cedió y eso comenzó a preocuparlo más—. No sé. Algo parece estar realmente mal.

—¿Crees que deberíamos ir tras ellos?

Lo pensó unos segundos.

—Sí. Me voy a volver loco si nos quedamos sentados aquí.

—Está bien. Tal vez tengas razón.

Se pusieron de pie, caminaron hasta las puertas abiertas y saltaron a la pasarela. Como era angosta y no tenía baranda, parecía ser muy peligrosa en caso de que el tren arrancara de improviso. En el túnel también se habían encendido las luces de emergencia, pero apenas lograban quebrar la oscuridad casi tangible de ese sitio tan profundo bajo la tierra.

–Fueron en esa dirección –indicó Trina señalando hacia la izquierda. Algo en su tono de voz le hizo pensar que creía que deberían ir en dirección contraria, y Mark estuvo de acuerdo.

–Entonces… hacia la derecha –anunció con un ademán.

–Sí. No quiero estar cerca de esa gente, aunque no sabría decir por qué. Parece una multitud descontrolada.

–Vámonos.

Lo tomó del brazo y comenzó a caminar por la estrecha cornisa. Ambos deslizaban la mano por la pared, casi apoyándose en ella, para estar seguros de no caer a las vías. El muro vibraba, aunque no con tanta fuerza como el tren. Quizá lo que había provocado el corte de electricidad ya se había calmado. Tal vez no era más que un simple terremoto y todo volvería a estar bien.

Habían caminado diez minutos sin decir una palabra, cuando escucharon gritos más adelante. No, no solo gritos, algo peor: terror en estado puro, como si fuera una carnicería humana. Trina se detuvo y volteó para mirarlo. Cualquier duda que les hubiera quedado –o más bien cualquier esperanza– desapareció al instante: algo horrendo había sucedido.

El instinto de Mark fue dar media vuelta y correr en la otra dirección, pero cuando Trina abrió la boca y mostró lo valiente que era, se sintió avergonzado.

–Tenemos que llegar a la superficie, averiguar qué está pasando y ver si podemos ayudar.

¿Cómo podía decirle que no? Corrieron con tanta rapidez y cuidado como pudieron hasta que llegaron a la plataforma de una estación y se detuvieron. La escena que surgió delante de sus ojos era demasiado espeluznante para que la mente de Mark lograra procesarla. Supo que su vida había cambiado para siempre. Había cuerpos desparramados por el piso, desnudos y calcinados. Gritos y aullidos de dolor taladraban sus tímpanos y resonaban por las paredes. Con la ropa en llamas, la gente se movía con dificultad, con los brazos hacia adelante y los rostros derretidos, como si fueran de cera. Había sangre por todas partes y una ráfaga de calor insoportable envolvía el aire; sintió que estaban en el interior de un horno.

Trina lo tomó de la mano; la expresión de terror en su rostro quedaría fijada en su mente para siempre. Luego lo empujó otra vez hacia el lugar de donde habían venido.

Mark pensó en sus padres y en su hermanita. Los imaginaba calcinados por el fuego y escuchaba los aullidos de Madison.

Y se le rompió el corazón.

9

–¡Mark!

La visión se esfumó, pero el recuerdo del túnel todavía nublaba su mente como si fuera lodo filtrándose en su cerebro.

–¡Mark! ¡Despierta!

Era la voz de Alec. Sin duda alguna. Y le gritaba. ¿Por qué? ¿Qué había ocurrido?

–¡Despierta de una maldita vez!

Abrió los ojos y luego parpadeó frente a los brillantes rayos de sol que se colaban a través de las ramas. Después la cara de Alec tapó la luz y pudo ver con más claridad.

–Ya era hora –exclamó el viejo oso con un suspiro exagerado–. Había comenzado a asustarme, muchacho.

En ese mismo instante recibió una puñalada de dolor en la cabeza, que simplemente había tardado más que él en despertar. El dolor irrumpió con furia y le pareció que era más grande que su cerebro. Lanzó un gemido, se llevó las manos a la frente y palpó la sangre resbaladiza.

–Ay –fue todo lo que logró proferir antes de gemir otra vez.

–Sí, te diste un buen golpe cuando chocamos. Tienes suerte de estar con vida y de tener un ángel de la guarda como yo, que te salvó el pellejo.

Aunque pensó que moriría en el intento, tenía que hacerlo. Preparado para la agonía, se incorporó. Parpadeó ante las manchas que obstaculizaban su visión y esperó a que el dolor de su cabeza y de su cuerpo cediera. Luego echó una mirada a su alrededor. Estaban sentados en el claro de un bosque. Las raíces retorcidas se entrelazaban con las agujas de los pinos y las hojas caídas de los árboles. A unos treinta metros de distancia, los restos del Berg descansaban entre dos robles gigantescos, casi como si se tratara de una enorme flor de metal. Retorcida e inclinada, la nave humeaba y ardía, aunque no había rastros de fuego.

—¿Qué pasó? —preguntó, aún presa de la desorientación.

—¿No recuerdas nada?

—Bueno, no después de que algo me golpeó en la cabeza.

Alec alzó las manos al cielo.

—No hay mucho que contar. Nos estrellamos y te arrastré hasta aquí. Después me quedé sentado mirándote mientras te movías de un lado a otro como si estuvieras en medio de una pesadilla. ¿Otra vez los recuerdos?

No quería pensar en eso, así que asintió fugazmente.

—Hurgué dentro del Berg todo lo que pude —continuó Alec cambiando de tema, y Mark le agradeció que no insistiera—, pero el humo de los motores fue excesivo. Cuando se pueda andar por ahí sin quedarse ciego, quiero explorar un poco más. Voy a averiguar quiénes son esas personas y por qué hicieron lo que hicieron, aunque sea lo último que haga en mi vida.

—Muy bien —repuso Mark. Después, un pensamiento brotó en su mente, seguido de una sensación de alarma—. ¿Y qué pasó con lo del virus? ¿Y si los contenedores y los dardos estaban rotos y se desparramaron por toda la nave?

Alec estiró la mano y le dio unas palmadas en el pecho.

—Ya lo sé. No te preocupes. Para salir tuve que atravesar ese depósito y vi las cajas: están en perfectas condiciones.

—Bueno… ¿y cómo funciona un virus? ¿Existe alguna posibilidad de que lo hayamos pescado? ¿Nos daríamos cuenta? —no le agradaba la incertidumbre—. ¿Sabes de qué tipo de virus se trata?

Alec lanzó una risita ahogada.

—Hijo, todas esas son muy buenas preguntas que me es imposible contestar. Tendremos que preguntar a nuestra experta cuando regresemos. Tal vez Lana ya oyó hablar de esa cepa. Pero a menos que te aparezca un resfrío grave, yo no me preocuparía demasiado. Recuerda: a los demás los atacó al instante y tú sigues con vida.

La advertencia de la caja brotó en su mente y trató de tranquilizarse: *Altamente contagioso.*

–Lo tendré presente –dijo con recelo–. ¿Qué tan lejos del asentamiento crees que estemos?

–Ni idea. Debe haber un buen trecho, pero nada muy terrible.

Mark volvió a echarse en el suelo, cerró los ojos y colocó el brazo encima.

–Dame unos minutos más. Creo que deberíamos recorrer la nave. Quién sabe lo que podríamos encontrar.

–Bien dicho.

Media hora después estaba nuevamente en el interior del Berg, en medio de los restos, solo que ahora caminaba por una pared y no sobre el piso metálico. Como la nave se encontraba de costado, resultaba difícil orientarse adentro. Además de sentir que la memoria lo engañaba, estaba molesto porque tenía el estómago revuelto y le vibraba la cabeza. Pero, al igual que Alec, estaba resuelto a encontrar algo que les dijera a quién pertenecía el Berg. Lamentablemente, su pequeña morada en las montañas ya no era un refugio seguro.

Lo mejor hubiera sido entrar en el sistema de la computadora, pero Alec ya lo había intentado, sin éxito. Estaba apagada, muerta. Sin embargo, había la posibilidad de que encontraran entre los restos del Berg algún teléfono portátil o una tableta y, con un poco de suerte, no estarían rotos. Hacía mucho tiempo que no veía ese tipo de tecnología. Después de las llamaradas solares, solo quedaba lo que no se había achicharrado, y las baterías no habían durado mucho. Pero era muy probable que quien poseía un Berg también tuviera baterías.

Un Berg. Se encontraba dentro de un Berg. En ese instante comenzó a comprender cuánto había cambiado su mundo en poco más de un año. En otra época, ver una nave de esas habría sido tan excitante como ver un árbol. Y apenas ayer habría imaginado que nunca más volvería a ver una. Pero ahí estaba ahora, revolviendo en busca de secretos el contenido de un Berg al que había ayudado a derribar. Era emocionante a pesar de que, hasta el momento, solo había encontrado basura, ropa, piezas rotas de la nave y más basura.

Y de repente sintió que había ganado la lotería: una tableta en perfecto estado. Estaba encendida; había sido la pantalla luminosa lo que había llamado su atención. Se hallaba en una de las cabinas pequeñas, entre un colchón y la parte de abajo de una de las literas. En cuanto la levantó la apagó: si se le agotaba la batería, no habría manera de cargarla nuevamente.

Encontró a Alec en otra cabina, inclinado sobre un bolso personal y maldiciendo mientras intentaba abrirlo.

—Sorpresa, mira lo que tengo —anunció con orgullo, alzando el dispositivo en el aire—. ¿Y cómo te fue a ti?

Alec se había enderezado y sus ojos se iluminaron ante el descubrimiento.

—Yo no encontré absolutamente nada y ya estoy harto de buscar. Echémosle un vistazo a eso.

—Espero que no se le agote la batería.

—Bueno, más razón todavía para examinarla cuanto antes, ¿no crees?

—Hagámoslo afuera. Ya me cansé de este montón de chatarra.

Se sentaron a la sombra de un árbol mientras el sol continuaba recorriendo el cielo penosamente. Mark hubiera jurado que el tiempo transcurría con más lentitud cuando el sol se hallaba en lo alto azotándolos con sus rayos anormalmente poderosos. Para controlar las funciones en la pantalla de la tableta, debía secarse una y otra vez el sudor de las manos.

Parecía cualquier cosa menos una herramienta de trabajo: había juegos, libros, viejos programas de noticias anteriores a las llamaradas. Hasta encontraron un diario personal que, de haber sido actualizado recientemente, les habría proporcionado una tonelada de información. Pero en definitiva no parecía haber nada de importancia.

Después de mucho investigar, finalmente encontraron la función de mapeo. Resultaba obvio que no funcionaba con los viejos satélites para GPS, ya que todos se habían destruido en el holocausto radiactivo provocado por las llamaradas solares. Sin embargo, parecía estar conectado con un rastreador interno del Berg, quizá controlado por un antiguo radar o algún otro tipo de tecnología de onda corta. Además, la nave que ahora se encontraba en ruinas había creado un historial de cada viaje.

—¡Mira eso! —exclamó Alec, señalando un punto en el mapa. Todas las líneas que describían los vuelos del Berg terminaban siempre en el mismo sitio—. Tiene que ser el cuartel general, la base o como quieras llamarla. Y a juzgar por las coordenadas y por lo que sé de ese grupo de colinas a las que consideramos nuestro hogar, no puede estar a más de ochenta o cien kilómetros de distancia.

—Quizá sea una vieja base militar —sugirió Mark.

Alec meditó unos segundos.

—O tal vez un búnker. Una fortificación semejante tendría sentido allá arriba en las montañas, y hacia allá nos dirigiremos, muchacho. Más vale temprano que tarde.

—¿Ahora? —preguntó Mark incrédulo. Pese al golpe que había recibido en la cabeza, pensaba que el viejo no iba a querer trepar todo ese trecho antes de regresar a la aldea.

—No, todavía no. Primero debemos volver a casa y ver cómo están las cosas. Hay que averiguar si Darnell y los demás se encuentran bien.

Ante la mención de Darnell, se le cayó el alma al suelo.

—¿Recuerdas lo que vimos en ese Berg? ¿Las cajas de dardos? Es imposible que esta gente se haya tomado el trabajo de tendernos una emboscada y hacer un desfile aéreo solo para arrojarnos gripe.

—Tienes razón, muchacho. Odio decirlo, pero así es. No espero encontrar buenas noticias a nuestro regreso, pero igual tenemos que volver, así que vámonos ya.

Se puso de pie y Mark lo imitó mientras colocaba la tableta en el bolsillo trasero del pantalón. Prefería volver al poblado que ir a buscar una fortaleza.

Aunque todavía se sentía un poco mareado y le dolía la cabeza, cuanto más avanzaban y más se aceleraba su pulso, mejor se sentía. Árboles, sol, arbustos y raíces; ardillas, insectos y víboras. Sus pulmones se llenaron del aire cálido pero a la vez fresco, que olía a savia y a quemado.

El Berg los había alejado de su casa más de lo que habían imaginado y tuvieron que acampar dos noches en el bosque, donde descansaron solo lo suficiente para recuperar las fuerzas. El único alimento consistió en algún pequeño animal que Alec cazó con su cuchillo. Por fin, al caer la tarde del tercer día desde el ataque del Berg, llegaron cerca del asentamiento.

Se hallaban a menos de dos kilómetros de la aldea cuando el hedor a muerte los azotó como una ráfaga brutal de calor intolerable.

10

Pocas horas antes del atardecer arribaron a la base del monte, sobre la cual se recostaban las hileras de chozas y cabañas. Mark había arrancado una tira ancha del extremo de su camisa para cubrirse la boca y la nariz. Al llegar a la última elevación previa a la aldea, apoyó la mano sobre la tela. El olor era espantoso. Podía sentirlo en la lengua, húmedo, mohoso, podrido, y deslizándose hacia el estómago, como si se hubiera tragado algo en descomposición. En medio de jadeos y luchando contra las ganas de vomitar, dio un paso tras otro, temiendo ver los horrores que había dejado a su paso el ataque.

Darnell.

No tenía ninguna expectativa con respecto al muchacho. Con el corazón afligido, había aceptado que su amigo debía estar muerto. Pero, ¿qué había sido de Trina, de Lana? ¿Y de Misty y el Sapo? ¿Habían sobrevivido o los había atacado algún virus loco? Se detuvo cuando Alec estiró la mano y le tocó el pecho.

—Bueno, escúchame —dijo el hombre, con la voz ahogada por la tela que cubría su boca—: no podemos dejarnos llevar por nuestras emociones. Sin importar lo que veamos, nuestra prioridad es salvar a toda la gente que sea posible —advirtió. Mark hizo un gesto afirmativo y se dispuso a reanudar la marcha, pero Alec lo detuvo—. Necesito saber si me entendiste bien —continuó con expresión severa, similar a la de un maestro enojado—. Si subimos hasta allí y comenzamos a abrazar a la gente y a llorar y, llevados por el desconsuelo, nos olvidamos de que hay quienes no tienen posibilidad de sobrevivir… a la larga, eso solo va a herir a más personas. ¿Entiendes? Tenemos que pensar a largo plazo. Y por más egoísta que suene, tenemos que protegernos primero nosotros mismos. ¿Captaste? Nosotros mismos. Salvar a la mayor cantidad de gente significa que no podremos salvar a nadie si estamos muertos.

Mark lo miró a los ojos y distinguió la dureza que había en ellos. Sabía que Alec tenía razón. Con la tableta, el mapa y lo que habían averiguado acerca de la gente del Berg, quedaba claro que estaba sucediendo algo muy grande.

—¿Mark? —dijo Alec, chasqueando los dedos para llamar su atención—. Háblame, amigo.

—¿Qué quieres decir? —preguntó—. ¿Que si la gente parece estar enferma... si esos dardos realmente enferman a la gente... no debemos acercarnos?

Alec dio un paso atrás; su rostro tenía una expresión que Mark no alcanzó a comprender.

—Cuando lo dices de esa manera no suena muy fraternal, pero es exactamente lo que quiero decir. No podemos correr el riesgo de contagiarnos la enfermedad. No sabemos cómo estará todo allá arriba ni a quién nos estamos enfrentando. Solo digo que tenemos que estar preparados y, ante la menor duda acerca de alguien...

—Lo abandonamos para que se lo devoren las fieras —concluyó con deliberada frialdad para lastimarlo.

El ex soldado solo movió la cabeza de un lado a otro.

—Muchacho, ni siquiera sabemos con qué nos vamos a encontrar. Subamos de una vez y busquemos a nuestros amigos. Lo único que quiero decirte es que no actúes en forma estúpida. No te acerques a nadie, y obviamente no toques a nadie. Mantén esa tela alrededor de tu hermosa cabecita. ¿Entiendes?

Mark había comprendido. Al menos, le parecía razonable mantenerse a cierta distancia de quienes habían recibido los dardos. *Altamente contagioso.* Las palabras resonaron otra vez en su mente, y supo que Alec estaba en lo cierto.

—Entiendo. No voy a actuar en forma estúpida. Lo prometo. Voy a seguir tu ejemplo.

Una mirada compasiva se dibujó en el rostro de Alec, algo que no era muy frecuente. En esos ojos había auténtica bondad.

—Hijo, hemos pasado por el infierno y logramos sobrevivir. Lo sé. Pero eso nos ha fortalecido, ¿verdad? Podemos enfrentar lo que viene —afirmó, alzando la vista hacia el sendero que conducía a la aldea—. Esperemos que nuestros amigos se encuentren bien.

—Esperemos —repitió Mark mientras sujetaba con fuerza la tira de tela que cubría su rostro.

Con un rígido ademán (de nuevo el profesional), Alec comenzó a trepar la colina. Mark se juró controlar sus emociones y salió detrás de él.

Cuando alcanzaron la cima, el origen del olor nauseabundo apareció ante su vista con nitidez.

Había tantos cuerpos…

En las afueras del poblado se levantaba una gran estructura de madera muy simple que, originalmente, había servido de refugio en las tormentas. Luego, cuando se construyeron edificios más sólidos, se había utilizado para almacenamiento. Tenía tres paredes y el frente estaba abierto. El techo de paja tenía capas de lodo para mantener el interior lo más seco posible. Todos la llamaban La Inclinada porque, a pesar de ser bastante maciza y resistente, parecía inclinarse hacia la pendiente de la montaña.

Alguien había decidido colocar a los muertos allí.

Estaba horrorizado. No debería, ya que en el último año había visto más cadáveres que los que cien sepultureros hubieran contemplado en toda su vida. De todas formas, era impresionante.

Dispuestos uno al lado del otro, unos veinte cuerpos ocupaban todo el suelo. La mayoría tenía el rostro cubierto de sangre: alrededor de la nariz, de la boca, de los ojos y de las orejas. Y a juzgar por el olor y el color de la piel, todos llevaban muertos uno o dos días. Un rápido vistazo reveló que Darnell no se encontraba en el grupo, pero Mark no se permitió alentar esperanzas. Apretó con más fuerza la tela contra el rostro y se obligó a apartar la vista de los cadáveres. Por un tiempo, iba a resultarle imposible probar un solo bocado.

Alec no parecía muy perturbado. Continuaba observando los cuerpos con gesto de frustración más que de desagrado. Tal vez quería ingresar, examinar los cadáveres y descubrir qué estaba sucediendo, pero sabía que eso sería una tontería.

—Entremos a la aldea —propuso Mark—. Y busquemos a nuestros amigos.

—Está bien —fue la respuesta de Alec.

Parecía un pueblo fantasma: nada más que polvo, madera reseca y aire caliente.

A pesar de que los senderos y callejones estaban desiertos, Mark percibía miradas fugaces a través de las ventanas, grietas y rendijas de las viviendas construidas al azar. No conocía a toda la gente de su campamento, pero sabía que a esas alturas alguien ya debería haberlo reconocido.

—¡Hola! —gritó el sargento, sobresaltándolo—. Soy Alec. ¡Alguien salga a contarnos qué pasó desde nuestra partida!

Unos metros más adelante, se oyó una voz ahogada.

—Todos permanecimos encerrados desde la mañana siguiente a la llegada de ese Berg. De las personas que ayudaron a los que recibieron disparos… la mayoría también enfermó y murió… solo tardaron un poquito más.

—Fueron los dardos —respondió Alec en voz bien fuerte para que todos los que estuvieran cerca pudieran oírlo—. Debe ser un virus. Nosotros logramos colarnos en ese Berg; lo estrellamos a dos días de aquí. Encontramos una caja con los dardos que nos dispararon. Es muy probable que hayan infectado a la gente que fue alcanzada por ellos.

Dentro de los refugios comenzaron a escucharse susurros y murmullos, pero nadie respondió.

—Es una suerte que hayan sido lo suficientemente inteligentes como para permanecer en sus casas. Si se trata de algún tipo de virus, eso impidió que se propagara como la pólvora. ¿Quién sabe? Si todos están encerrados y nadie más se enfermó, puede haberse extinguido con esos pobres diablos de La Inclinada.

—Ojalá tengas razón —repuso Mark con expresión de duda.

El ruido de pisadas evitó que Alec respondiera. Ambos se dieron vuelta justo a tiempo para ver a Trina bordeando un recodo con rapidez y dirigiéndose hacia ellos. Sucia y sudorosa, su rostro estaba teñido por la desesperación. Al ver a Mark, sus ojos se encendieron, y se dio cuenta de que a él le ocurría lo mismo. Se sintió aliviado al ver que ella tenía aspecto saludable. Echó a correr hacia él sin intención de disminuir el paso, hasta que Alec la detuvo.

Cuando se interpuso entre los dos con las manos estiradas, Trina frenó de golpe.

—Muy bien, chicos. Seamos cuidadosos antes de comenzar con los abrazos. Debemos ser muy precavidos.

Mark esperó que Trina se quejara, pero ella hizo una señal de asentimiento mientras inhalaba profundamente.

—Está bien. Solo iba… Es que estoy tan contenta de verlos… Pero dense prisa, tengo que mostrarles algo. ¡Vengan! —exclamó agitando las manos y luego echó a correr en la dirección en que había venido.

Sin vacilar, la siguieron a través del callejón principal del poblado. Mientras circulaban, Mark oyó gritos y murmullos y vio dedos que apuntaban hacia afuera desde las casas cerradas. Después de varios minutos, Trina se detuvo ante una pequeña choza que tenía tres troncos clavados sobre la puerta. Del lado de afuera.

Habían puesto a alguien en prisión. Y ese alguien estaba gritando.

11

Los aullidos no parecían humanos.

Al llegar a la cabaña tapiada, Trina retrocedió unos pasos y se volvió hacia Mark y Alec. Sus ojos estaban llenos de lágrimas y, mientras permanecía frente a ellos respirando con fuerza, Mark pensó que nunca había visto a alguien tan triste. Aun después de todo el infierno que habían vivido.

—Sé que es terrible —exclamó ella por encima de los gritos del prisionero. Mark se dio cuenta de que se trataba de un hombre o de un chico, pero no podía decidir si era algún conocido. Los sonidos eran aterradores—. Él nos obligó a hacerlo. Dijo que si no, se cortaría las venas. Y desde entonces está cada vez peor. No sabemos por qué no se murió como los demás. Pero Lana se aseguró de que fuéramos muy cuidadosos desde el principio. Le preocupaba mucho la probabilidad de que algún virus contagioso quedara en libertad. Apenas comenzó a enfermarse más gente, nos puso en cuarentena. Todo sucedió muy rápido.

Mark estaba perplejo. Abrió la boca para hacer una pregunta, pero volvió a cerrarla sin decir nada. Tal vez ya sabía la respuesta.

—Es Darnell el que está allí adentro, ¿no? —inquirió Alec en su lugar.

—Sí —dijo Trina y un nuevo torrente de lágrimas se derramó por su rostro. Mark habría querido abrazarla y quedarse con ella el resto del día y toda la noche. Pero en ese instante no tenía más que palabras.

—Está bien, Trina. Ambas hicieron lo correcto. Como dijo Lana, Darnell sabía que lo habían infectado. Todos tenemos que ser muy cautelosos hasta que estemos seguros de que este virus ha dejado de propagarse.

A través de las grietas de la pared se filtraron nuevos gritos. Parecía que Darnell se estaba desgarrando la garganta y Mark deseó poder taparse los oídos.

—¡Mi cabeza! —exclamó de pronto, con dolorosa desesperación.

Mark giró violentamente y clavó los ojos en la cabaña. Era la primera vez que Darnell utilizaba palabras inteligibles. Sin poder contenerse, corrió hacia una ventana que tenía un hueco de unos cinco centímetros entre los tablones.

—¡Mark! —gritó Alec—. ¡Vuelve acá!

—No te preocupes. No voy a tocar nada.

—No me voy a poner nada contento si pescas alguna horrenda enfermedad. Te lo aseguro.

—Solo quiero ver a mi amigo —dijo echándole una mirada tranquilizadora. Oprimió con fuerza la tela contra la nariz y levantó las cejas.

Alec lanzó un gruñido y desvió la vista. Trina lo miró fijamente, desgarrada entre detenerlo o unirse a él.

—Quédate donde estás —le dijo antes de que pudiera moverse. Aunque la máscara le ahogaba la voz, ella lo escuchó claramente. Tras un leve asentimiento, bajó la mirada al suelo.

Mark se quedó observando el hueco de la ventana. El griterío había cesado, pero podía escuchar los débiles quejidos de Darnell repitiendo esas dos palabras cada dos segundos:

—Mi cabeza, mi cabeza, mi cabeza.

Dio un paso hacia adelante y luego otro más. Ahora la rendija estaba a pocos centímetros de su cara. Sujetó mejor la tela detrás del cuello para asegurarse de que la boca y la nariz estuvieran totalmente cubiertas. Después, se inclinó y espió el interior.

Los últimos rayos del sol rasgaban el piso sucio, pero la mayor parte de la habitación estaba en penumbra. En una mancha de luz distinguió las piernas de Darnell, apretadas firmemente contra su cuerpo, pero su rostro estaba oculto. En apariencia, tenía la cabeza hundida entre sus brazos.

Continuaron los balbuceos y los quejidos. Tiritaba de la cabeza a los pies, como si estuviera atrapado en medio de un temporal.

—¿Darnell? —exclamó—. Soy yo… Mark. Viejo, sé que sufriste mucho. Lo… lamento muchísimo. ¿Sabes? Atrapamos a los malditos que te hicieron esto. Les estrellamos el Berg.

Su amigo no respondió: permaneció en las sombras, temblando, gimiendo mientras balbuceaba las mismas dos palabras: *mi cabeza, mi cabeza, mi cabeza…*

Mark sintió que sus tripas caían en picada hacia un lugar oscuro dejándolo vacío por dentro. Había visto mucho terror y mucha muerte, pero contemplar a su amigo sufriendo en soledad… lo aniquiló. Especialmente porque no tenía ningún sentido, era algo innecesario. ¿Por qué alguien haría algo así a los demás después de todo el dolor que el mundo había padecido? ¿La vida no era ya suficientemente atroz?

Una furia repentina lo envolvió. Golpeó la pared dura de la choza con los puños y le sangraron los nudillos. Esperaba que un día alguien pagara por todo eso.

—¿Darnell? —lo llamó otra vez. Tenía que decir algo que aliviara la situación—. Quizá… quizá eres más fuerte que los demás y por eso estás vivo. Resiste, viejo. Sé paciente. Vas a… —eran palabras vacías. Sintió que le estaba mintiendo a su amigo—. De todos modos, el sargento y yo, Trina, Lana… vamos a arreglar las cosas, de alguna forma. Tú solo tienes que…

De repente, el cuerpo de Darnell se puso rígido, estiró las piernas y los brazos colgaron tiesos a los costados. De su garganta devastada, brotó otro aullido peor que los anteriores, como el rugido de un animal furioso. Sorprendido, Mark retrocedió de un salto, pero al instante volvió a inclinarse sobre la ventana, con el ojo lo más pegado posible al orificio, pero sin tocarlo. Darnell había rodado hasta el centro del recinto. Su rostro había quedado completamente a la vista bajo un rayo de luz y no cesaba de temblar.

La sangre le cubría la frente, las mejillas, el mentón y el cuello; le pegoteaba el pelo; goteaba de los ojos y de los oídos, y se escapaba de los labios. Finalmente, el chico logró controlar los brazos y se presionó los costados de la cabeza retorciendo las manos como si deseara desenroscar de su cuello el sufrimiento. Y los alaridos no se detenían, interrumpidos solamente por las dos únicas palabras que parecía recordar:

—¡Mi cabeza! ¡Mi cabeza! ¡Mi cabeza!

—Darnell —susurró Mark, aunque sabía que ya no había manera de hablar con su amigo. A pesar de lo culpable que se sentía, sabía que no podía entrar en la choza e intentar ayudarlo. Sería una reverenda estupidez.

—¡Mi cabeeeeeeeza! —gritó Darnell en un gemido feroz e interminable que hizo retroceder a Mark nuevamente. No se creía capaz de seguir contemplando esa agonía.

Se escuchó ruido en el interior de la choza, como de pies que se arrastraban. A continuación, un golpe pesado y profundo contra la puerta. Luego otro y otro.

Pum. Pum. Pum.

Mark cerró los ojos. Sabía qué eran esos golpes espantosos. De pronto apareció Trina, lo atrajo entre sus brazos y lo apretó con fuerza mientras el llanto lo hacía temblar. Alec protestó, pero sin mucho entusiasmo. Ya era demasiado tarde.

Sonaron unos cuantos golpes más y luego un último grito persistente y prolongado que terminó en un estallido húmedo atravesado por un gorgoteo. Después, Darnell se desplomó en el suelo con una sonora exhalación.

Aunque estaba avergonzado de sí mismo, en ese momento de quietud Mark se sintió aliviado de que la tortura finalmente hubiera llegado a su fin… y de que no hubiera sido Trina.

12

Nunca había pensado en Alec como en una persona dulce y amable. Ni remotamente. Pero cuando el soldado caminó hasta donde se hallaban Mark y Trina y los separó, había una expresión cariñosa en su rostro. Y luego habló:

—Sé que hemos pasado cosas muy difíciles juntos —afirmó con una mirada fugaz hacia la choza donde se encontraba Darnell—. Pero, por lo que oímos, eso debe haber sido lo peor de todo —el hombre hizo una pausa antes de continuar—. No podemos rendirnos ahora. Desde el primer día, el objetivo principal siempre ha sido sobrevivir.

Trina se secó las lágrimas y lo miró con frialdad.

—Ya estoy harta de sobrevivir. Por lo menos Darnell ya está fuera de este mundo.

Después de tantos años de conocerla, era la primera vez que Mark la veía tan enojada.

—No digas eso. Sé que no hablas en serio.

La mirada de Trina se desvió hacia él y se suavizó.

—¿Cuánto terminará todo esto? Sobrevivimos meses mientras el sol azotaba el planeta, buscamos un lugar donde levantar un refugio, conseguimos comida. ¡Hace unos pocos días nos estábamos riendo! ¿Y de repente aparecen unos tipos en un Berg y nos disparan dardos y la gente muere? ¿Qué es esto? ¿Una broma de mal gusto? ¿Hay alguien allá arriba riéndose de nosotros? ¿Acaso somos los protagonistas de algún juego virtual?

Su voz se quebró y se echó a llorar nuevamente, cubriéndose el rostro con las manos mientras se sentaba en la tierra compacta con las piernas cruzadas. Sus hombros se sacudían al ritmo de los sollozos.

Mark echó una mirada a Alec, quien entrecerró los ojos como diciendo: *Dile algo, es tu amiga.*

—¿Trina? —comenzó en voz baja. Se arrodilló junto a ella y le pasó un brazo por los hombros—. Ya lo sé… Justo cuando pensábamos que las cosas no podían empeorar. Lo siento —agregó. Sabía que no convenía fingir que la situación era menos terrible de lo que realmente era. Hacía mucho tiempo que habían jurado evitar los engaños inútiles—. Te prometo que estaremos juntos —prosiguió—. Y haremos todo lo que esté a nuestro alcance para no contagiarnos de eso que mató a Darnell y a los demás. Pero si vamos a hacer eso… —le frotó la espalda y desvió la vista hacia Alec en busca de ayuda—.

—Entonces debemos estar alertas —explicó el hombre—. Tenemos que ser cautelosos, inteligentes e implacables cuando llegue la ocasión.

Aunque Mark sabía que era una estupidez tocar a su amiga, no le importó: si ella moría, no estaba seguro de poder seguir viviendo.

Trina apartó las manos del rostro y miró a Alec.

—Mark, levántate y aléjate de mí.

—Trina…

—Hazlo. Ahora. Colócate junto a Alec; así puedo verlos a ambos.

Mark hizo lo que le pidió. Caminó unos metros hasta Alec y, cuando se dio vuelta, comprobó que cualquier indicio de la Trina llorosa, indefensa y derrotada había desaparecido y había sido reemplazado por la mujer firme y resuelta de siempre. Ella se puso de pie y cruzó los brazos.

—Desde que ustedes se treparon a ese Berg he sido muy cuidadosa. Los trajes que llevaban esos idiotas, los dardos, la rapidez con que la gente que recibió los disparos se enfermó… Incluso antes de que Lana nos hablara, era obvio que estaba ocurriendo algo. La única persona con la que estuve fue Darnell, quien se mantuvo a distancia. Él mismo se atrincheró en ese lugar y me obligó a tapiar la choza —se detuvo para tomar aire y miró detenidamente a cada uno—. Lo que intento decir es que no creo que esté enferma. Especialmente dado que el virus actuó con tanta rapidez en los que sí lo estaban.

—Te entiendo, pero… —empezó Alec, pero Trina lo interrumpió, molesta.

—Aún no he terminado —replicó con una mirada cortante—. Sé que tenemos que tener cuidado. Yo *podría* estar enferma. Sé que nos tocamos pero trataremos de no hacerlo más hasta que estemos completamente seguros. Y los tres tenemos que hacernos máscaras nuevas y lavarnos la cara y las manos como locos.

A Mark le gustó que ella tomara la iniciativa.

—Yo estoy de acuerdo.

—Totalmente —concordó Alec—. ¿Pero dónde están los demás? ¿Lana, Misty, el Sapo?

Trina apuntó en varias direcciones.

—Todos se encerraron en sitios diferentes hasta que ya nadie presente ninguna señal de poseer la enfermedad. Tal vez un par de días más.

Quedarse sentado sin hacer nada durante uno o dos días le pareció a Mark la peor idea del mundo.

—Si hacemos eso, me voy a volver loco. Encontramos una tableta con un mapa del lugar de donde provenía ese Berg. Juntemos algunas provisiones y larguémonos de aquí. Quizá logremos averiguar algo.

—De acuerdo —intervino Alec—. Deberíamos alejarnos de este lugar todo lo que podamos.

—Esperen… ¿qué hacemos con Darnell? —indagó Mark. Pese a que sabía lo que dirían, el hecho de preguntar lo hizo sentir un poco mejor—. ¿Lo enterramos?

Los ojos de Trina y de Alec lo decían todo: no podían arriesgarse a estar cerca de su cuerpo.

—Llévanos adonde se encuentran Lana y los otros —le dijo Alec a Trina—. Después nos marcharemos.

Al recorrer la aldea en busca de sus amigos, Mark temió que los demás quisieran unirse a ellos. Sin embargo, el miedo los había golpeado con tanta violencia que nadie se atrevía a aventurarse fuera de su casa. En el poblado reinaba un silencio inquietante, pero podía sentir los ojos clavados en él mientras atravesaba senderos y callejones. Cuanto más lo pensaba, menos le sorprendía. El mundo los había castigado suficientemente a todos, ¿para qué buscarse más calamidades?

Encontraron a Misty y al Sapo en las afueras, en el primer piso de una cabaña de troncos, al otro lado de La Inclinada, donde estaban los cadáveres. Trina no estaba segura de dónde se hallaría Lana. Una hora después, la ubicaron a la orilla del río, descansando detrás de unos arbustos. Se sintió molesta por que la hubieran pescado durmiendo, pero estaba exhausta. Tan pronto como Mark y Alec abordaron el Berg y desaparecieron en el bosque, se había hecho cargo de la situación. Cubierta con guantes y máscara, se ocupó de poner a la gente en cuarentena, transportar los cuerpos y repartir comida de casa en casa. A pesar de que nadie sabía exactamente qué había sucedido, Lana había insistido desde el principio en que debían tener mucho cuidado en caso de que se tratara de algo contagioso.

—No estoy enferma —concluyó mientras se preparaban para abandonar el río y regresar a la aldea—. Todo sucedió tan rápidamente… y los que se enfermaron después ya están todos muertos. Creo que a estas alturas yo ya debería tener algún síntoma.

—¿Fue muy rápido? —preguntó Mark—. ¿Cuánto tardó en hacer efecto?

—Excepto Darnell, todos murieron en el transcurso de las doce horas siguientes —respondió—. Desarrollaron síntomas dentro de las dos o tres horas después de haber despertado. Pienso que los que ahora están vivos y sin síntomas, están sanos.

Mark echó un vistazo al grupo: el Sapo se movía nerviosamente; Misty tenía la mirada en el piso; Alec y Lana se miraban fijamente y parecían estar manteniendo una conversación silenciosa, y Trina lo observaba a él. Los ojos de ella eran elocuentes: superarían ese momento, así como habían superado todo lo demás.

Una hora después se encontraban en la Cabaña llenando las mochilas con todos los suministros y las provisiones que podían transportar.

Mientras trabajaban, se mantenían alejados unos de otros. La precaución les surgió naturalmente. Durante el vértigo de los preparativos, Mark se lavó las manos al menos tres veces.

Una vez que todos tuvieron una mochila cargada en la espalda, Misty lanzó un resoplido. Como los bolsos eran realmente pesados, Mark se volvió hacia ella para indicarle que estaba de acuerdo. Pero al ver su rostro, lo asaltó la desesperación.

Estaba apoyada en una mesa con las dos manos y una intensa palidez en el rostro. Se quedó aturdido: la última vez que la había mirado, estaba bien. Pero luego a la chica se le aflojaron las piernas y cayó sobre una rodilla. Se llevó la mano a la cara con cautela, como si temiera lo que podría encontrar allí.

–Me duele… la cabeza –susurró.

13

—¡Salgan todos de aquí! —gritó Lana—. ¡Afuera! ¡Ya!

Mark se quedó mudo. Deseaba con todo su ser hacer exactamente lo contrario de lo que la enfermera acababa de ordenar: quería ayudar a su amiga.

—Salgan. ¡Después hablamos! —insistió y señaló la puerta.

—Vayan —dijo Misty débilmente—. Hagan lo que dice.

Mark y Trina intercambiaron miradas, pero ella vaciló solo un segundo antes de cruzar la puerta. Alec salió detrás y Lana lo siguió.

Cuando estaba por salir, Mark notó que el Sapo no se había movido.

—Vamos, viejo… Ven conmigo afuera y conversemos. Misty, díselo tú.

—Tiene razón, Sapito —murmuró la joven, que ya se había sentado en el piso junto a su mochila. Mark no podía creer lo rápido que había pasado de estar totalmente bien a estar literalmente por el suelo, demasiado débil para sostenerse en pie.

—Vete y déjame pensar un poco. Quizá solo sea algo que comí y me cayó mal —añadió. Pero Mark se dio cuenta de que solo trataba de tranquilizarlo.

—No podemos seguir abandonando a la gente sin más —dijo el Sapo, echándole una mirada fulminante.

—¡Si no lo haces terminarás muerto! —señaló Misty—. ¿Qué pensarías si fuera al revés? Querrías que yo me fuera. ¡Lárgate ya!

Eso pareció consumirle gran parte de la energía. Se desplomó y terminó casi echada en el suelo.

—Vamos —dijo Mark—. No la estamos abandonando. Solo vamos afuera a charlar.

Mascullando por lo bajo, el Sapo salió de la Cabaña pisando fuerte.

—Esto es un desastre. Un completo desastre.

Mark desvió los ojos hacia Misty, que tenía la mirada clavada en el piso mientras respiraba agitadamente.

—Lo siento —fue todo lo que alcanzó a decir antes de unirse a los demás.

Decidieron darle una hora y después ver si mejoraba o empeoraba. O si se mantenía igual.

Fue una hora desesperante. Mark no lograba quedarse quieto. Asaltado por infinitas preocupaciones, caminaba de un lado a otro frente a la Cabaña. La idea de que un virus estuviera ingresando furtivamente en su organismo… y también en el de Trina… le resultaba insoportable. Quería saber. *Ahora*. Estaba tan abrumado que descubrió que había olvidado que Misty posiblemente tuviera el virus y moriría pronto.

—Creo que tenemos que analizar lo que sabemos de la enfermedad —comentó Lana cuando estaba por acabarse el tiempo. Misty no estaba ni mejor ni peor. Muda e inmóvil, continuaba tumbada en el piso de la Cabaña respirando regularmente.

—¿Qué quieres decir? —preguntó Mark, contento de que alguien hubiera roto el silencio.

—Darnell y Misty son la prueba de que estamos frente a algo que no tiene efecto inmediato.

—Pienso que deberíamos aprovechar el tiempo que tenemos —intervino Alec—. Y marcharnos a ese lugar que figura en el mapa lo antes posible —bajó la voz y agregó—: lo lamento, pero tenemos que irnos de aquí, y ¿qué mejor sitio que aquel donde podremos averiguar qué está sucediendo? Lo que había dentro de esos dardos causó esto: debemos ir a la zona de donde vinieron. Tal vez haya alguna medicina que pueda curar esta enfermedad. ¿Quién sabe?

Sus palabras brotaron un poco frías y duras, pero Mark estuvo de acuerdo. Sentía que tenía que largarse de allí.

—No podemos dejar a Misty —afirmó Trina con muy poca convicción.

—No tenemos alternativa —concluyó Alec.

Lana se separó de la pared en donde había estado apoyada y se sacudió los pantalones.

—No tenemos que cargar con la culpa —murmuró—. Preguntémosle a Misty. Se lo merece. Y acataremos su decisión.

Mark enarcó las cejas y observó a los demás, que estaban haciendo lo mismo.

Lana tomó ese silencio como una aprobación y se dirigió a la puerta abierta de la Cabaña. Sin ingresar, golpeó el marco y habló en voz alta.

—¿Misty? ¿Cómo van las cosas allí dentro?

Desde donde se encontraba Mark, se podía ver el interior. La joven estaba de espaldas y giró lentamente hacia ellos.

—Tienen que irse —pronunció febrilmente—. Algo anda muy mal dentro de mi cabeza. Como si hubiera insectos carcomiéndome el cerebro —agregó, y respiró con fuerza varias veces, como si esas pocas palabras le hubieran drenado toda la energía.

—Pero, querida, no podemos dejarte aquí —dijo Lana.

—No me hagan hablar más. Váyanse —balbuceó y volvió a respirar hondo. Mark percibió la tristeza que había en sus ojos.

Lana se dirigió al resto del grupo.

—Misty dice que debemos irnos.

Mark comprendió que todos se habían endurecido: era la única manera de sobrevivir en ese mundo devastado que las llamaradas solares habían dejado a su paso. Pero esa era la primera vez que se enfrentaban a la situación de tener que abandonar a alguien que aún parecía tan vital. Por más que Misty hubiera tomado esa decisión, creyó que la culpa lo devoraría.

Al mirar a Trina, su determinación se reafirmó. Aun así, dejó que Alec fuera el malo de la película.

El sargento se había puesto de pie con la mochila en los hombros.

—La mejor manera de honrar a Misty es ponernos en marcha y buscar información que nos sirva de ayuda.

Mark asintió y ajustó las correas de su mochila. Trina titubeó y luego se acercó a la entrada para hablar con su amiga.

—Misty... —comenzó a decir, pero no logró proferir una sola palabra más.

—Váyanse —gritó la chica y Trina retrocedió—. ¡Váyanse antes de que los insectos que están en mi cerebro salten y los muerdan! ¡Por favor!

Se había incorporado para apoyarse sobre los codos y aulló con tanta ferocidad que Mark pensó que podría haberse lastimado. Tal vez comprendía que iba a enfrentar el mismo infierno que había sufrido Darnell.

—Está bien —balbuceó Trina con tristeza—. Está bien.

El Sapo —el mejor amigo de Misty, sin lugar a dudas— todavía no había pronunciado una palabra. Con lágrimas en los ojos, tenía la mirada fija en el suelo. Pero cuando todos se prepararon para partir, el muchacho fornido no se movió del lugar. Finalmente, Alec le preguntó qué pensaba hacer.

—No voy a ir con ustedes —anunció.

Apenas lo dijo, Mark descubrió que había estado esperando que eso ocurriera. No lo tomó por sorpresa. También comprendió que no habría forma de hacerlo cambiar de opinión: tendrían que despedirse de dos amigos.

Alec y Lana discutieron con él, pero Trina no se molestó en hacerlo: era obvio que había llegado a la misma conclusión que Mark. Y tal como él lo había predicho, el Sapo no cedió.

—Es mi mejor amiga. No voy a abandonarla.

—Pero ella quiere que te vayas —repuso Lana—. No desea que te quedes aquí y acabes como ella. Quiere que vivas.

—No la voy a abandonar —repitió mirándola con frialdad. Desde adentro, Misty no dijo nada: no escuchaba o estaba demasiado débil para responder.

—Muy bien —dijo Lana sin molestarse en ocultar su irritación—. Si cambias de opinión, alcánzanos.

Lo único que deseaba Mark era marcharse. La situación se había tornado intolerable. Antes de partir, se asomó a la entrada y le echó una última mirada a Misty. Estaba acurrucada, hecha un ovillo, balbuceando con voz extraña, aunque en un tono demasiado bajo como para entender lo que decía. Pero mientras se alejaban, tuvo la certeza de que la había escuchado cantar.

Ha enloquecido, pensó. *No cabe la menor duda.*

14

Apenas habían caminado cinco kilómetros, cuando se puso demasiado oscuro para continuar. Agotado después de un día tan terrible, Mark se mostró más que dispuesto a detenerse. Alec debía saber que no llegarían muy lejos, pero permanecer en ese pueblo ya no era una opción. En medio de la tupida arboleda y el aire fresco del bosque, por fin habían logrado alejarse de todo y liberarse un poco de la tensión y las emociones violentas de las últimas horas.

Casi en completo silencio, armaron un pequeño campamento y cenaron alimentos envasados traídos de las fábricas de Asheville. Como Lana había insistido en que se mantuvieran distanciados, Mark se echó a un par de metros de Trina y se quedaron mirándose y deseando poder abrazarse. Estuvo a punto de correr hacia ella cientos de veces, pero se contuvo. De todas maneras, intuía que no se lo permitiría. No hablaron mucho, solo mantenían los ojos posados en el otro.

Sabía que ella estaba pensando lo mismo que él: que el mundo había vuelto a derrumbarse y que acababan de perder a tres de los amigos que habían sobrevivido a esa excursión de horror que habían realizado desde una Nueva York devastada hasta los montes Apalaches. Y sin duda estaban reflexionando acerca del virus. No eran pensamientos muy alegres.

Alec ignoró a todo el mundo y se dedicó a investigar la tableta que habían rescatado de los restos del Berg. Con lápiz y un poco de papel, había hecho una copia rápida del mapa que hallaron ahí, pero quería ver si conseguía descubrir algo más que les resultara útil. Con la brújula a su lado, tomaba notas y Lana permanecía cerca de él, haciendo sugerencias.

Mark notó que se le cerraban los párpados. Trina le sonrió y él le devolvió la sonrisa. Aunque pareciera patético, se sintió reconfortado. Se quedó dormido y los recuerdos se abalanzaron sobre él una vez más, impidiéndole olvidar.

Alguien los seguía de cerca.

Habían pasado solo un par de horas desde lo ocurrido en la ciudad que se hallaba encima de ellos. No tenía idea de qué podía haber sido pero supuso que se trataba de una bomba colocada por terroristas o una explosión provocada por una filtración de gas, algo que ardiera.

El calor era insoportable, igual que los gritos. Trina y él habían huido por los túneles del tren subterráneo y, a medida que se adentraban en lo desconocido, habían descubierto ramales abandonados. Había gente por todas partes, la mayoría enloquecida de terror. Estaban ocurriendo cosas malas a su alrededor: robos, hostigamiento y otras peores. Como si las únicas personas que habían logrado escapar de la catástrofe fueran delincuentes experimentados.

Trina había hallado una caja de comida instantánea que alguien había perdido en el caos. Ahora la transportaba Mark: el instinto de conservación se había apoderado de ellos. Pero obviamente a los demás les había sucedido lo mismo y todos aquellos con quienes se topaban en su huida parecían saber que los dos chicos tenían algo que ellos querían. Y tal vez no se trataba solo de la comida.

Por más vueltas que dieron en ese laberinto subterráneo de pasadizos sucios y sofocantes, no lograron perder al hombre que los seguía. Era veloz y grandote y se había convertido en su sombra. Sin embargo, cada vez que Mark se daba vuelta para mirarlo, desaparecía en algún hueco.

Avanzaban a través de un largo corredor con el agua hasta los tobillos, salpicando a cada paso. La única luz que tenían provenía del teléfono celular de Mark, y le producía pavor pensar qué pasaría cuando se agotara la batería. Le aterraba la idea de estar en medio de la más completa oscuridad, solos y sin saber adónde ir. De repente, Trina se detuvo, lo tomó del brazo y lo arrastró hacia la derecha por una abertura que él no había percibido. Era un pequeño recinto, que parecía haber sido un antiguo depósito de la época de los viejos subterráneos.

—¡Apágalo! —murmuró ella con violencia mientras lo empujaba hacia el interior del recinto y se colocaba a sus espaldas.

Apagó el teléfono y quedaron en esa negrura que tanto lo asustaba. Su primer instinto fue ponerse a gritar enloquecidamente y buscar a ciegas la salida. Pero fueron solamente unos breves segundos de pánico que superó con rapidez. Respiró con calma y agradeció el contacto de la mano de Trina en su espalda.

—No estaba lo suficientemente cerca como para habernos visto entrar —le susurró al oído desde atrás—. Y es imposible andar por el agua sin hacer ruido. Esperémoslo acá.

—De acuerdo —contestó en voz baja—. Pero si logra encontrarnos, yo ya no voy a correr más. Nos unimos y le damos una buena paliza.

—Está bien. Vamos a pelear.

Trina le apretó los brazos y se apoyó contra él. A pesar de lo absurdo que era sentir algo así en esas circunstancias, enrojeció por completo, sintió un hormigueo en todo el cuerpo y se le puso la piel de gallina. ¡Si esa chica supiera cuánto le gustaba! Lo asaltó una punzada de remordimiento al advertir que en la profundidad de su ser estaba agradecido por la tragedia, pues los había obligado a estar juntos.

Escuchó un par de chapoteos a la distancia. Luego, algunos más: era obvio que se trataba de pisadas en el agua del pequeño túnel junto al depósito. Después se oyeron varios golpes constantes que fueron aumentando de volumen a medida que su perseguidor —o al menos, eso supuso que era— se aproximaba. Se apoyó contra Trina y la pared de atrás deseando desaparecer entre los ladrillos.

Un haz de luz surgió a su derecha y Mark casi lanzó un grito de sorpresa. Las pisadas se apagaron. Entornó los ojos —que ya se habían acostumbrado a la oscuridad— e intentó distinguir el origen de la luz, que se movió y brilló por el recinto hasta que se detuvo en sus ojos y lo cegó. Miró hacia abajo. Debía ser alguien con una linterna.

—¿Quién anda ahí? —preguntó Trina en un murmullo. Como Mark estaba tan nervioso, le pareció que su voz había sonado como si brotara de un megáfono.

La linterna volvió a moverse, al tiempo que alguien salía gateando de un agujero en la pared y se ponía de pie. A pesar de que no podía distinguir ningún detalle, creyó que se trataba de un hombre: mugriento, con el cabello enmarañado y la ropa hecha jirones. Otro individuo apareció detrás de él, y luego otro más. Todos lucían igual: sucios, desesperados y peligrosos. Los tres.

—Me temo que seremos nosotros los que haremos las preguntas —dijo el primero—. Estamos aquí desde mucho antes que ustedes y no nos agradan los visitantes. Pero nos gustaría saber por qué anda todo el mundo corriendo como gatos. ¿Qué pasó? Ustedes dos no tienen aspecto de venir a visitar a sujetos como nosotros.

Mark estaba aterrorizado. Nunca en su vida le había ocurrido algo ni remotamente parecido a eso. Tartamudeó buscando qué decir, pensando que debía responder, cuando Trina se le adelantó.

—Miren, usen la cabeza. No estaríamos acá abajo si no hubiera ocurrido algo terrible allá arriba.

Mark recuperó la voz.

—¿No notaron el calor que hace? Pensamos que debe haber sido una bomba, una explosión o algo por el estilo.

El hombre se encogió de hombros.

—¿Creen que nos importa? Lo único que me preocupa es cuál será mi próxima comida. Y… quizá hoy cayó algo bueno en nuestras manos. Una pequeña sorpresa para mí y los muchachos —señaló mientras examinaba a Trina de arriba abajo.

—No se atrevan a tocarla —dijo Mark. La expresión que había en los ojos del desconocido lo llenó del coraje que le había faltado unos minutos antes—. Tenemos algo de comida. Pueden llevársela si nos dejan en paz.

—¡No les vamos a entregar nuestra comida! —exclamó bruscamente Trina.

Mark volteó hacia ella y susurró:

—Es preferible eso a que nos corten la garganta.

Escuchó varios sonidos metálicos y se volvió hacia los tres hombres: las hojas de sus cuchillos lanzaron destellos plateados.

—Hay algo que deben aprender sobre nosotros —dijo uno de ellos—. En este barrio no nos gusta negociar. Tomaremos la comida y todo lo que queramos.

La pandilla comenzó a avanzar cuando una figura irrumpió desde el pasillo y cruzó la entrada. Paralizado, Mark contempló el violento caos que se desató delante de sus ojos: los cuerpos giraron por el aire mientras los brazos se agitaban y volaban los cuchillos, en medio de golpes y gruñidos. Era como si un superhéroe hubiera ingresado en el pequeño recinto usando la velocidad y la fuerza para moler a palos a los tres intrusos. En menos de un minuto, estaban todos en el piso, enroscados, lanzando resoplidos y maldiciones.

La linterna había caído al suelo e iluminaba las botas de un hombre de gran tamaño: el que había estado siguiéndolos.

—Dejen los agradecimientos para más tarde —dijo con voz ronca y profunda—. Me llamo Alec y creo que tenemos un problema mucho mayor que estos tres idiotas.

15

Despertó con un fuerte dolor en el costado porque había pasado varias horas durmiendo sobre una roca. Con un gruñido, se puso de espaldas y observó el cielo iluminado a través de las ramas… y recordó el sueño del pasado tan vívidamente como si hubiera sido una película proyectada en una pantalla.

Aquel día, Alec los había salvado… y, desde entonces, muchísimas veces más. Pero Mark se sentía bien al saber que le había devuelto el favor en más de una ocasión. Sus vidas estaban unidas como las rocas con la tierra de la montaña sobre la cual habían dormido esa noche.

En media hora ya todos estaban de pie. Alec les había preparado un breve desayuno con unos huevos que había cocinado rápidamente en la Cabaña antes de partir. Pronto tendrían que salir a cazar. Mark estaba contento de no tener que ser un experto en ese tema, aunque había hecho una pequeña contribución. Mientras comían relativamente callados y evitando tocarse o tocar los mismos objetos, siguió meditando sobre el mismo asunto. Lo enfermaba la idea de que alguien hubiera arruinado todo justo cuando estaban a punto de llevar una vida casi normal.

—¿Estamos listos para partir? —preguntó Alec al ver que la comida se había esfumado.

—Sí —respondió Mark. Trina y Lana solo hicieron un gesto con la cabeza.

—Ese aparato fue un regalo del cielo —exclamó Alec—. Con este mapa y la brújula, estoy seguro de que llegaremos allí sin problemas. Y quién sabe con qué nos encontraremos.

Avanzaron entre la maleza apenas crecida y los árboles quemados.

Caminaron todo el día: descendieron por una montaña y subieron por la siguiente. Mark no dejaba de preguntarse si se toparían con otro campamento u otro pueblo, pues corría el rumor de que había asentamientos diseminados por todos los Apalaches. Era el único lugar apto para establecerse después de las llamaradas solares, el aumento del nivel del mar, la destrucción masiva de poblaciones, de ciudades y de casi toda la vegetación. Mark solo esperaba que algún día todo pudiera volver a la normalidad. Y, de ser posible, mientras estuviera vivo.

Por la tarde, durante un descanso junto a un arroyo, Trina chasqueó los dedos para llamar su atención y le hizo un ademán con la cabeza hacia el bosque. Luego se puso de pie y anunció que tenía que ir al baño. Tras dos largos minutos, Mark dijo que tenía que hacer lo mismo.

Se encontraron a unos cien metros, junto a un roble gigante. El aire estaba más fresco que en mucho tiempo, un poco verde y lleno de vida.

–¿Qué pasa? –preguntó. Aunque no había nadie a la vista, respetaban las órdenes de permanecer a cierta distancia.

–Estoy harta de vivir así –contestó–. Apenas nos abrazamos desde que ese Berg atacó la aldea. Ya que los dos tenemos buen aspecto y nos sentimos bien, me parece una tontería tener que estar alejados.

Sus palabras lo llenaron de consuelo. Aunque sabía que las circunstancias no podían ser peores, lo alegraba escuchar que ella quería estar cerca de él.

–Es cierto –dijo con una sonrisa–. Ignoremos de una vez esta estúpida cuarentena.

–Sería mejor que no se enterase Lana para que no le dé un ataque –agregó Trina mientras se acercaba a él, lo rodeaba con las manos y lo besaba–. Como ya dije, me parece que ya no tiene sentido tomar tantas precauciones. No tenemos síntomas, así que con un poco de suerte estamos fuera de peligro.

Mark no podría haber hablado aunque hubiera querido. Se inclinó y la besó. Esta vez, el beso fue mucho más largo.

Caminaron tomados de la mano hasta que llegaron cerca del campamento. Los sentimientos se habían arremolinado dentro de Mark con tanta fuerza que no sabía cuánto tiempo lograría seguir fingiendo. Pero por el momento no quería enfrentar la ira de Alec o de Lana.

—Creo que podremos llegar pasado mañana —anunció Alec cuando regresaron—. Aunque no creo que sea antes de la caída el sol. Descansaremos un poco y mañana decidiremos qué vamos a hacer.

—Me parece bien —dijo Mark distraídamente. Seguía flotando en una nube y, al menos por un rato, se había olvidado de todos los problemas.

—Entonces menos charla y más acción —dijo Alec.

A Mark no le pareció que la frase tuviera mucho sentido; se encogió de hombros y miró a Trina. Cuando vio la sonrisa que había en su rostro, deseó que aquella noche todos se durmieran temprano.

Ambos debieron reprimir el impulso de tomarse otra vez de la mano mientras salían caminando detrás de Lana y del viejo oso.

Esa noche, solo los ronquidos de Alec y el suave murmullo de la respiración de Trina sobre el pecho de Mark interrumpieron el silencio y la oscuridad del campamento. Habían esperado hasta que Alec y Lana cayeran desmayados de cansancio para escabullirse sigilosamente y abrazarse.

Mark levantó los ojos hacia las ramas de los árboles y buscó un espacio que dejara ver las estrellas brillantes. Desde muy niño, su madre le había enseñado cuáles eran las constelaciones y él había pasado esa valiosa información a su hermanita Madison. Lo que más le gustaba eran las historias que se escondían detrás de ellas, y le agradaba compartir sus conocimientos. Además, era muy raro ver el cielo estrellado en una ciudad enorme como Nueva York. Cada viaje al campo era un momento muy especial. Se pasaban horas conversando sobre los mitos y las leyendas de las estrellas que colgaban sobre ellos.

Divisó a Orión con el cinturón más brillante que nunca. Esa había sido la constelación favorita de Madison porque era muy fácil de distinguir y tenía detrás una historia genial: el cazador y su espada, los perros, todos peleando contra un toro endemoniado. Cada vez que Mark contaba la leyenda, la embellecía un poco más. El pensamiento le produjo un nudo en la garganta y se le humedecieron los ojos. ¡Extrañaba tanto a Madison! Quería olvidarse de ella porque era un recuerdo muy doloroso.

De pronto oyó el crujido de unas ramas a lo lejos. Los pensamientos sobre su hermanita se evaporaron al instante mientras se incorporaba instintivamente, olvidando que Trina estaba apoyada en su pecho. Ella masculló algo, se colocó de costado y reanudó su sueño profundo justo cuando se escuchó otro crujido proveniente del bosque.

Apoyó una mano en el hombro de ella al tiempo que se arrodillaba y echaba una mirada a su alrededor. Pese a la luz de la luna y de las estrellas, estaba demasiado oscuro como para poder distinguir algo a través de la tupida arboleda. Pero su audición se había agudizado considerablemente desde que la electricidad y la luz artificial habían pasado a la historia. Se calmó y prestó atención. Aunque sabía que podía ser un ciervo, una ardilla o tantas cosas más, no había sobrevivido un año en ese mundo calcinado por el sol gracias a las suposiciones. Hubo más chasquidos de ramas y crujidos de hojas. Ya no quedaban dudas de que eran dos pies de pisada fuerte.

Estaba a punto de llamar a Alec cuando una sombra emergió detrás de un árbol y se colocó delante de él. Se escuchó el chasquido de un fósforo justo antes de que apareciera la llama, que reveló a la persona que lo sostenía.

El Sapo.

—¿Qué…? —soltó Mark mientras el alivio explotaba en su pecho—. Sapo. Casi me matas del susto, viejo.

El joven cayó de rodillas y acercó el fósforo encendido a su rostro. Estaba demacrado y tenía los ojos húmedos y llenos de angustia.

—¿Estás… bien? —preguntó esperando que su amigo solo estuviera cansado.

—No —contestó con la cabeza temblorosa, como si estuviera a punto de echarse a llorar—. No, Mark. No estoy nada bien. Hay seres viviendo dentro de mi cerebro.

16

Mark sacudió a Trina y se puso de pie con dificultad, levantándola a ella al mismo tiempo. No cabía duda de que el Sapo estaba enfermo, y se hallaban a pocos metros del campamento. El hecho de que no supieran nada acerca de ese virus, volvía todo aún más aterrador. Trina parecía desorientada, pero Mark no se detuvo y la arrastró hasta el otro lado de las cenizas de la fogata de la noche anterior.

—¡Alec! —gritó—. ¡Lana! ¡Despiértense!

Como si todavía fueran soldados, no les tomó más de tres segundos ponerse de pie. Pero ninguno de los dos había notado la presencia del visitante.

No perdió tiempo con explicaciones.

—Sapo, estoy contento de que hayas venido y te encuentres bien. Pero, ¿estás enfermo?

—¿Por qué? —inquirió su amigo, que seguía de rodillas, con el rostro en sombras—. ¿Cómo pudieron abandonarme después de todo lo que pasamos juntos?

Mark sintió que se le quebraba el corazón: la pregunta no tenía una respuesta agradable.

—Yo… todos… tratamos de hacerte venir con nosotros.

El Sapo actuó como si no lo hubiera escuchado.

—Tengo cosas dentro de la cabeza. Necesito que me ayuden a sacarlas de ahí antes de que devoren mi cerebro y se dirijan hacia el corazón —balbuceó con un gemido que a Mark le pareció que provenía de un perro herido más que de un ser humano.

—¿Qué síntomas tienes? —preguntó Lana—. ¿Qué le sucedió a Misty?

El muchacho apoyó las manos sobre las sienes en una actitud siniestra.

—Hay… *cosas*… en mi cabeza —repitió con deliberada lentitud. Su voz estaba teñida de ira—. Entre toda la gente de este olvidado planeta, pensé que mis amigos desde hace más de un año estarían dispuestos a ayudarme a echarlas fuera —se puso de pie y comenzó a gritar—. ¡Sáquenme estas cosas de la cabeza!

—Ya cálmate, Sapo —dijo Alec, la voz cargada de amenaza.

Mark no quería que la situación explotara y terminara en algo que todos habrían de lamentar.

—Sapo, escúchame. Vamos a ayudarte como podamos, pero tienes que sentarte y dejar de gritar.

El chico no respondió, pero su cuerpo se quedó rígido. Mark se dio cuenta de que tenía los puños apretados.

—¿Sapo? Necesitamos que te sientes y nos cuentes todo lo ocurrido desde que nos marchamos de la aldea.

El muchacho no se movió.

—Vamos —insistió—. Queremos ayudarte. Siéntate y relájate.

Después de unos segundos, obedeció. Se desplomó en la tierra y quedó tumbado como si hubiera recibido un disparo. Tendido de costado, emitía gemidos mientras se movía de un lado a otro.

Mark respiró hondo al sentir que la situación volvía a estar bajo cierto control. Se dio cuenta de que Trina y él se hallaban uno junto al otro y ni Alec ni Lana parecían haberlo notado todavía. Se adelantó unos pasos y se sentó al lado de lo que había sido la fogata.

—Ese pobre chico —escuchó que Alec mascullaba a sus espaldas, en voz lo suficientemente baja para que el Sapo no alcanzara a escuchar. A veces, el viejo decía exactamente lo que él estaba pensando.

Por suerte, el instinto de enfermera de Lana triunfó y se hizo cargo de la conversación.

—Bueno —comenzó—. Sapo, parece que estás muy dolorido y lo siento mucho. Pero para ayudarte, necesitamos saber algunas cosas. ¿Estás en condiciones de hablar?

–Haré todo lo que pueda. Pero no sé cuánto tiempo me lo permitirán estas cosas que tengo en la cabeza. Es mejor que se apuren –dijo el chico, que seguía meciéndose y lanzando suaves quejidos.

–Muy bien –repuso Lana–. Muy bien. Comencemos desde el instante en que nos fuimos de la aldea. ¿Qué hiciste?

–Me senté en la puerta y hablé con Misty –dijo con voz cansada–. ¿Qué otra cosa iba a hacer? Es mi mejor amiga, la mejor que tuve. Ya no me importa nada. ¿Cómo podía abandonar a mi mejor amiga?

–Bien. Te entiendo. Me alegra que ella tuviera alguien que la acompañara.

–Me necesitaba. Me di cuenta cuando se puso muy mal, entonces entré y la contuve. La sostuve contra mi pecho, la abracé y la besé en la frente. Como si fuera un bebé. Mi bebé. Nunca me sentí tan feliz como cuando la vi morir suavemente entre mis brazos.

Perturbado por las palabras del Sapo, Mark se movió nerviosamente en el lugar. Esperaba que Lana fuera capaz de entender lo que sucedía.

–¿Cómo murió? –preguntó la enfermera–. ¿Estaba muy dolorida, como Darnell?

–Sí, Lana. Sufrió muchísimo. Aullaba una y otra vez hasta que esas cosas abandonaron su cabeza y se deslizaron dentro de la mía. Después, nosotros interrumpimos su sufrimiento.

Ante ese último comentario, el bosque pareció sumergirse en el más profundo silencio y el aire se congeló dentro de los pulmones de Mark. Percibió que Alec se movía detrás de él pero Lana le hizo una señal de que no hablara.

–¿*Nosotros*? –repitió la mujer–. ¿Qué quieres decir, Sapo? ¿Y de qué estás hablando cuando dices que las cosas se deslizaron dentro de tu cabeza?

El chico se retorció en el suelo y se agarró la cabeza con las manos.

–¿Cómo puedes ser tan estúpida? ¿Cuántas veces tengo que decírtelo? ¡Nosotros! ¡Las cosas que había en mi cabeza y yo! ¡No sé qué son! ¿Me oyes? ¡No… sé… qué… son, estúpida!

Un alarido inhumano y ensordecedor escapó de su boca y fue aumentando de tono y de volumen. Mark se levantó de un salto y retrocedió unos pasos. Pareció que todos los árboles se sacudían al ritmo del agudo lamento que había brotado del Sapo y hasta el último animal en dos kilómetros a la redonda corrió a buscar refugio. Solo se escuchaba ese sonido espantoso.

—¡Sapo! —exclamó Lana, pero su voz se perdió bajo el aullido.

El muchacho continuaba gritando mientras balanceaba la cabeza con las manos de arriba abajo frenéticamente. A pesar de que no podía ver sus rostros claramente, Mark miró a sus amigos, pues no tenía la menor idea de cómo actuar y era evidente que Lana tampoco.

—Se acabó —alcanzó a escuchar que decía Alec mientras se adelantaba y pasaba junto a él rozándolo en el camino. Mark trastabilló y luego recuperó el equilibrio al tiempo que se preguntaba qué estaría planeando el viejo soldado.

Alec enfiló directamente hacia el Sapo, lo tomó de la camisa y lo arrastró hacia la profundidad del bosque. Los aullidos no se detuvieron pero se volvieron más débiles y entrecortados entre los jadeos y la lucha por liberarse. Pronto se perdieron en la espesura, pero Mark alcanzó a oír el ruido del cuerpo del Sapo raspando contra el suelo. A medida que se alejaban, el sonido de los alaridos se fue apagando.

—¿Qué va a hacer ese hombre? —preguntó Lana con voz tensa.

—¡Alec! —lo llamó Mark—. ¡Alec!

No hubo respuesta, solo los gritos y aullidos constantes del Sapo. Bruscamente, los sonidos cesaron como si Alec lo hubiera metido en una habitación a prueba de ruidos y cerrado de un portazo.

—¿Qué diablos…? —balbuceó Trina detrás de Mark.

A continuación, escucharon pisadas que se dirigían hacia ellos con paso decidido. Por unos segundos, Mark se alarmó al pensar que el Sapo podría haberse liberado y herido a Alec y, en medio de la locura y sediento de sangre, regresar para liquidar a los demás.

Pero luego el soldado emergió de la penumbra, el rostro oculto en las sombras. Mark podía imaginarse la tristeza que debía tener grabada en su expresión.

—No podía arriesgarme a que hiciera alguna locura —dijo el hombre con voz sorprendentemente trémula—. No podía. Menos aún si esto puede estar relacionado con un virus. Tengo que ir a lavarme.

Estiró las manos delante de él, las observó durante largo rato y luego se encaminó hacia el arroyo cercano. Justo antes de que volviera a desaparecer entre los árboles, Mark creyó escuchar que se sonaba la nariz.

17

Después de todo lo que había sucedido, se suponía que debían continuar durmiendo, pues faltaban varias horas para el amanecer.

Nadie dijo una palabra después de que Alec le hizo... *eso* al Sapo.

Mark estaba tan confundido por lo que había ocurrido durante la última media hora, que pensó que iba a explotar. Necesitaba hablar con alguien, pero cuando posó los ojos en Trina, ella se alejó de él. Sollozando débilmente, se dejó caer en el piso, se acurrucó con una manta y permitió que la tristeza lo invadiera: habían pasado varios meses sin lágrimas y ahora todo volvía a comenzar.

Para él, Trina era un enigma. Desde el comienzo había sido más fuerte, dura y valiente de lo que él jamás había sido. Al principio, eso lo había avergonzado, pero le gustaba tanto que ella fuera así, que había terminado por aceptarlo. También era cierto que no ocultaba sus emociones y no temía dejarlas salir con un buen llanto.

Lana terminó sus tareas en silencio y después de un rato se echó bajo un árbol en la orilla del pequeño campamento. Mark intentó colocarse en una posición cómoda, pero estaba totalmente despierto. Finalmente, Alec regresó. Nadie tenía nada que decir y, lentamente, retornaron los sonidos del bosque: los insectos y la brisa suave soplando entre los árboles. Pero los pensamientos de Mark continuaban girando en un violento remolino.

¿Qué había pasado? ¿Qué le había hecho Alec al Sapo? ¿Podía ser realmente lo que él estaba pensando? ¿Habría sufrido mucho? ¿Por qué todo tenía que ser tan complicado?

Por lo menos, un rato después, recibió la bendición de varias horas de sueño profundo y sin pesadillas.

—Sobre este virus de los dardos —comentó Lana a la mañana siguiente, mientras todos se encontraban sentados con aspecto somnoliento alrededor del fuego—, creo que hay algo que no está bien.

Era una afirmación extraña. Mark levantó la vista de las llamas crepitantes. Había estado repasando los hechos de la noche anterior hasta que las palabras de Lana lo devolvieron de golpe al presente.

Alec expresó su opinión sin rodeos.

—Creo que en la mayoría de los virus hay algo que no está bien.

Lana le lanzó una mirada tajante.

—Vamos. Sabes lo que quiero decir. ¿Acaso no lo notaron?

—¿Qué cosa? —preguntó Mark.

—¿Que no parece afectar a todos de la misma manera? —sugirió Trina.

—Exacto —respondió señalándola con el dedo como si estuviera orgullosa—. La gente que recibió los disparos murió a las pocas horas. Pero Darnell y los que ayudaron a los enfermos tardaron un par de días en morir. El síntoma principal era presión intensa en el cráneo: actuaban como si les estuvieran apretando la cabeza con una prensa. Y luego Misty, que no presentó síntomas hasta varios días después.

Mark recordaba con demasiada nitidez el momento en que la habían dejado en el campamento y se habían marchado.

—Sí —murmuró—. La última vez que la vimos, estaba en el piso hecha un ovillo y cantando. Dijo que le dolía la cabeza.

—Había algo diferente en ella —precisó Lana—. Ustedes no estaban cuando Darnell se enfermó. No se murió tan rápido como los demás, pero enseguida comenzó a actuar en forma extraña. Misty se sentía perfectamente bien hasta que comenzó a dolerle la cabeza. Pero en ambos, algo andaba mal acá arriba —concluyó mientras se daba golpecitos en la sien.

—Y todos vimos al Sapo anoche —agregó Alec—. ¿Quién sabe cuándo se contagió? Pudo haber sido al mismo tiempo que Misty o tal vez pescó el virus al permanecer junto a ella cuando murió. Pero estaba tan demente como si tuviera el mal de las vacas locas.

—Al menos ten un poco de respeto —le soltó Trina con violencia.

Mark imaginó que Alec se defendería de alguna manera, pero después de la reprimenda adoptó una actitud de humildad.

—Lo siento, Trina. De verdad. Pero Lana y yo solo estamos tratando de evaluar la situación lo mejor posible. Averiguar qué está ocurriendo. Y es obvio que anoche el Sapo no estaba muy lúcido.

Trina no se quedó callada.

—Y entonces lo mataste.

—Eso no es justo —repuso con frialdad—. Si Misty murió tan rápido a partir de la aparición de los síntomas, es razonable pensar que el Sapo también iba a morir. Era una amenaza para todos, pero también era un amigo. Lo sacrifiqué para que no siguiera sufriendo, y es probable que nosotros hayamos ganado uno o dos días más de vida.

—A menos que él te haya contagiado —intervino Lana con tono impasible.

—Tuve cuidado. Y luego me limpié de inmediato.

—Es inútil —dijo Mark, que estaba cada vez más deprimido—; quizá ya todos estemos enfermos y cada uno tarde más o menos en morir de acuerdo con su sistema inmunológico.

Alec se incorporó y se apoyó en las rodillas.

—Nos alejamos del tema de Lana: este virus es raro. No es coherente. No soy científico, pero ¿puede ser que esté mutando o algo parecido? ¿Que vaya cambiando a medida que pasa de una persona a otra?

—Muta, se adapta, se hace más resistente —explicó Lana—. Algo de eso está sucediendo. Y mientras se propaga, parece que la gente va tardando más en morir; lo cual, al revés de lo que podríamos suponer, significa en realidad que el virus se está diseminando en forma más efectiva. Tú y Mark no estaban acá, pero deberían haber visto con qué velocidad murieron las primeras víctimas. Nada que ver con Misty. Fue sanguinario, brutal y espantoso durante una o dos horas, pero luego se terminó. Sufrieron convulsiones y se desangraron, lo cual no hizo más que esparcir el virus en más incubadoras humanas.

Mark estaba contento de no haber estado ahí. Pero teniendo en cuenta lo que había visto sufrir a Darnell al final, esas personas habían sido afortunadas al morir tan rápidamente. Recordó con demasiada claridad el sonido de la cabeza de su amigo golpeando contra la puerta.

—Es algo que tiene que ver con la cabeza —murmuró Trina.

Todos se volvieron hacia ella: acababa de mencionar algo obvio pero vital.

—No cabe duda de que está relacionado con la cabeza —intervino Mark—. Todos sienten un dolor tremendo y pierden la razón. Darnell sufría alucinaciones, estaba completamente loco. Y luego Misty y el Sapo…

Trina planteó un interrogante:

—Tal vez no todos los dardos contienen lo mismo… ¿Cómo sabemos que todo comenzó de la misma manera?

—Yo examiné las cajas que encontré en el Berg —replicó Mark—. Todas tenían el mismo número de identificación.

—Bueno, si está mutando y alguno de nosotros ya está infectado —dijo Alec poniéndose de pie—, esperemos que nos dé una semana o dos antes de volvernos dementes. Vamos, es hora de ponerse en marcha.

—Genial —musitó Trina mientras se levantaba.

Unos minutos después, ya se encontraban en camino.

Hacia la mitad de la tarde divisaron un nuevo asentamiento. Se hallaba lejos del recorrido que había trazado Alec en su mapa, pero Mark distinguió, a través de los árboles, varias estructuras de madera de buen tamaño. Se sintió animado ante la perspectiva de volver a ver grandes grupos de gente.

—¿Crees que deberíamos ir a ese poblado? —preguntó Lana.

Antes de responder, Alec pareció evaluar los pros y los contras.

—Humm, no lo sé. Preferiría no detenerme y seguir la ruta del mapa. No sabemos nada acerca de esos pobladores.

—Pero quizá deberíamos hacerlo —objetó Mark—. Es posible que sepan algo sobre el búnker, el cuartel general o como se llame el lugar de donde vino el Berg.

Alec lo miró mientras consideraba las diferentes opciones. Trina propuso algo:

—Creo que deberíamos ir a investigar. Al menos podemos advertirles acerca de lo que nos sucedió.

—Está bien —aceptó Alec—. Una hora.

Cuando cambió el viento, el olor los atacó mientras se aproximaban a las primeras construcciones, que eran pequeñas cabañas de troncos con techo de paja.

Era el mismo hedor que había asaltado a Mark y Alec a su llegada a la aldea, cuando volvían después de perseguir al Berg: olor a carne podrida.

—¡Agggh! —exclamó Alec—. Ahora mismo damos media vuelta.

Mientras hablaba, surgió ante su vista el origen de ese olor: un poco más adelante había varios cuerpos apilados unos sobre otros. De inmediato, entre los muertos, divisaron a una niñita que se dirigía hacia ellos. Tendría cinco o seis años, pelo oscuro enmarañado y ropa mugrienta.

—Miren —exclamó Mark y señaló la figura que se aproximaba. La pequeña se detuvo a unos seis metros del grupo, la cara sucia y la expresión triste. Se quedó mirándolos con ojos vacíos sin decir nada, mientras el olor a putrefacción flotaba en el aire.

—Hola —la saludó Trina—. ¿Estás bien, mi amor? ¿Dónde están tus padres? ¿Y el resto de la gente del pueblo? ¿Están…? —no era necesario terminar la frase: la pila de cuerpos hablaba por sí misma.

La niña habló con voz suave y señaló hacia la arboleda, que se hallaba detrás de ellos.

—Se fueron hacia el bosque. Todos huyeron.

18

Sin poder explicar la razón, Mark se estremeció ante esas palabras y no logró vencer el impulso de mirar por encima del hombro hacia donde ella había dirigido la vista. Allí atrás no había más que árboles, maleza y la luz del sol que salpicaba la tierra.

Volvió los ojos hacia la niña cuando Trina se encaminaba hacia ella, lo cual obviamente provocó la protesta de Alec.

–No puedes hacer eso –acotó, pero su áspera reprimenda carecía de convicción. Una cosa era abandonar a personas capaces de valerse por sí mismas. E incluso hasta sacrificar a un adulto para que no sufriera más, como Alec había hecho con el Sapo. Pero se trataba de una niña, y eso cambiaba las cosas por completo–. Al menos trata de no tocarla por la salud de todos nosotros.

Cuando Trina se acercó, la chica se estremeció y retrocedió unos pasos.

–Todo está bien –la tranquilizó. Luego se detuvo y apoyó una rodilla en el suelo–. Somos amigos, te lo prometo. Venimos de un pueblo igual al tuyo, donde hay montones de niños. ¿Tienes amigos?

Primero asintió, pero luego pareció recordar algo y sacudió la cabeza con tristeza.

–¿Ya se fueron?

Volvió a asentir.

Con angustia en los ojos, Trina echó una mirada a Mark antes de volver a concentrarse en la niña.

–¿Cómo te llamas? –preguntó–. Mi nombre es Trina. ¿Puedes decirme el tuyo?

–Deedee –respondió después de una pausa prolongada.

—¿Deedee? Me encanta. Es un nombre muy lindo —dijo, sonriendo.

—Mi hermano se llama Ricky.

Fue un comentario muy infantil pero, por alguna razón, los recuerdos de Madison irrumpieron violentamente en la mente de Mark. Se le hizo un nudo en la garganta y deseó que esa niña fuera su hermanita. Como siempre, tuvo que hacer un gran esfuerzo para evitar que sus pensamientos se adentraran en el túnel más oscuro de todos: imaginar qué le habría pasado cuando las llamaradas se estrellaron sobre la Tierra.

—¿Dónde está Ricky? —indagó Trina.

—No sé —contestó, encogiéndose de hombros—. Se fue al bosque con los demás.

—¿Con tu mamá y tu papá?

—No. Los hirieron las flechas que bajaron del cielo. Los dos murieron de una forma muy fea —explicó y los ojos se le llenaron de lágrimas, que resbalaron por sus mejillas.

—Lo siento tanto, querida —dijo Trina con voz cargada de la más profunda sinceridad. Mark sintió que en ese momento le gustaba más que nunca—. Algunos de nuestros amigos también fueron heridos por esa misma gente. Fue muy feo, como tú dijiste. Lo lamento muchísimo.

Mientras lloraba, Deedee se balanceaba de un lado a otro sobre los talones y Mark volvió a acordarse de Madison.

—Está bien —la consoló Trina con tanta dulzura que Mark pensó que no podría soportar eso mucho tiempo más—. Sé que no fue tu culpa. Fueron los hombres malos, los que usan esos trajes verdes tan raros.

Mark recordó ese día cuando, al levantar la vista, vio a esa misma gente en el Berg. O quizá fueran amigos de esa misma gente. ¿Quién podía saber cuántos Bergs estaban sobrevolando la zona y disparando dardos llenos de ese horrible veneno? ¿Pero por qué? ¿Por qué?

Con la mayor ternura posible, Trina continuó indagando en busca de información.

—¿Por qué se fueron los demás? ¿Por qué no te fuiste con ellos?

Deedee alzó el brazo derecho, la mano apretada en un puño. Enrolló la manga raída y mostró una herida circular cerca del hombro: tenía una costra pero no se veía bien. Sin decir nada estiró el brazo para que todos pudieran examinarlo.

Mark inspiró brevemente.

—¡Parece que recibió el disparo de un dardo!

—Pobrecita, esos señores malos te hicieron daño —dijo Trina echándole a Mark una mirada feroz—. Pero... ¿sabes por qué se fueron? ¿Hacia dónde? ¿Por qué no fuiste con ellos?

La niña volvió a estirar el brazo y señaló la herida. Mark intercambió una mirada con Alec y Lana, seguro de que ellos comprendían, al igual que él, lo que eso significaba. ¿Por qué estaba sana si había sido herida por un dardo?

—Siento mucho que te hayan lastimado —continuó Trina—. Me parece que eres una niña muy afortunada. ¿Puedo hacerte más preguntas? Si no quieres, no hay problema.

Deedee lanzó un resoplido de frustración y volvió a señalar la herida.

—¡Esta es la razón! ¡Por eso me abandonaron aquí! Son malos... como los hombres verdes.

—Lo siento mucho, cariño.

Mark no pudo contenerse más.

—Yo te voy a contar lo que ocurrió. Seguramente pensaron que se había enfermado por el dardo y se marcharon sin ella —exclamó. ¿Cómo podía alguien hacerle algo así a una niña pequeña?

—¿Eso fue lo que pasó? —preguntó Trina—. ¿Te dejaron porque pensaron que estabas enferma, como los demás?

Mientras Deedee asentía, las lágrimas comenzaron a rodar por sus mejillas.

Trina se puso de pie y encaró a Alec, quien alzó la mano.

—Te interrumpo antes de que empieces. Tal vez yo dé la impresión de haber sido concebido por una bestia salvaje, pero tengo corazón. No soy una persona despiadada. La niña viene con nosotros.

Por primera vez en el día, Trina esbozó una sonrisa genuina.

—Es posible que sea cierto que está infectada —comentó Lana—. Es solo que al virus le está tomando más tiempo manifestarse.

—Lo más probable es que todos estemos enfermos —masculló Alec mientras ajustaba las correas de la mochila.

—Tendremos cuidado con ella —dijo Trina—. Tenemos que mantener las manos limpias, lejos de la boca y de la nariz, y cubrirnos con la máscara todo lo que podamos. Pero no voy a separarme de esta niña bonita hasta que... —no terminó la frase y Mark se alegró de que no lo hiciera.

—Es otra boca que alimentar —señaló Alec—. Aunque supongo que no debe comer mucho —agregó con una sonrisa para demostrar que estaba bromeando, algo que no era muy frecuente—. Tengo muchas ganas de saquear el lugar en busca de provisiones, pero aquello que está liquidando a la gente es probable que esté perfectamente diseminado en cada centímetro cuadrado de este sucio lugar. Larguémonos de aquí.

Trina le hizo una seña a Deedee para que la acompañara y, para su sorpresa, la pequeña la siguió sin abrir la boca. Alec volvió a retomar el recorrido que había trazado tan meticulosamente. Durante la marcha, Mark trató de no pensar en que iban precisamente hacia donde Deedee les había señalado.

En las horas que siguieron, no se encontraron con nadie —vivo o muerto— y Mark casi se olvidó de las personas que habían abandonado a Deedee. La niña se mantuvo callada y sin quejarse mientras marchaban a paso rápido y enérgico, subiendo y bajando una y otra vez por el terreno rocoso. Con un pedazo de tela sobre la cara, Trina caminaba a su lado.

Deedee devoró la cena con entusiasmo: debía de ser su primera comida decente en mucho tiempo. Luego anduvieron una o dos horas más antes de acampar. Alec anunció que, de acuerdo con sus cálculos, solo les quedaba un día completo de viaje.

Mark se sorprendió al notar el cuidado con que Trina se ocupaba de la nueva acompañante: le preparó un sitio para dormir, la ayudó a lavarse en el arroyo y le contó un cuento mientras la oscuridad se instalaba en el valle arbolado.

Al observarlas, deseó que llegara el día en que la vida volviera a ser buena y segura. Cuando los horrores concluyeran y el aburrimiento se convirtiera en el peor de sus problemas. Y una niña como Deedee pudiera correr y reír en libertad, como se suponía que debían hacer los chicos.

Se instaló junto a Trina y su nueva compañera, y pensando en el pasado, se fue quedando dormido. Los recuerdos más oscuros hicieron su aparición y pisotearon sus ridículas esperanzas.

19

No le llevó más de diez minutos comprender que Alec era la persona de quien quería estar cerca hasta que estuvieran de regreso, sanos y salvos, en sus hogares. No solo había desarmado y dejado fuera de combate a tres hombres en menos de treinta segundos, sino que también era un ex soldado que se había hecho cargo de la situación sin perder el tiempo.

—A veces se puede creer en los rumores y en las habladurías —explicó mientras chapoteaban por el pasadizo frente al depósito donde se habían topado con los matones armados—. En general, no se trata más que de algún idiota sin cerebro intentando impresionar a alguna dama. Pero cuando casi todos los rumores dicen lo mismo, es mejor prestar atención. Seguramente se estarán preguntando qué diablos quiero decir.

Mark le echó una mirada a Trina, cuyo rostro estaba apenas iluminado por el débil resplandor de la linterna que Alec sostenía frente a ellos. Ella lo miró como diciendo ¿Quién es este tipo? Llevaba la caja de comida que había encontrado antes. Era como su amuleto de la suerte y no dejaba que nadie la tocara. No todavía.

—Sí, era lo que nos estábamos preguntando —repuso finalmente Mark.

Como una serpiente a punto de atacar, Alec frenó y se dio vuelta. Al principio Mark pensó que su respuesta podía haber sonado irónica y que el hombre le daría una paliza. En cambio, el extraño levantó el dedo en el aire.

—Tenemos no más de una hora para salir de esta ratonera. ¿Me oyeron? Una hora —repitió mientras se volvía y continuaba la marcha.

—Un momento —gritó Mark, apurándose—. ¿Qué quieres decir? ¿Por qué? ¿Acaso no es una mala idea salir a la superficie hasta que…?

—Llamaradas solares.

Alec pronunció esas palabras como si no fuera necesario agregar nada más. Como si los demás supieran al instante todo lo que pasaba por su mente.

—¿Llamaradas solares? —repitió Trina—. ¿Eso es lo que piensas que ocurrió allá arriba?

—Es muy posible, mi querida señorita. Muy posible.

Con las novedades, los malos augurios de Mark habían aumentado de manera alarmante. Si no se trataba de un incidente aislado, si era verdaderamente algo tan global como llamaradas solares, entonces era inútil albergar alguna esperanza de que su familia estuviera bien.

—¿Cómo lo sabes? —preguntó con voz temblorosa.

Alec respondió con firmeza:

—Porque había demasiadas personas de diferentes lugares describiendo el mismo fenómeno. Y supuestamente las agencias de noticias colocaron advertencias justo antes de que ocurriera. Está bien: son llamaradas solares. Calor extremo y radiación: dos problemas. Pero el mundo pensaba que estaba capacitado y preparado para enfrentar algo así. En mi humilde opinión, se equivocó.

Los tres se quedaron en silencio. Alec seguía avanzando; Trina y Mark iban detrás. Doblaron recodos, entraron en distintos túneles, siempre alejados del resto de la gente. Mientras tanto, el corazón de Mark iba hundiéndose cada vez más en la oscuridad. No sabía cómo enfrentar algo así. Se negaba a creer que su familia hubiera desaparecido y se juraba no descansar hasta encontrar a todos con vida. Finalmente, Alec se detuvo en un pasadizo igual a los demás.

—Aquí adentro tengo otros amigos —explicó—. Los dejé para ir a buscar comida y obtener información. Trabajé con Lana durante muchos años, ambos contratados por el Ministerio de Defensa. Los dos formábamos parte del ejército. Ella es enfermera. Los otros estaban perdidos y se unieron a nosotros. Con ustedes llegamos al límite: no podemos aceptar más gente o nunca llegaremos.

—¿Adónde? —inquirió.

—A la superficie —respondió, lo último que Mark esperaba oír—. Regresar a la ciudad, por infernal que sea. Si permanecemos bajo techo por un tiempo, no deberíamos tener problemas. Pero necesitamos salir antes de que el agua inunde este lugar y nos mate a todos.

Se despertó y rodó hacia un costado, con los ojos bien abiertos, la respiración pesada. Y todavía no había soñado la peor parte. Deseaba olvidarlo todo, no quería revivir ese día de horror. *Por favor*, pensó. *Esta noche no. No puedo.*

Ni siquiera sabía a quién iban dirigidas esas palabras. ¿Acaso le estaba hablando a su propia mente? Tal vez se había contagiado de la enfermedad del Sapo y estaba empezando a delirar.

Se colocó de espaldas y contempló las estrellas a través de las ramas. En el cielo aún no se había filtrado ningún indicio de la llegada del amanecer. Estaba completamente negro. Deseaba que llegase la mañana para acabar así con la amenaza de los sueños, al menos por unas horas. Quizá podría hallar la forma de mantenerse despierto. Se incorporó, echó un vistazo a su alrededor, pero no logró ver demasiado: solo el contorno de los árboles y las sombras de sus amigos tendidos en el suelo cerca de él.

Pensó en despertar a Trina. Ella entendería que necesitaba compañía. Ni siquiera tendría que explicarle lo del sueño. Pero parecía dormir tan plácidamente… Con un resoplido leve, abandonó la idea sabiendo que se sentiría muy culpable si la privaba de ese sueño tan valioso. No solo tenían un largo camino por delante al día siguiente, sino que además ella había asumido la tarea de cuidar a la pequeña Deedee. Se desplomó otra vez en el piso y dio vueltas hasta acomodarse. No quería soñar. Las aguas embravecidas, los alaridos de la gente que se ahogaba, el miedo desesperado e insoportable de la huida. Aun despierto, podía ver ese recinto debajo de la ciudad de Nueva York donde habían conocido a Lana y a los demás. El rostro curtido de Alec mientras les explicaba que, después de haber sobrevivido a unas llamaradas solares tan descomunales, su preocupación mayor y más inmediata era la repentina aparición de un tsunami. Las llamaradas devastadoras debían haber causado daños catastróficos en todo el planeta y desatado el fuego del mismísimo infierno. Eso implicaba un rápido derretimiento de los casquetes polares, un incremento alarmante y apocalíptico del nivel de los mares y que, en pocas horas, la isla de Manhattan quedaría cuatro metros bajo el agua. Durante esa descripción de los hechos estuvieron amontonados en una habitación bajo tierra, adonde el agua pronto llegaría para sumergir todo lo que encontrara a su paso.

De regreso en el presente, esos pensamientos lo torturaron al menos por una hora más y supo que, si soñaba, las cosas no harían más que empeorar. Lo asustaba la idea de revivir ese miedo.

A pesar de sus esfuerzos, el sueño le fue ganando hasta envolverlo como las olas frías que rompían en la orilla.

20

El Edificio Lincoln era uno de los más altos, nuevos e impresionantes de Nueva York. Uno de los pocos que tenían acceso directo al sistema de subterráneos. Era hacia allí adonde Alec repetía que debían dirigirse. Decía que tenía un mapa completo almacenado en el teléfono, pero era evidente que le preocupaba que no lograran llegar a tiempo. Bajo la luz mortecina, Mark alcanzó a percibir que el soldado tenía grandes dudas: algo que no correspondía a su personalidad de hombre duro. Pensó que si lo encerraban en una jaula con una docena de leones irritados, el viejo decidiría a cuál matar primero sin perder la sonrisa.

El Edificio Lincoln, se dijo. *Ve primero allí y luego puedes ir a buscar a tu familia.*

Corrían por uno de los numerosos y aparentemente interminables túneles que se encontraban debajo de la ciudad. Alec a la cabeza, luego Lana, la mujer con la que dijo que había tenido el placer de trabajar durante doce años. A continuación Darnell, que tenía más o menos la misma edad que Mark; luego una chica llamada Misty —otra adolescente un poco mayor, tal vez de dieciocho— y por último un chico, también más grande que Mark pero bajo y musculoso. Misty se refería a él como el Sapo, y en realidad a él parecía agradarle el apodo. Luego venían Mark y Trina, con otro chico llamado Baxter en la retaguardia. A pesar de que era el más joven de todos —tendría unos trece años—, Mark podía asegurar que Baxter era un tipo rudo. Había insistido en colocarse en último lugar alegando que quería proteger a todos de los ataques sorpresivos.

Durante la carrera, Mark deseó tener el tiempo suficiente para hacerse amigo de él.

—Espero que sepa lo que está haciendo —masculló Trina en voz baja. Marchaban uno al lado del otro y a Mark se le ocurrió la ridícula idea de que sería agradable que se encontraran en una playa y el sol se estuviera poniendo sobre el agua. Agradeció que Trina no pudiera leer sus pensamientos.

—Sabe lo que hace —insistió Mark. Tampoco quería que ella supiera que estaba temblando de miedo, lo cual le dificultaba los movimientos. Después de diecisiete años de vida, acababa de descubrir que era un cobarde.

—Un tsunami —pronunció Trina como si fuera la palabra más siniestra que pudiera brotar de su boca—. ¿Estamos en medio de los subterráneos de la ciudad de Nueva York y esa se supone que debería ser nuestra peor preocupación? ¿Un tsunami?

—Estamos bajo tierra —respondió Mark—. Y, por si lo has olvidado, nuestra ciudad está al lado del océano. El agua fluye hacia abajo. Ya sabes, la gravedad y todas esas cuestiones.

Sintió la mirada antipática que ella le echó y supo que la merecía. Los nervios debían estar tratándolo muy mal para portarse como un sabelotodo. Intentó salvarse de la única manera que conocía: la sinceridad.

—Perdón —balbuceó en medio de los jadeos provocados por el agotamiento—. Estoy muerto de miedo. Lo lamento mucho.

—Está bien. En realidad, no era una pregunta. Es solo que… no sé. Supongo que lo que quise decir es que todo esto es una locura. Llamaradas solares y un tsunami. Hace pocas horas, esas palabras ni siquiera formaban parte de mi vocabulario. Ni por asomo.

—Está todo mal —fue lo único que se le ocurrió. No quería hablar más del asunto. Cuanto más lo hacía, más se le retorcían las tripas de la desesperación.

Al arribar al final del último túnel, Alec disminuyó el paso y se detuvo. Todos respiraban con dificultad y Mark tenía el cuerpo empapado de sudor.

—Ahora tenemos que atravesar una de las secciones más nuevas del sistema de subterráneos —advirtió Alec—. Habrá mucha gente y no sabemos en qué estado. A veces, las personas se ponen muy desagradables cuando creen que el mundo se va a acabar.

Una vez que todos comenzaron a respirar con más calma, Mark oyó sonidos ahogados que parecían venir de atrás del líder. El zumbido de una multitud hablando bulliciosamente. Se agregaron algunos ruidos perturbadores: gritos lejanos, aullidos y gemidos. El aislamiento del pequeño y húmedo depósito ya no le pareció tan terrible.

Lana continuó hablando sobre el tema.

—Solo tenemos que cruzarla. Caminen rápido pero no dejen traslucir que saben adónde van. No podemos darnos el lujo de llevar nada: vacíen los bolsillos y los abrigos o nos atacarán. Debemos confiar en que encontraremos lo necesario en el Edificio Lincoln.

Varios transportaban paquetes de la comida que habían encontrado antes y los arrojaron al suelo. Al hacerlo, Trina sintió que le arrancaban parte de la vida.

—Después de cruzar por esta puerta —dijo Alec con la vista en el teléfono, cuya batería debía estar por morir—, saltaremos a las vías. Si nos mantenemos fuera de la explanada, es posible que nos topemos con menos gente. Seguiremos derecho por unos ochocientos metros y luego podremos ingresar a las puertas de la escalera que lleva al Edificio Lincoln. Esa mole llega hasta el piso noventa: es nuestra única oportunidad.

Mark echó una mirada a los demás y vio que estaban muy nerviosos. El Sapo daba saltos, lo cual resultaba absurdamente apropiado.

—Vamos —exclamó el soldado—. Manténganse juntos y luchen hasta morir.

Al oír las últimas palabras, Trina soltó un resoplido y Mark deseó que el hombre no las hubiera pronunciado.

—¡Muévanse! ¡Vamos! —gritó Lana. Mark nunca llegaría a saber si esos gritos eran de frustración o motivación.

Alec abrió la puerta y la traspuso. Los demás lo siguieron mientras una ráfaga de aire caliente los azotaba con fuerza. Sintió que se le incendiaba el pecho y luchó para conseguir respirar hasta que se acostumbró.

Entró en el largo túnel detrás de Trina. Se encontraban en una cornisa angosta situada más o menos a un metro de las vías del tren. Alec y Lana pasaron primero y luego ayudaron a los demás. Uno por uno, saltaron desde la cornisa hacia las vías y aterrizaron con estrépito y sacudiendo las piernas. Mark alzó la vista. La luz se derramaba por los peldaños que los conducirían al mundo desolador que se hallaba encima de sus cabezas. Estudió a la gente que pululaba por el rellano que se hallaba frente a ellos: todos tenían la mirada clavada en los recién llegados.

Lo que vio allá arriba casi le detuvo el corazón.

El recinto estaba abarrotado de gente. Al menos la mitad de la muchedumbre tenía alguna herida: cortes, tajos, quemaduras terribles. Había personas tumbadas en el piso, gritando. Niños de todas las edades, muchos de ellos lastimados. Eso fue lo que más le dolió. En un rincón, dos hombres se enfrentaban ferozmente a golpes y nadie hacía ningún intento por separarlos. Una mujer yacía en el borde del rellano; su rostro era solo sangre y piel calcinada. Mark sintió que se había asomado al infierno.

—Caminen —ordenó Alec una vez que todos bajaron a las vías.

Eso hicieron, manteniéndose lo más pegados que podían. Mark tenía a Trina a su izquierda y a Baxter a su derecha. El chico parecía aterrorizado y Mark deseó poder decirle algo que lo animara, pero no encontró las palabras. De todas maneras, serían palabras huecas. Alec y Lana se hallaban justo delante de Mark; su actitud agresiva resultaba muy convincente.

Habían recorrido la mitad de la sección principal de la explanada cuando dos hombres y una mujer saltaron a las vías y se interpusieron en su camino, obligándolos a detenerse. Los desconocidos estaban sucios pero no tenían heridas. Al menos, físicas. Sus ojos estaban teñidos de angustia por todo lo que habían contemplado.

—¿Adónde creen que van? —preguntó la mujer.

—Sí —agregó uno de sus amigos—. Parecen muy importantes. ¿Saben de algún lugar que nosotros desconozcamos?

El otro hombre se acercó más a Alec.

—No sé si ya lo ha notado, señor, pero el sol decidió eructar encima de todos nosotros. La gente está muerta. Muchísima gente. Y no me gusta que crea que puede deambular por acá como si nada hubiera pasado.

Más personas saltaron desde la explanada y se colocaron detrás de los tres desconocidos, bloqueándoles el camino.

—¡Veamos si tienen comida! —gritó alguien.

Alec se irguió y le pegó un golpe al hombre que se encontraba frente a él. La cabeza del matón se sacudió violentamente, un chorro de sangre brotó de su nariz y el sujeto se derrumbó en el piso. Todo había sido tan brutal y repentino que nadie atinó a moverse. Luego varias personas corrieron gritando hacia el grupo de Mark y el caos se desató. Volaron los puñetazos y las patadas, los dedos se aferraron a las cabelleras y arrancaron mechones. Mark recibió un golpe en la cara justo en el momento en que un hombre sujetaba a Trina. La furia se apoderó de él y devolvió la agresión revoleando los brazos con violencia hasta conectar dos golpes. Luego apartó de un puñetazo a su agresor al ver que Trina se encontraba en el suelo, luchando contra un loco que intentaba dominarla.

Voló hasta ella y se abalanzó sobre el tipo. Ambos rodaron por el suelo sin dejar de pegarse. Se trenzaron en una maraña de brazos y piernas que pateaban y forcejeaban. Logró liberarse y se alejó gateando para controlar que Trina se encontrara bien. Ella ya estaba de pie corriendo hacia su atacante y lanzándole una patada a la cara. Al hacerlo, se patinó y cayó de espaldas. El extraño salió tras ella, pero Mark aterrizó sobre él y le clavó el hombro en la barriga. El tipo se enroscó hecho un ovillo y gimió mientras Mark se ponía de pie y tomaba a Trina de la mano. Ambos se abrieron paso a través de la muchedumbre para ver qué había sido de los demás.

Todos continuaban luchando, pero por lo menos nadie más se había unido al grupo de atacantes. Mark observó cómo el Sapo golpeaba a un agresor; Alec y Lana ayudaban a Misty y a Baxter a librarse de un hombre y una mujer. Dos personas más se alejaron corriendo del grupo. Parecía que todo iba a terminar.

Ese fue el momento exacto en que sucedió. Al principio se escuchó un rugido lejano, que comenzó a aumentar de volumen, y el túnel tembló levemente. De inmediato, todas las peleas se interrumpieron. La gente se levantó y miró a su alrededor. Aferrado a la mano de Trina, Mark trató de encontrar el origen del ruido.

—¿Qué es eso? —gritó ella.

Él le echó una mirada de asombro y luego siguió recorriendo el túnel. El piso vibró bajo sus pies y el bramido se incrementó hasta convertirse en un ruido atronador. Sus ojos se deslizaron por los peldaños que subían desde la explanada del subterráneo justo en el instante en que los gritos entraron en erupción. Eran miles de alaridos en medio de una nebulosa de personas que se movían llevadas por el pánico.

Una monstruosa pared de agua sucia descendía a raudales por las anchas escaleras.

21

Mark se despertó. No fue con un grito; no se incorporó de golpe ni jadeó: nada tan dramático como eso. Simplemente abrió los ojos y enseguida se dio cuenta de que estaban húmedos por las lágrimas y tenía la cara mojada. Ya había salido el sol, que brillaba con fuerza a través de los árboles.

La pared de agua.

Nunca lograría olvidar lo que había sido verla irrumpir por esas escaleras como si fuera una bestia viviente. Y el horror de contemplar cómo barría a la gente que encontraba a su paso.

—¿Estás bien?

Trina. Genial.

Se secó rápidamente los ojos y se volvió hacia ella esperando que no descubriera que había estado llorando a mares durante el sueño. Pero bastó una mirada para que esa esperanza se esfumara: parecía una madre preocupada.

—Humm, hola —murmuró incómodo—. Buen día, ¿cómo estás?

—Mark, no soy tonta: dime qué te pasa.

Trató de comunicarle con los ojos que no quería hablar del tema. Luego desvió la vista hacia Deedee, que se hallaba apoyada contra un árbol cercano quitándole la corteza a una rama. Su expresión no era exactamente feliz, pero al menos la profunda tristeza había desaparecido. Ya era algo.

—¿Mark?

—Simplemente… tuve un mal sueño.

—¿Sobre qué?

—Tú sabes.

—Pero ¿qué parte? —comentó ella con el ceño fruncido—. Tal vez hablar te ayude.

—No lo creo —repuso con un suspiro y enseguida se dio cuenta de que no había sido muy amable: ella solo intentaba ayudarlo—. Fue justo antes de que apareciera el agua en esa explanada, cuando peleamos con esos aprendices de gángsters. Desperté en el momento en que comenzaba la parte mala —explicó. La parte mala; como si todo lo anterior hubiera sido sencillísimo.

—Ojalá pudieras dejar de soñar con eso —dijo Trina bajando la vista—. Logramos sobrevivir. Es lo único que importa. Tienes que encontrar la manera de dejar el pasado atrás —una expresión de disculpa cubrió su rostro—. Bueno, sé que es más fácil decirlo que hacerlo. Es que desearía que pudieras olvidarte de lo ocurrido. Eso es todo.

—Ya lo sé. Yo también.

Estiró la mano y le dio una palmada en la rodilla, lo cual resultaba estúpido en una situación como esa, pero Alec y Lana regresaban con agua fresca del arroyo.

—¿Cómo está? —preguntó el viejo a Trina, haciendo un ademán hacia la niña.

—Creo que muy bien. Todavía no se ha abierto mucho, pero parece sentirse cómoda a mi lado. Me imagino el terror que debe haber experimentado la pobrecita después de que la abandonaron.

La ira se agolpó nuevamente en el pecho de Mark.

—¿Cómo pudieron hacer algo así? Lo que quiero decir es, ¿qué idiotas…?

—Sí —dijo Trina—. Pero no lo sé. Ya sabes: en momentos de desesperación…

—¡Sí, pero ella no puede tener más de cinco años! —soltó en una combinación de grito y murmullo. No quería que Deedee escuchara, pero no había podido contenerse. Estaba furioso.

—Lo sé —comentó Trina con suavidad—. Lo sé.

Lana se acercó a ellos con mirada comprensiva.

—Es mejor que nos pongamos en camino —exclamó—. Dejemos las conversaciones para después.

El día era interminable para Mark. Preocupado por las indicaciones que había dado la niña, todavía sentía cierto recelo con respecto a los habitantes del pueblo de Deedee. Si la dirección que ella había indicado era correcta, eso significaba que ya debían estar cerca. No tenía motivos reales para temerles: eran personas iguales a todas, que huían de un ataque y de una enfermedad. Pero había algo siniestro en la forma en que Deedee se había referido a ellos. Y, en su mente, había quedado grabada la mirada enfurecida y acusadora de la niña al señalar la herida. Todo eso le causaba una gran perturbación.

Después de varias horas sin encontrar ningún rastro, se fue relajando gracias a la monotonía del trayecto. Atravesaron el bosque, cruzaron arroyos y se abrieron camino por la maleza. Entretanto, se preguntó si tenía sentido dirigirse a ese lugar que buscaban.

A media tarde hicieron una pausa para descansar. Comieron barras de cereal y bebieron agua de un río cercano. Mark no dejaba de pensar que al menos había algo que nunca les había faltado: muchas fuentes de agua.

—Ya estamos cerca —anunció Alec mientras comía—. Tendremos que ser más cautelosos, podría haber guardias rodeando el sitio. Estoy seguro de que mucha gente querría vivir en esa fortaleza. Apuesto a que está atestada de comida para emergencias.

—Lo nuestro ha sido una verdadera emergencia —masculló Lana—. Más vale que estas personas tengan buenas explicaciones que dar.

Alec dio un mordisco más y empujó la comida hacia un costado de la boca.

—Ese es el espíritu que estaba esperando.

—¿Acaso en el ejército no enseñan modales? —preguntó Trina—. Es igual de fácil dar un bocado *después* de hablar que justo antes de hacerlo.

Alec masticó su barra de granola.

—¿En serio? —repuso. Entonces lanzó una carcajada estruendosa y una lluvia de trocitos de cereal salió volando de su boca. En unos segundos, la risa se había transformado en un rugido. Luego se atragantó, recobró la compostura y volvió a reírse.

Era tan raro verlo comportarse de esa manera que, al principio, Mark no supo cómo reaccionar. Pero al instante se dejó contagiar por el buen humor y se echó a reír, pese a que ya había olvidado qué le había causado tanta gracia. Trina tenía una sonrisa en el rostro y Deedee reía con ganas. El sonido lo embargó de alegría y barrió la tristeza previa.

—Por la forma en que se ríen, parecería que alguien se echó un pedo —dijo Lana con expresión impávida.

El comentario desencadenó más ataques de risa que duraron varios minutos y cada vez que comenzaban a apagarse, Alec los volvía a encender con sus ruidos gaseosos. Mark se rio hasta que le dolió la cara. Entonces hizo esfuerzos para dejar de reír, lo cual solo logró tentarlo más.

Finalmente se fueron apaciguando y todo concluyó con un gran suspiro del ex soldado. A continuación, se puso de pie.

—Me siento como si pudiera correr treinta kilómetros sin detenerme —afirmó—. Ya es hora de continuar.

Mientras reanudaban la marcha, Mark descubrió que el sueño de la noche anterior parecía solo un recuerdo lejano.

22

Durante la siguiente parte del viaje, Alec y Lana fueron mucho más cautelosos: cada quince minutos se detenían para escuchar con atención en busca de indicios de guardias o trampas, y siempre que podían se mantenían bajo el amparo de los árboles.

El sol estaba bajando y faltaban solo un par de horas para que desapareciera por completo cuando Alec se detuvo y reunió a todos a su alrededor. En algún momento los dos adultos parecían haber decidido que ya no era importante mantenerse apartados unos de otros. Se encontraban sobre la maleza seca y quebradiza de un pequeño claro, rodeados de gruesos robles y pinos gigantescos que no habían sido consumidos por las llamaradas. Era un espacio en medio de un pequeño valle entre dos colinas medianas. Mark continuaba de buen humor y le despertó curiosidad conocer los planes del sargento.

—He tratado de hacer esto lo menos posible —explicó Alec—, pero ya es hora de mirar la tableta y asegurarnos de que mi mapa siga siendo exacto. Esperemos que mi mente envejecida no nos haya fallado.

—Sí —comentó Lana—. Ojalá que no estemos en Canadá o en México.

—Muy graciosa.

Encendió el dispositivo, abrió el programa de mapeo y buscó el que tenía documentados los viajes del Berg, donde se veían todas las líneas confluyendo en un mismo lugar. También sacó la brújula. Mientras todos observaban en silencio, pasó varios minutos examinando el plano y comparándolo con su copia manuscrita. Cada tanto cerraba los ojos para pensar. Mark pensó que era posible que en su mente estuviera volviendo sobre sus pasos, tratando de cotejar el camino recorrido con lo que veía en los mapas. Finalmente se puso de pie y dio una vuelta completa mientras observaba el sol y luego examinaba la brújula.

—Bueno, bueno, bueno —dijo con su voz estentórea.

Luego volvió a agacharse, estudió los mapas durante un largo minuto y le hizo algunas correcciones a la versión en papel. Mark se estaba impacientando, preocupado especialmente por que el hombre hubiera llegado a la conclusión de que se habían desviado de la ruta. Pero las siguientes palabras aplacaron su preocupación:

—¡Qué bueno soy! En serio, después de todos estos años creía que ya no volvería a sorprenderme a mí mismo. Pero aquí me tienen otra vez en medio del asombro.

—Ay, hermano —gimió Lana.

En la pantalla del aparato señaló un lugar hacia la izquierda del punto que marcaba el centro de las rutas del Berg.

—A menos que ese virus esté devorando mi cerebro y me haga decir tonterías, estamos exactamente aquí, a unos ocho kilómetros del sitio donde el Berg estaciona todos los días.

—¿Estás seguro? —inquirió Trina.

—Sé leer mapas y sé leer la conformación del terreno. También sé guiarme por el sol y por la brújula. Todos estos valles, montañas y colinas podrán parecer iguales ante tus hermosos ojitos, pero créeme: no lo son. Y fíjate aquí —agregó señalando un punto en el mapa—. Esa es Asheville, unos pocos kilómetros al este. Estamos cerca. Creo que los próximos días podrían ser muy interesantes.

Mark tenía el presentimiento de que su buen humor no habría de durar mucho.

Caminaron más de un kilómetro, adentrándose en una de las zonas más boscosas de todas las que habían cruzado hasta el momento. Alec quería estar al amparo de los árboles en caso de que la gente a la que iban a enfrentar enviara guardias a hacer rondas nocturnas. Armaron un pequeño campamento, prepararon una cena rápida y luego se colocaron alrededor de un sitio vacío. No encendieron una fogata por miedo a ser descubiertos: no podían correr el riesgo de ser divisados tan cerca del cuartel general del Berg.

Se sentaron en círculo, mirándose unos a otros mientras la luz se apagaba y los grillos del bosque comenzaban a cantar. Mark preguntó cuál era el plan para el día siguiente, pero Alec insistió en que todavía no estaba listo. Antes de anunciárselo a los demás, necesitaba pensar y luego analizar todo con Lana.

—¿No crees que podemos ayudar? —preguntó Trina.

—Más adelante —respondió con brusquedad. Y eso fue todo.

—Justo cuando volvías a resultarme agradable —dijo ella con un suspiro exagerado.

—Sí, claro —apoyó la espalda contra un árbol y cerró los ojos—. Ahora denme un rato, que necesito usar la mente.

Trina dirigió la vista hacia Mark en busca de un poco de consuelo, pero solo recibió una sonrisa por respuesta. Hacía mucho tiempo que el muchacho se había acostumbrado a la manera de ser del viejo oso. Además, estaba bastante de acuerdo con él y no tenía la menor idea de qué debían hacer por la mañana. ¿Cómo harían para obtener información de una ciudad (y una población) de la cual no sabían absolutamente nada?

—¿Cómo estás, Deedee? —le preguntó a la niña, que se hallaba sentada con las piernas cruzadas y la vista clavada en el piso—. ¿Qué está pasando dentro de esa cabecita?

Se encogió de hombros y le dirigió una media sonrisa.

Trina se dio cuenta de que debía estar preocupada por lo que les depararía el próximo día.

—Escúchame: no tienes que estar asustada por lo de mañana. No vamos a permitir que te ocurra nada malo, ¿sabes?

—¿Me lo prometes?

—Te lo prometo.

Trina se inclinó y la abrazó. Si quedaba alguna duda de que Alec y Lana habían abandonado la lucha por evitar que los chicos se acercaran o se tocaran, se desvaneció en ese mismo momento. Ninguno de los dos pronunció una sola palabra.

—Estos son problemas de los grandes —le dijo Trina a Deedee—. No tienes que preocuparte. Te pondremos en algún lugar seguro y todo lo que haremos será tratar de hablar con algunas personas. Nada más. Todo va a estar perfectamente bien.

Mark estaba por agregar algo a las palabras reconfortantes de Trina cuando oyó un ruido a la distancia. Parecía que alguien cantaba.

—¿Oyeron eso? —susurró.

Los otros prestaron atención, especialmente Alec, que abrió los ojos bruscamente y se enderezó.

—¿Qué pasa? —preguntó Trina.

—Silencio —Mark se llevó el dedo a los labios y ladeó la cabeza hacia la voz lejana.

Era muy débil, pero no cabía duda de que estaba allí. Era la voz de una mujer entonando algún tipo de cántico, no tan lejos como había pensado en un principio. Sintió que un escalofrío le recorría la piel y recordó a Misty canturreando cuando comenzó a sucumbir a la enfermedad.

—¿Qué rayos es eso? —murmuró Alec.

Nadie contestó; todos siguieron escuchando. El tono era agudo y alegre: de no haber estado tan fuera de lugar, hubiera resultado agradable. Si realmente había alguien cerca cantando de esa manera, bueno… resultaba extraño. Un hombre se unió a los cánticos y luego algunas personas más, hasta que sonó como un coro perfecto.

—¿Qué diablos está ocurriendo? —explotó Lana—. ¿Será una iglesia?

Alec se inclinó hacia adelante con una expresión grave en el rostro.

—Odio tener que decir esto, pero tenemos que ir a ver qué pasa. Iré yo; ustedes permanezcan aquí sin hacer ruido. Esto bien podría ser una trampa.

—Voy contigo —soltó Mark. No podía soportar quedarse sentado sin hacer nada y, además, sentía una fuerte curiosidad.

Alec no pareció muy seguro. Miró a Lana y luego a Trina.

—¿Qué? —exclamó la joven—. ¿No crees que las mujeres podemos arreglárnoslas solas? Ustedes vayan, que nosotras vamos a estar perfectamente. ¿No es cierto, Deedee?

La niña no tenía muy buen aspecto. El canto la había asustado mucho. Sin embargo, miró a Trina tratando de esbozar su mejor sonrisa.

—Muy bien —dijo Alec—. Vamos, Mark, tenemos que investigar.

Deedee se aclaró la garganta y extendió las manos como si deseara hablar.

—¿Qué pasa? —preguntó Trina—. ¿Sabes algo?

Con expresión de miedo, la niñita asintió vigorosamente con la cabeza y después se soltó a hablar como nunca lo había hecho desde que la habían encontrado.

—Las personas con las que vivía. Son ellas. Yo sé que son ellas. Se volvieron raras. Empezaron a hacer… cosas. Decían que los árboles y las plantas y los animales eran… mágicos. Me dejaron porque dijeron que yo era… el mal —se echó a llorar al pronunciar esa palabra—. Porque me dispararon y no me enfermé.

Mark y los demás se miraron entre ellos: la situación se tornaba cada vez más rara.

—Entonces será mejor que echemos un vistazo —dijo Lana—. Por lo menos hay que asegurarnos de que estén muy lejos y de que no vengan en nuestra dirección. ¡Pero estén atentos!

Alec parecía ansioso por ir a explorar. Le tocó ligeramente el hombro a Mark, y cuando estaban por marcharse, Deedee habló una vez más:

—Tengan cuidado con el hombre feo sin orejas.

Se apoyó en el hombro de Trina y comenzó a sollozar. Mark miró a Alec, quien le hizo un gesto de que era mejor no presionar a la niña. Sin una palabra, ambos se internaron en el bosque.

23

Mientras caminaban por el bosque, las melodías no cesaron. Trataban de no hacer ningún ruido, pero de vez en cuando Mark pisaba alguna ramita y el crujido de la madera sonaba como la explosión de una bomba en el relativo silencio del bosque. Cada vez que eso ocurría, Alec le echaba una mirada severa, como si semejante acción fuera la estupidez más grande que un ser humano pudiera cometer.

Lo único que Mark podía decir era *Perdón*. Se esforzó por cuidar cada paso que daba, pero sus pies parecían sentir una atracción especial hacia todo lo que causaba estruendo.

Ya casi se había extinguido por completo la luz del sol cuando se arrastraron entre la arboleda, cada vez más cerca del coro de cánticos siniestros. Con sus sombras estáticas, altas, funestas y amenazadoras, los árboles parecían inclinarse hacia Mark donde se encontrara. Le resultaba muy difícil quedarse en silencio, lo cual provocó más miradas de reproche de Alec. Por suerte, debido a la oscuridad, no podía distinguir bien la expresión de su rostro. Continuó la marcha tras los pasos del viejo oso.

Habían caminado unos cien metros a través del bosque cuando divisaron una fuente de luz delante de ellos. Era anaranjada y titilaba: una gran fogata. Los cánticos habían aumentado considerablemente de volumen… y de intensidad. Se notaba que la gente estaba cada vez más compenetrada con su extraña tarea.

Alec se deslizó furtivamente hasta un árbol viejo de tronco muy ancho y se agazapó detrás. Mark seguía pegado a sus talones, haciendo grandes esfuerzos por no hacer ruido. Se arrodillaron uno al lado del otro y quedó mucho espacio de sobra.

—¿Qué piensas de lo que dijo Deedee? —susurró Mark con curiosidad.

Debió haber hablado muy alto, porque Alec le echó su clásica mirada de reproche, apenas visible en la penumbra. Luego, con voz suave, le respondió:

—Estas personas bien pueden ser las que la abandonaron, y tengo la sensación de que tienen los cerebros hechos trizas. Así que trata de no hacer ruido, ¿puede ser?

Mark puso los ojos en blanco, pero Alec ya se había dado vuelta y se inclinaba hacia adelante para espiar por el costado del tronco del árbol. Después de unos segundos, volvió a su posición anterior.

—No puedo distinguir a todos —explicó—, pero hay por lo menos cuatro o cinco chiflados bailando alrededor del fuego como si estuvieran convocando a los muertos.

—Quizá sea exactamente lo que están haciendo. Parece una secta.

—Tal vez siempre fueron así —comentó Alec lentamente.

—Deedee mencionó que habían dicho que ella era «el mal». Quizás el virus los empeoró más aún —agregó. Una secta con una enfermedad que volvía a sus integrantes todavía más locos: parecía una broma—. Ya me dieron escalofríos y todavía ni los veo.

—Sí. Es mejor que nos acerquemos. Quiero dar un último vistazo para asegurarme de que no tenemos que preocuparnos por ellos.

Se agacharon y salieron del escondite. Caminaron despacio de un árbol a otro mientras Alec iba controlando que no hubiera nadie. Mark estaba orgulloso de sí mismo: ya llevaba un rato largo sin hacer ruido.

Continuaron hasta llegar a unos cien metros de la fogata. El canto sonaba muy nítidamente y las sombras de las llamas lanzaban destellos circulares en las copas de los árboles. Esta vez, Mark se acurrucó detrás de un árbol distinto del de Alec y asomó la cabeza para echar una mirada por la larga pendiente.

De unos tres metros de ancho, la fogata rugía y las lenguas de fuego ascendían por el aire en actitud amenazante. Mark no podía creer que esos tontos se arriesgaran a incendiar todo el bosque. Especialmente por la sequedad que imperaba tras las explosiones de las llamaradas solares.

Cinco o seis personas bailaban y daban vueltas alrededor del fuego. Alzaban los brazos al cielo y los dejaban caer, después se inclinaban hacia el suelo y se deslizaban hacia el costado, desde donde volvían a comenzar la danza una vez más. Había imaginado que llevarían túnicas exóticas o que estarían completamente desnudos; sin embargo, usaban ropa sencilla: camisas, tops, jeans, pantalones cortos, calzado deportivo. Colocadas en dos hileras al otro lado de la fogata, unas doce personas entonaban el cántico extraño e indescifrable que Mark había estado escuchando.

Alec le dio una palmada en el hombro que lo sobresaltó.

Reprimiéndose para no levantar la voz, se volteó hacia el líder.

—Me diste un susto de los mil demonios.

—Lo siento. Escucha, todo esto me huele mal. No sé si representarán una verdadera amenaza o no, pero la gente del búnker al cual nos dirigimos seguramente ya los vio y debe estar en alerta máxima.

Se preguntó si eso sería algo bueno.

—Si ellos son un elemento de distracción, tal vez a nosotros nos resulte más fácil entrar sin ser vistos. ¿No crees?

Alec pareció considerar sus palabras.

—Sí, puede ser. Deberíamos…

—¿Quién anda ahí arriba?

Se quedaron paralizados mientras se miraban el uno al otro con la boca abierta. Alcanzó a ver las llamas titilantes reflejadas en los ojos de Alec.

—Pregunté quién anda ahí —exclamó una mujer del grupo junto al fuego—. No les vamos a hacer daño, solo queremos invitarlos a que se unan a nuestras alabanzas a la naturaleza y a los espíritus.

—Diablos —susurró Alec—. No lo creo posible.

—Estoy totalmente de acuerdo —repuso Mark.

Se escuchó el crujir de pisadas y, antes de que pudieran atinar a nada, dos personas se hallaban encima de ellos. Como estaban de espaldas al fuego, Mark no lograba distinguir sus rostros, pero estaba casi seguro de que se trataba de un hombre y una mujer.

—Nos encantaría que vinieran a cantar y a bailar con nosotros —dijo la desconocida con un tono demasiado... sereno, dadas las circunstancias. En ese mundo nuevo había que ser muy cuidadoso cuando uno se encontraba con extraños.

Alec se incorporó y Mark lo imitó: ya no tenía sentido seguir escondidos ahí como si fueran niños espiando. El soldado se cruzó de brazos y sacó el pecho; parecía un oso tratando de defender su territorio.

—Miren —comenzó con su típico vozarrón—. Me halaga que se hayan acercado hasta acá para invitarnos, pero con todo respeto vamos a tener que rechazar su oferta. Estoy seguro de que no lo tomarán a mal.

Mark hizo una mueca al pensar que esas dos personas eran demasiado impredecibles (por no decir inestables) como para arriesgarse a ser sarcásticos o groseros con ellas. Deseó poder ver su reacción en sus rostros, pero se mantenían ocultos en las sombras.

—¿Por qué están aquí? —preguntó el hombre como si no hubiera oído las palabras de Alec—. ¿Por qué nos espían? Yo pensé que se sentirían honrados de recibir nuestra invitación.

Alec inhaló levemente y Mark percibió que se estaba poniendo tenso.

—Sentimos curiosidad —repuso sin alterar la voz.

—¿Por qué abandonaron a Deedee? —soltó Mark de improviso y se sorprendió de sus propias palabras. Ni siquiera estaba seguro de que esa gente perteneciera al mismo pueblo—. Es una niña pequeña. ¿Por qué la abandonaron como a un perro?

La mujer no respondió la pregunta.

—Tengo un mal presentimiento sobre ustedes dos —dijo—. Y no podemos correr riesgos. Llévenselos.

Antes de que Mark pudiera procesar sus palabras, tenía una cuerda atada fuertemente alrededor del cuello. Lanzó gritos ahogados y alzó las manos para intentar aliviar la presión, pero cayó de espaldas y el golpe lo dejó sin aire. Alec se hallaba en la misma situación y se lo escuchó maldecir entre sonidos roncos. Mark retorció el cuerpo y lanzó patadas mientras trataba de girar y enfrentar a su adversario, pero unas manos fuertes lo sujetaron por debajo de los brazos y comenzaron a arrastrarlo por la ladera de la colina… hacia la fogata.

24

Abandonó la lucha al recibir un puñetazo en el rostro, que desencadenó un aluvión de dolor en su mejilla. Comprendió que era inútil todo intento de escapar. Se relajó y permitió que lo llevaran adonde quisieran. Como Alec forcejeaba con los dos hombres corpulentos que lo sostenían, le ajustaron más la soga que rodeaba su cuello. Los sonidos ahogados del soldado lo enfurecieron.

–¡Quédate quieto! –aulló–. ¡Alec, detente! ¡Te van a matar!

Por supuesto que el viejo oso no le hacía caso y seguía batallando.

Un rato después los trasladaron hasta el claro, donde el fuego continuaba ardiendo. Una mujer se acercó y arrojó dos troncos más a la hoguera, que se avivó y lanzó chispas rojas y brillantes. El hombre que había capturado a Mark rodeó la fogata y lo depositó frente a las dos hileras de cantores, que se quedaron en silencio y concentraron las miradas en los recién llegados.

Con el cuello rojo por la cuerda, el muchacho tosió y escupió mientras intentaba enderezarse. Un hombre alto –probablemente el que lo había remolcado hasta ahí– apoyó su enorme bota sobre su pecho y volvió a presionarlo contra el suelo.

–No te levantes –ordenó, ni enojado ni molesto: con un tono inexpresivo, como si pensara que al muchacho nunca se le iba a ocurrir desobedecer.

Habían necesitado dos hombres para bajar a Alec por el monte y, aun así, Mark no podía creer que lo hubieran logrado. Lo arrojaron cerca de donde él estaba. El soldado gemía y se quejaba, pero no se resistía, pues ellos todavía sujetaban el otro extremo de la cuerda que tenía alrededor del cuello. Le sobrevino un prolongado ataque de tos y luego escupió sangre en la tierra.

—¿Por qué están haciendo esto? —preguntó Mark sin dirigirse a nadie en particular. Estaba echado de espaldas, mirando las copas de los árboles y el reflejo de las llamas en las hojas—. No vinimos a hacerles daño. ¡Solo queremos saber quiénes son y qué están haciendo!

—¿Por eso preguntaste por Deedee?

Desvió la mirada y distinguió a una mujer que se hallaba a unos metros. Por la forma de su cuerpo, podía afirmar que era la misma que les había hablado arriba de la colina.

Se quedó impresionado por su absoluta falta de emoción.

—Entonces fueron ustedes quienes la abandonaron. ¿Por qué? ¿Y por qué nos han hecho prisioneros? ¡Solo queremos algunas respuestas!

De golpe, Alec comenzó a moverse frenéticamente: tomó la cuerda y tiró de ella hasta que logró ponerse de pie. La soga saltó de las manos de los hombres que la sujetaban y Alec voló hacia ellos con el hombro hacia adelante como si fuera a derribar una muralla. Chocó contra uno de sus agresores y logró derribarlo. Cayeron con estrépito y el viejo le lanzó varios golpes antes de que surgieran dos tipos más y lo apartaran del cuerpo de su compañero. Luego surgió otro y, entre los tres, consiguieron poner a Alec de espaldas y afirmar sus brazos y piernas contra el suelo. El hombre al que había derribado se puso de pie y le dio tres patadas seguidas en las costillas.

—¡Basta! —gritó Mark—. ¡Deténganse de una vez!

Sujetó su soga para levantarse, pero la bota volvió a aplastarlo una vez más contra la tierra.

—Te lo repito: no vuelvas a moverte —le advirtió su captor con la misma voz monótona.

Los otros continuaban dándole golpes y patadas a Alec, que se negaba a entregarse y no cesaba de pelear a pesar de estar en desventaja.

—Alec —le rogó Mark—. Tienes que detenerte o te van a matar de verdad. ¿De qué nos vas a servir si estás muerto?

Finalmente, las palabras penetraron su cerebro duro y terco. Se quedó inmóvil y se enroscó en un ovillo con una feroz mueca de dolor en el rostro.

Temblando de rabia, Mark se volvió hacia la mujer, que seguía allí observando todo con esa falta de emoción exasperante.

—¿Quiénes son ustedes? —fue todo lo que logró articular, pero trató de inyectarle a las palabras toda la furia que sentía.

La desconocida lo miró unos segundos antes de contestar.

—Ustedes son intrusos y no son bienvenidos. Y ahora van a hablarme de Deedee. ¿Está con ustedes en algún campamento cercano?

—¿Por qué te preocupas? ¡Ustedes la abandonaron! ¿Acaso temen que entre a escondidas en el campamento y los contagie a todos? Ella está bien. ¡No tiene nada malo!

—¡Tenemos nuestras razones! —contestó la mujer—. Los espíritus hablan y seguimos sus órdenes. Cuando vino la lluvia de demonios desde el cielo, dejamos nuestra aldea en busca de lugares más sagrados. Mucha gente decidió no unirse a nosotros. Deben andar por allí complotando con esos mismos demonios. Tal vez *ustedes mismos* sean sus espías.

Mark no podía creer las palabras absurdas de su captora.

—¿Pensaban dejar morir a una dulce niñita solo porque ella *podría* estar enferma? No me extraña que el resto de la gente del pueblo se negara a permanecer con ustedes.

—Escucha, muchacho —dijo la mujer, que se veía confundida—. Los otros son mucho más peligrosos que nosotros: atacan sin avisar, matan sin conciencia. El mundo está asediado por el mal en todas sus formas. Y no podemos correr riesgos, especialmente desde que invocaste el nombre de Deedee. Ahora tú y el viejo son nuestros prisioneros y ya nos encargaremos de ustedes. Si los liberamos, estaremos alertando a aquellos que desean hacernos daño.

Con la mente en un torbellino, Mark se quedó observándola. De pronto lo invadió un mal presentimiento. Cuanto más hablaba ella, más lo sentía.

—Deedee nos contó que los dardos vinieron del cielo. Vimos los cadáveres en su pueblo. A nosotros nos sucedió lo mismo. Estamos tratando de averiguar la razón.

—Esa niña atrajo el mal sobre nosotros. Sus malas artes nos condujeron a él. ¿Por qué creen que la abandonamos? Si ustedes la rescataron y la trajeron cerca de nosotros, entonces habrán hecho algo más horrendo de lo que podrían imaginarse.

—¿Qué son todas esas estupideces? —escupió finalmente Alec—. Tenemos problemas mucho mayores de los que *tú* puedas imaginar, mujer.

—Tienen que dejarnos ir —agregó Mark rápidamente, antes de que Alec dijera algo más. El hombre era el tipo más fuerte del grupo, pero era un desastre como negociador—. Solo estamos buscando un lugar seguro donde vivir. Por favor. Te aseguro que nos marcharemos. No le hablaremos a nadie de ustedes y no traeremos a Deedee cerca de aquí si no lo desean. Podemos cuidarla.

—Me entristece mucho tu falta de comprensión —repuso la mujer—. De veras.

Sintió deseos de gritar pero se obligó a mantener la compostura.

—Escucha. Hablemos por turnos. Cada uno le explicará su situación al otro. ¿Te parece bien? Yo quiero comprender, *en serio*. Y realmente necesito que ustedes nos entiendan a nosotros. ¿No pueden hablar en vez de tratarnos como animales? —propuso. Como no hubo respuesta, buscó algo más que decir—. Entonces… ¿qué tal si comenzamos desde el principio? Cómo llegamos a estas montañas.

—Siempre pensé que, cuando los demonios vinieran a buscarnos, tratarían de mostrarse amables —comentó ella con mirada ausente—. Ustedes nos embaucaron para que los atáramos y los trajéramos hasta acá, así podían comportarse de manera agradable y engañarnos otra vez. Todos ustedes son unos demonios —exclamó y luego le hizo una ligera señal a uno de sus compañeros, que se encontraba junto a los dos cautivos.

El hombre le dio a Mark una patada en las costillas. El dolor se disparó dentro de su cuerpo y, sin poder contenerse, dio un grito. El matón volvió a patearlo, esta vez en la espalda, justo en los riñones. Las lágrimas le quemaron los ojos mientras gritaba con más fuerza.

—Ya basta, maldito hijo de… —exclamó Alec, pero sus palabras fueron interrumpidas cuando uno de los captores le pegó un puñetazo en la cara.

—¿Por qué hacen esto? —aulló Mark—. ¡No somos demonios! ¡Ustedes han perdido la razón! —protestó y otra patada se clavó en sus costillas, seguida de un dolor insoportable. Enroscó el cuerpo y se envolvió con los brazos como preparándose para la inminente embestida, de la que no tenía posibilidad de escapar.

—*Basta.*

La palabra atronó el aire desde el otro lado de la fogata: una voz áspera y profunda.

Los matones que habían golpeado a Mark y Alec se alejaron de inmediato, se arrodillaron y bajaron la cabeza. La mujer también se puso de rodillas y miró hacia el suelo.

Estremecido por el dolor, Mark estiró las piernas e intentó ver quién había dado esa orden tan simple como efectiva. Algo se movió entre las llamas y un hombre apareció ante su vista y se aproximó a él. Cuando estuvo a poco más de un metro de distancia, se detuvo y Mark lo recorrió con la mirada: desde las botas, los jeans, pasando por la camisa a cuadros ceñida, hasta el rostro, lleno de horrendas cicatrices, como inhumano. Tuvo que reprimir el impulso de apartar la vista. Cuando sus miradas se encontraron, sintió la amenaza en esos ojos penetrantes y desgarradores.

El hombre de rostro desfigurado no tenía pelo ni orejas.

25

—Me llamo Jedidiah —dijo el desconocido. Sus labios amarillos y deformes estaban torcidos hacia un costado. Tenía un extraño ceceo y en su voz había una carencia total de matices—. Pero mis seguidores me dicen Jed. *Ustedes* me llamarán Jed porque veo que los han maltratado y ahora son mis amigos. ¿Entendido?

Mark hizo una señal afirmativa con la cabeza, pero Alec solo lanzó un gruñido incomprensible. Siempre desafiante, aunque les habían ordenado echarse de espaldas, el viejo soldado estaba sentado. Pero los hombres que los habían golpeado unos instantes antes, ahora se habían puesto de rodillas, en actitud de rezar. Mark también se sentó, esperando que no lo atacaran nuevamente. Por lo menos, Jed parecía complacido.

—Muy bien —acotó—. Veo que finalmente hemos logrado algo de paz —caminó hacia ellos y se sentó entre el fuego y los prisioneros, con las llamas a sus espaldas. La luz trémula hacía que el contorno de su cabeza se viera mojado y brilloso, como si se estuviera derritiendo otra vez. Derretirse. *Eso es lo que debe haberle ocurrido a este pobre tipo*, concluyó Mark.

—¿Las llamaradas solares te hicieron eso? —preguntó.

Jed rio entre dientes, pero el sonido no era agradable ni alegre, sino más bien perturbador.

—Siempre me provoca risa cuando alguien se refiere de esa forma a la plaga diabólica. En ese momento yo también pensé que no era más que un suceso celestial que ocurría en la Tierra de manera casual. *Coincidencia, desgracia, mala suerte.* Esas fueron las palabras que pasaron por mi mente en aquel entonces.

—¿Y ahora piensas que fueron demonios enormes y malvados que cayeron del cielo? —preguntó Alec con un tono que dejaba claro que le parecía una idea descabellada.

Mark le echó una mirada asesina y, al instante, se sintió muy mal. Su amigo tenía la cara ensangrentada y ya le habían aparecido moretones por la golpiza brutal que había recibido.

—Ya ocurrió dos veces —contestó Jed sin la menor señal de haber captado el sarcasmo de Alec—. Siempre vino de los cielos: una del sol y la otra de las naves. Creemos que es posible que nos visiten una vez por año para castigarnos por haber relajado nuestras costumbres y para recordarnos lo que debemos hacer.

—Dos veces… sol y naves —repitió Mark—. ¿Las llamaradas solares y luego los dardos del Berg?

La cabeza de Jed se sacudió frenéticamente de derecha a izquierda y de inmediato volvió a concentrarse en Mark. ¿Qué rayos era eso?

—Sí, dos veces —respondió el hombre como si lo que acababa de hacer fuera totalmente normal—. Y vuelve a entristecerme y a hacerme gracia a la vez que ustedes no noten la importancia de estos acontecimientos. Significa que sus mentes no han evolucionado lo suficiente como para que sean capaces de captarlos como lo que realmente son.

—Demonios —dijo Mark y casi puso los ojos en blanco, pero se contuvo justo a tiempo.

—Sí, demonios. Quemaron mi cara y la convirtieron en esto que ustedes están viendo. Por eso no olvido cuál es mi misión. Y luego, desde las naves, llegaron las flechitas cargadas de odio. Ya pasaron dos meses y seguimos llorando a los que aquel día perdieron la vida. Ese es el motivo por el cual encendemos las fogatas, entonamos las canciones y efectuamos las danzas. Y tenemos miedo de la gente de nuestro pueblo que decidió no unirse a nosotros. Es obvio que trabajan con los demonios.

—Un momento. ¿Dos meses? —preguntó Mark—. ¿Qué quieres decir con eso?

–Sí –contestó lentamente, como si hablara con un niño confundido–. Contamos los días con solemnidad. Cada uno de ellos. Ya pasaron dos meses y tres días.

–¡Alto ahí! –exclamó–. No puede haber pasado tanto tiempo. A nosotros nos sucedió hace pocos días.

–No me agrada… que las personas duden de mis palabras –señaló Jed. Su tono cambió drásticamente a la mitad de la frase y se tornó repentinamente amenazador–. ¿Cómo puedes acusarme de decir una mentira? ¿Por qué habría de mentir acerca de algo semejante? He intentado hacer las paces con ustedes, darles una segunda oportunidad en esta vida y ¿es así como me agradecen? –el volumen de su voz había ido aumentando con cada palabra y concluyó gritando mientras se estremecía–. ¡Me provoca dolor de cabeza!

Mark se dio cuenta de que Alec estaba por explotar, de modo que extendió la mano y le apretó el brazo.

–No lo hagas –susurró–. Te lo ruego.

Luego se volvió otra vez hacia Jed.

–No, escúchame, por favor. No quise decir eso. Solo queremos entender. En nuestra aldea, las naves nos lanzaron… las flechas hace menos de una semana. Por lo tanto, supusimos que a ustedes les había pasado lo mismo. Y… tú dijiste que la gente murió el día del hecho. Nosotros vimos cuerpos de gente que parecía haber muerto más recientemente. Ayúdanos a comprender.

Tenía la sensación de que había información importante detrás de las palabras de esa gente. No creía que el hombre estuviera mintiendo acerca de la fecha en que había ocurrido el ataque. Ahí había algo raro.

Jed había alzado las manos para colocarlas en el lugar donde debían haber estado sus orejas y se balanceaba lentamente de un lado a otro.

–Algunas personas murieron enseguida. Otras más tarde. Con el paso del tiempo, hubo más sufrimiento. Más muertes. Nuestra aldea se dividió en bandos. Todo esto es la labor del demonio –afirmó y lanzó un gemido que parecía un cántico.

—Te creemos —murmuró Mark—. Solo deseamos entender. Por favor háblanos, cuéntanos lo que ocurrió, paso a paso —intentó ocultar la frustración, pero no lo logró. Era tan difícil.

—Has hecho que el dolor regrese —dijo Jed secamente, mientras continuaba meciéndose: los brazos rígidos, los codos proyectados hacia afuera y las manos en la cabeza. Parecía como si quisiera aplastarse el cráneo—. Es tan doloroso. No puedo... Tengo que... Ustedes deben ser enviados de los demonios. Es la única explicación.

Mark comprendió que se le estaba acabando el tiempo.

—No estamos con ellos. Lo juro. Estamos acá porque queremos aprender de ti. Tal vez te duele la cabeza porque... tienes algún conocimiento que deberías compartir con nosotros.

Alec dejó caer la cabeza hacia adelante.

—Llegaron hace dos meses —comenzó Jed con voz distante—. Y luego la muerte fue viniendo en oleadas. Cada vez duraron más tiempo. Dos días. Cinco días. Dos semanas. Un mes. Y hubo personas de nuestra propia aldea, a quienes alguna vez consideramos nuestros amigos, que trataron de matarnos. No entendemos qué quieren los demonios. No lo entendemos. No... lo... entendemos. Danzamos, cantamos, hacemos sacrificios.

Cayó de rodillas y luego se desplomó en el suelo. Con las manos siempre apretadas contra la cabeza, emitió un gemido largo y doliente.

Mark había llegado al límite de su paciencia. Para él, eso no era más que pura locura y no se podía manejar en forma racional. Le echó otra mirada a Alec y, por el fuego que había en sus ojos, supo que estaba dispuesto a hacer otro intento de fuga. Sus captores seguían arrodillados con la cabeza baja en algún tipo de adoración enferma al hombre que se retorcía de dolor. Era ahora o nunca.

En medio de los lamentos y gemidos de Jed, Mark estaba planeando su próximo movimiento cuando nuevos sonidos surgieron del bosque a sus espaldas. Gritos, aullidos y risotadas, imitaciones de cantos de pájaros y de ruidos de otros animales. Acompañados del crujido de pisadas sobre la maleza, los sonidos escalofriantes continuaron y fueron aumentando a medida que las pisadas se acercaban. Luego, de forma inquietante, los ruidos se desplegaron en un círculo alrededor del claro de la fogata, hasta que estuvieron completamente rodeados por un coro de graznidos, gorjeos, rugidos y risas histéricas. Debían ser decenas de personas.

—¿Y ahora qué? —preguntó Alec con evidente desagrado.

—Nosotros les advertimos sobre ellos —dijo la mujer desde donde se hallaba arrodillada—. Solían ser nuestros amigos, nuestra familia. Ahora están endemoniados y lo único que quieren es atormentarnos y matarnos.

De repente, Jed se enderezó, se apoyó sobre las rodillas y comenzó a aullar con todas sus fuerzas. Sacudió la cabeza violentamente, primero hacia abajo y luego hacia los costados, como si estuviera tratando de liberarse de algo que se hallaba dentro de su cráneo. Mark no pudo evitar deslizarse hacia atrás como un cangrejo hasta que la soga del cuello se puso tensa. El otro extremo seguía en manos de uno de los hombres arrodillados. Jed emitió un sonido espeluznante y desgarrador que interrumpió los nuevos ruidos que provenían del bosque que los rodeaba.

—¡Me mataron! —exclamó con un grito que le rasgó la garganta—. ¡Los demonios… finalmente… lograron matarme!

Con el cuerpo duro y los brazos rígidos a los costados, se derrumbó y un último aliento salió de su boca. Se quedó inmóvil mientras la sangre comenzaba a brotar de su boca y su nariz.

26

La escena lo dejó helado y con la vista clavada en el cuerpo retorcido de Jed, que estaba en el suelo en una posición muy poco natural. En toda su vida, Mark nunca había experimentado una hora tan extraña como la que había transcurrido desde su llegada al campamento de la locura. Y cuando parecía que la situación no podía empeorar, un grupo de personas dementes se había acercado desde el bosque profiriendo ruidos de animales y lanzando carcajadas histéricas.

Desvió la mirada gradualmente hacia Alec. Aturdido y en silencio, el hombre se había quedado inmóvil con la vista fija en Jed.

Los sonidos y movimientos entre la tupida arboleda no cesaban: silbidos, abucheos, risotadas, ovaciones y los crujidos de las pisadas.

Los hombres que habían golpeado a Mark y a Alec y luego se habían arrodillado se pusieron de pie y observaron las sogas sin saber qué hacer. Echaron un vistazo a los prisioneros y luego se miraron entre ellos. Las dos hileras de cantantes que estaban detrás actuaban de la misma manera, como buscando a alguien que les dijera cómo reaccionar. Jed parecía haber sido algo así como el eslabón que los unía y, una vez que la cadena se había cortado, sus seguidores eran incapaces de funcionar y se sentían desconcertados.

Aprovechando el caos, Alec fue el primero en entrar en acción. Comenzó a forcejear con la soga que tenía alrededor del cuello hasta que logró introducir los dedos para desatarla. Mark temía que eso sacara a los hombres de su aturdimiento y quisieran vengarse; sin embargo, su única reacción fue soltar las cuerdas. De inmediato siguió el ejemplo de su amigo y empezó a manipular su propia soga hasta que logró desanudarla. Se la pasó por la cabeza justo en el momento en que Alec la arrojaba al piso.

—Larguémonos de aquí de una vez —exclamó con un rugido el soldado.

—Pero ¿qué hacemos con la gente del bosque? —preguntó Mark—. Nos tienen rodeados.

—Vamos —respondió Alec con un profundo suspiro—. Si intentan detenernos, tendremos que abrirnos camino peleando. Deja que estos chiflados se ocupen de ellos.

La mujer que les había hablado primero se aproximó con paso rápido y expresión preocupada.

—Lo único que hicimos fue tratar de mantener alejados a los demonios. Nada más. Y miren cómo han echado todo a perder. ¿Por qué los condujeron hasta nosotros?

Después de hablar, parpadeó y retrocedió tambaleándose con una mano en la sien.

—¿Por qué? —susurró.

—Lo siento mucho —masculló Alec mientras pasaba junto a ella y se acercaba a la hoguera. Había un tronco largo que sobresalía de las llamas crepitantes. Tomó el extremo que no estaba quemado y lo sostuvo en el aire como si fuera una antorcha—. Esto los hará pensar dos veces antes de intentar atacarnos. Vamos, muchacho.

Mark miró a la mujer —que obviamente comenzaba a sentir dolor de cabeza— y las cosas le resultaron más claras.

—¡Muévete ya! —bramó Alec.

En ese momento, decenas de personas con los puños en alto irrumpieron gritando desde el bosque circundante. Había hombres, mujeres y niños, todos con la misma expresión demente, mezcla de furia y de júbilo.

Seguro de que nunca había visto nada semejante, Mark se puso en movimiento. Siguiendo el ejemplo de Alec, alcanzó un tronco de la fogata. Las llamas se agitaron en el extremo cuando lo sacudió en el aire y lo sostuvo frente a él como si fuera una espada.

Las hordas chocaron contra las filas de cantantes al son de bestiales gritos de batalla. Dos hombres dieron un salto en el aire y cayeron sobre la hoguera. Horrorizado, Mark contempló cómo ardían sus cabellos y sus ropas. Al emerger con dificultad de fuego, los aullidos brotaron de sus gargantas, pero ya era demasiado tarde. Envueltos en llamas, corrieron hacia el bosque, donde seguramente provocarían un incendio. Mark volvió su atención hacia el coro de aldeanos, que estaba recibiendo una paliza tremenda. Se sintió abrumado por el caos reinante.

—¡Mark! —gritó Alec cerca de él—. ¡No sé si notaste que nos están atacando!

—Por favor —suplicó una voz femenina a sus espaldas—. ¡Llévenme con ustedes!

Al girar se topó con la misma mujer que había ordenado que los golpearan y casi la quema con el extremo de la antorcha. Lucía transformada, sumisa. Pero antes de que pudiera responder se encontraron en medio de lo que parecía ser una pelea a puños entre miles de personas. Mark recibió golpes y empujones. Para su sorpresa, descubrió que no eran los nuevos contra los viejos. Muchos de los atacantes se aporreaban entre sí. Vio a una mujer caer en el fuego mientras sus gritos impregnaban el aire. Alguien lo sujetó de la camisa y lo arrastró hacia un costado. Estaba a punto de voltearse con el arma cuando se dio cuenta de que era Alec.

—¡Tienes una habilidad especial para buscar que te maten! —gritó el soldado.

—¡No sé qué hacer ni por dónde empezar! —repuso Mark.

—¡A veces se actúa sin pensar! —replicó Alec. Soltó su camisa y ambos salieron disparados en la misma dirección: hacia arriba de la pendiente y lejos del fuego. Pero había gente por todos lados.

Mark corría blandiendo la antorcha frente a él, cuando de pronto alguien lo tacleó por atrás: dejó caer el tronco encendido y se estrelló de cara contra la tierra. Un instante después, escuchó un estrépito, un gemido y un cuerpo salió volando por encima de él. Al levantar la vista contempló el pie de Alec, que se apoyaba en el suelo después de lanzar una patada.

—¡Levántate! —lo instó. Pero apenas había pronunciado la palabra cuando un hombre y una mujer lo estamparon de un golpe contra el suelo. Mark se puso de pie con dificultad, tomó la antorcha y enfiló hacia donde se hallaba su amigo. Acercó la punta encendida a la nuca del agresor que, soltando un aullido, se llevó las manos al cuello y se apartó de Alec. Luego revoleó el tronco y golpeó en la cabeza a la mujer, que cayó al suelo en medio del crepitar de las llamas.

Mark se estiró y ayudó a Alec a ponerse de pie.

Otras cinco o seis personas cargaron contra ellos. Llevado por el instinto y la adrenalina, Mark comenzó a agitar la antorcha. Primero la descargó sobre un hombre y luego, de un giro, le dio en la nariz a una mujer. Otro individuo, que enfilaba directamente hacia él, recibió la punta del tronco en el estómago, al tiempo que su ropa comenzaba a arder.

Entre golpes y patadas, Alec peleaba al lado de Mark. Levantaba a los lunáticos del suelo y los arrojaba por el aire como si fueran bolsas de basura. Al tener que pelear con ambas manos, en un momento de la riña perdió la antorcha, pero su fuerza de soldado estaba intacta.

Desde atrás, un brazo comenzó a apretar el cuello de Mark y lo dejó sin aire. Desesperado, empuñó el tronco con ambas manos, lo llevó violentamente hacia atrás y erró el golpe. Aunque el oxígeno abandonaba sus pulmones, reunió todas sus fuerzas nuevamente y volvió a probar. Esta vez logró acertar y escuchó un crujido de cartílagos acompañado del grito del adversario. Una ráfaga de aire fresco corrió por su pecho cuando el hombre soltó su cuello.

Cayó al piso mientras luchaba por llenar nuevamente de aire los pulmones. Alec estaba agachado tratando de recuperar la respiración. Gozaron de un breve alivio, pero un vistazo fugaz les reveló que venía más gente en dirección a ellos.

Alec ayudó al muchacho a levantarse. Continuaron la marcha por la pendiente, a veces arrastrándose y otras trepando, al amparo de la espesa arboleda. Escuchó los gritos de sus perseguidores: no iban a permitir que nadie escapara. Al llegar a un sitio más plano echaron a correr a toda velocidad. Y fue entonces cuando Mark la divisó: unos cien metros más adelante, una enorme sección del bosque estaba envuelta en llamas.

Había fuego entre ellos y el campamento donde habían dejado a Trina, Lana y Deedee.

27

Los árboles y los arbustos del bosque ya se hallaban casi muertos: eso era como un barril de pólvora a punto de estallar. Habían pasado varias semanas desde la última tormenta y todo lo que había vuelto a brotar desde las llamaradas estaba ahora carbonizado. Había estelas de niebla y fuego extendiéndose por el suelo, y el olor a madera embebía el aire.

—¡Será imposible apagar este incendio! —exclamó Alec.

Mark pensó que bromeaba, pero su expresión era grave.

—Ya está totalmente fuera de control —le respondió.

Sin pensarlo dos veces, Alec enfiló directamente hacia las llamas distantes, que aumentaban a cada segundo, y Mark salió tras él. Sabía que debían atravesar ese infierno antes de que creciera tanto que resultara imposible. Tenían que llegar hasta donde se encontraban Trina, Deedee y Lana. Los dos corrieron a través de la maleza, por encima de los arbustos espinosos, eludiendo árboles y ramas colgantes. Aunque el sonido de la persecución aún resonaba a sus espaldas, había disminuido como si incluso sus dementes perseguidores hubieran comprendido que era una locura dirigirse a un bosque en llamas. Pero Mark aún podía escuchar los silbidos y aullidos persistentes que se cernían sobre ellos.

Continuó la carrera con una meta clara: encontrar a Trina.

El rugido del fuego estaba cada vez más cerca. Se había levantado un viento fuerte que avivaba las llamas. A gran altura, una rama gigante se desprendió y cayó entre las copas de los árboles, lanzando chispas a su paso hasta chocar contra el suelo. Alec seguía corriendo raudamente hacia el corazón del bosque incendiado sin disminuir la velocidad, como si su único objetivo fuera entregarse a una muerte feroz y acabar con todo.

—¿No deberíamos cambiar de dirección? —preguntó Mark—. ¿Hacia dónde te diriges?

Alec le respondió sin darse vuelta y Mark tuvo que aguzar el oído.

—¡Quiero acercarme todo lo que pueda! ¡Correr por el borde para saber exactamente dónde estamos! ¡Y tal vez así logremos perder a esos chiflados!

—¿*Sabes* exactamente dónde estamos? —inquirió. Se movía lo más rápido que podía, pero el soldado seguía delante de él.

—Sí —fue la respuesta cortante, pero sacó la brújula y comenzó a examinarla sin disminuir el paso.

El humo era cada vez más denso y se hacía muy difícil respirar. El fuego cubrió por completo el campo de visión de Mark; las llamas gigantescas y cercanas iluminaban la noche. El calor se alzaba en oleadas que envolvían su rostro, pero luego las ráfagas de viento que venían de atrás las barrían.

A medida que se aproximaban (ya estaban a pocos metros de distancia), esas oleadas ya no importaron más. La temperatura había ascendido de manera alarmante y Mark estaba empapado de sudor; tenía tanto calor que sentía como si su piel fuera a derretirse. Justo cuando comenzaba a pensar que Alec había perdido la razón, este dobló repentinamente hacia la derecha y comenzó a correr en forma paralela a la línea del fuego. Se mantuvo muy cerca de él y, por milésima vez desde su encuentro en los túneles de Nueva York, puso su vida en manos del soldado.

Mientras corría, el calor intenso latía a través de su cuerpo. Por la izquierda lo atacaba un viento sofocante; por la derecha, una brisa más fresca. La ropa caliente contra su piel parecía a punto de arder en cualquier momento, aunque estuviera mojada de transpiración. Su pelo, en cambio, estaba seco: el aire abrasador había absorbido toda la humedad. Imaginó los folículos resecos cayendo en el suelo como las agujas de los pinos. Y los ojos... sentía que se cocinaban dentro de las órbitas. Los entornó y luego los frotó tratando de hacer brotar lágrimas, pero no lo logró.

Pisándole los talones a Alec, continuó rodeando el incendio y rogando que se alejaran de él antes de morir de sed o deshidratación. Lo único que oía era el ruido de las llamas, un rugido constante como el de miles de Bergs con los propulsores encendidos al mismo tiempo.

De repente, una mujer se abrió paso desde el bosque; las llamas brillaban en sus ojos enloquecidos. Mark pensó que la extraña los atacaría y se preparó para pelear. Pero la mujer cruzó por delante de Alec: si hubiera sido un poco lenta, se habría estrellado contra el cuerpo del sargento. Decidida y silenciosa, golpeaba la maleza con los pies mientras corría. Tropezó, cayó y de inmediato volvió a levantarse. Luego desapareció tras la pared de fuego.

Alec y Mark continuaron la veloz carrera.

Finalmente arribaron al borde del infierno. La línea divisoria era mucho más nítida de lo que Mark había pensado. Todavía estaban lejos pero, al virar hacia la izquierda, sintió que una ráfaga de adrenalina recorría su cuerpo, pues ya se dirigían nuevamente hacia Trina. Corrió más fuerte y casi tropezó con los pies de Alec al ponerse a la par de él. A partir de ese punto marcharon uno al lado del otro.

Para Mark, cada respiración era una tarea ardua. Al descender, el aire calcinó su garganta y sintió el humo como veneno.

—Tenemos… que alejarnos… de esto.

—¡Lo sé! —le respondió Alec a gritos, lo cual le provocó un ataque de tos. Enseguida echó un vistazo a la brújula apretada en la palma de la mano—. Falta… muy poco.

Rodearon otro sector donde el fuego era más intenso y, esta vez, Alec dobló hacia la derecha y se alejó de las llamas. Mark lo siguió completamente desorientado, aunque sabía que podía confiar en el viejo oso. Con renovada energía, se internaron en el bosque y anduvieron más rápido que nunca. Cada vez que inhalaba, podía sentir el aire fresco que entraba en sus pulmones. El rugido de las llamas también se apagó lo suficiente como para permitirle escuchar otra vez el crujir de sus pisadas.

Alec se detuvo de golpe y Mark continuó unos metros más hasta que logró frenar. Retrocedió y le preguntó si estaba bien.

El hombre estaba apoyado en un árbol mientras intentaba recuperar el aliento. Hizo una señal afirmativa y luego hundió la cabeza en el hueco del brazo y lanzó un resoplido estrepitoso.

Con las manos en las rodillas, Mark se inclinó hacia adelante y disfrutó el breve descanso. El viento había amainado y el fuego parecía estar a una distancia considerable.

—Viejo, por un rato me tuviste muy preocupado. No creo que haya sido la mejor idea eso de correr tan cerca de ese infierno.

Alec lo miró, pero su rostro estaba oculto en las sombras.

—Es probable que tengas razón, pero es muy fácil perderse de noche en un lugar como ese. Estaba muy concentrado en no apartarme del camino que tenía trazado dentro de mi cabeza —revisó la brújula y después señaló por encima del hombro de Mark—. Nuestro pequeño campamento esta por ahí.

Miró a su alrededor y no vio nada que le indicara que se hallaban cerca.

—¿Cómo lo sabes? Yo solo veo un montón de árboles.

—Porque lo sé.

Unos sonidos extraños poblaron la noche y se mezclaron con el rugido constante del fuego. Gritos y risas. Era imposible determinar desde qué dirección venían.

—Me parece que esos locos malditos siguen dando vueltas en busca de problemas —comentó Alec con un gruñido.

—Sí, yo esperaba que esos *locos malditos* hubieran muerto entre las llamas —soltó Mark, antes de darse cuenta de lo mal que había sonado eso. Pero la parte de él que quería sobrevivir a cualquier precio, que se había vuelto despiadada durante el último año, sabía que era verdad. Ya no deseaba tener que preocuparse por ellos. No quería pasar el resto de la noche y el día siguiente mirando por encima del hombro.

—Si los cerdos volaran… —dijo Alec y respiró hondo—. Es mejor que nos demos prisa: tres damas nos esperan.

Comenzaron a correr un poco más lentamente que antes. Aunque no parecían muy cercanos, el regreso de aquellos sonidos había aumentado la tensión.

Unos minutos después, Alec cambió nuevamente el curso. Luego se detuvo, buscó orientarse, observó la zona y señaló hacia la parte baja de una loma.

—Ah —dijo—. Es ahí.

Arrancaron en esa dirección y, a medida que la pendiente se volvía más empinada, resbalaban y se deslizaban por el terreno. El viento había cambiado y ahora soplaba otra vez hacia el fuego, llenando sus pulmones de aire fresco y aliviando esa preocupación, al menos temporalmente. Mark se había acostumbrado tanto a la luz que provenía de las llamas que no había notado que el amanecer ya se había deslizado por encima de ellos: a través de las ramas, el cielo ya no era negro sino violeta y podía distinguir vagamente dónde se hallaba. El paisaje se fue tornando familiar y, de pronto, se toparon con el campamento. Todo seguía donde lo habían dejado, pero no había rastros de Trina y sus amigas.

Un atisbo de pánico brotó en el pecho de Mark.

—¡Trina! —exclamó—. ¡Trina!

De inmediato recorrieron la zona llamando a sus amigas.

Pero todo estaba en silencio.

28

Mark apenas podía contenerse. A pesar de la terrible pesadilla que habían sufrido, Trina y él nunca se habían separado. Solo diez minutos después de constatar su ausencia, la más profunda sensación de desamparo ya se había apoderado de él.

—No puede ser —le dijo a Alec mientras ampliaban la búsqueda alrededor del campamento. Podía percibir la desesperación que había en su voz—. No puede ser que se hayan marchado cuando nosotros no estábamos. Y menos sin dejar una nota o algo —se pasó la mano por el pelo y profirió un grito de furia e impotencia.

Alec había logrado mantener la calma con más éxito.

—Tranquilo, muchacho. Tienes que recordar dos cosas: primero, Lana es tan fuerte como yo y mucho más inteligente. Y segundo, estás olvidando los detalles.

—¿De qué hablas? —preguntó.

—Sí, tienes razón, en circunstancias normales no se hubieran movido de acá hasta nuestro regreso. Pero estas circunstancias no tienen nada de normales: hay un terrible incendio en las inmediaciones y mucha gente loca vagando por el bosque, emitiendo sonidos aterradores. ¿Tú te hubieras quedado aquí rascándote la cabeza?

Esas palabras no mejoraron el ánimo de Mark en lo más mínimo.

—Entonces… ¿crees que fueron a buscarnos? Tal vez las pasamos por el camino y no nos dimos cuenta —cerró las manos y las presionó contra los ojos—. ¡Pueden estar en cualquier parte!

Alec se acercó a él y lo tomó de los hombros.

—¡Mark! ¿Qué te ocurre? ¡Trata de calmarte, hijo!

Dejó caer las manos y miró a Alec a los ojos, que eran duros y grises en la tenue luz del amanecer, pero a la vez llenos de genuina preocupación.

—Lo siento. Es que… me estoy volviendo loco. ¿Qué vamos a hacer?

—Vamos a tratar de no perder la cabeza, mantener la calma y pensar. Y después vamos a ir a buscarlas.

—Están con la niña —acotó Mark en voz baja—. ¿Y si esa gente que nos atacó pasó primero por acá y se las llevó?

—Entonces iremos a su encuentro. Pero necesito que te tranquilices, porque si no nunca lo lograremos. ¿Entendiste?

Cerró los ojos e hizo un gran esfuerzo para calmar su acelerado corazón y acallar el pánico que amenazaba con explotar en su interior. Alec encontraría una solución. Siempre había sido así.

Después de unos instantes, abrió los ojos.

—Ya estoy mejor. Lo lamento.

—Muy bien. Así me gusta más —dijo Alec. Retrocedió unos pasos y estudió el terreno—. Ya hay luz suficiente. Tenemos que encontrar algún indicio de la dirección que tomaron: ramas rotas, huellas, maleza cortada, lo que sea. Empieza a buscar.

Desesperado por ocupar la mente en algo que no fueran sus horrendas suposiciones, se puso a investigar.

Todavía flotaban en el aire el sonido del fuego y alguna risa o grito ocasionales, pero a la distancia. Al menos, por el momento.

Recorrió la zona examinando con mucho cuidado cada lugar antes de atreverse a dar el paso siguiente; su cabeza rotaba de un lado al otro y de arriba a abajo como si fuera una máquina. Lo único que necesitaban era una pista importante y luego les sería más fácil seguir el rastro. De golpe, lo asaltó el espíritu competitivo: quería ser el primero en encontrar algo. Tenía que hacerlo para sentirse mejor y aliviar el miedo que lo embargaba.

No podía perder a Trina. No en ese momento.

Alec se encontraba en cuatro patas, trabajando a unos seis metros del campamento y olfateando como un perro. A pesar de que se veía ridículo, había algo en él que le llegó al corazón. El viejo oso rara vez revelaba la más mínima emotividad (a menos que estuviera gritando o golpeando algo… o a alguien), pero a menudo mostraba verdadera preocupación por ellos. Mark no tenía ninguna duda de que el hombre se jugaría la vida por salvar a cualquiera de las tres amigas desaparecidas. ¿Acaso él haría lo mismo?

Se toparon con señales obvias del paso de gente: ramas quebradas, huellas de zapatos en la tierra, arbustos pisoteados, pero siempre llegaron a la conclusión de que las habían dejado ellos. Después de unos treinta minutos, ese hecho hizo que Mark comprendiera que estaban examinando el área situada entre el campamento y la dirección en que se habían ido la noche anterior. Entonces se detuvo y se incorporó.

—Escúchame, Alec —le dijo.

El viejo estaba en el suelo con la cabeza inclinada dentro de un arbusto y masculló algo ininteligible.

—¿Por qué estamos perdiendo tanto tiempo en este lado?

Su amigo emergió de entre las ramas y lo miró.

—Me pareció lógico. Pensé que podrían haber salido a buscarnos o que las atraparon los mismos chiflados que nos atacaron a nosotros… o que tal vez habían ido a investigar el incendio.

Mark pensó que estaban buscando en el lugar equivocado.

—O huyeron del incendio. No todos tienen ideas tan descabelladas como las tuyas. La mayoría de la gente, al ver semejantes llamas, saldría corriendo en dirección contraria.

—No creo que sea así —dijo Alec descansando todo su peso en las rodillas y estirando la espalda—. Lana no es una cobarde. No se salvaría a sí misma y nos dejaría morir.

Antes de que el soldado terminara, Mark ya había puesto una expresión de desacuerdo.

—Tienes que pensarlo bien. Lana te idolatra tanto como tú a ella. Pensará que estás seguro y que puedes cuidar de ti mismo perfectamente bien. También analizaría las circunstancias con mucho cuidado y decidiría qué es lo que conviene hacer. ¿Tengo razón o no?

Alec se encogió de hombros y lo miró con severidad.

—¿Así que crees que Lana nos abandonaría en manos de esos locos con tal de salvar su vida?

—Ella no sabía que estábamos en manos de semejante gente. Le dijimos que solo iríamos a echar un vistazo, ¿recuerdas? Es probable que después haya escuchado más ruidos, que haya oído y visto venir el incendio. Estoy seguro de que decidió que era mejor marchar hacia el cuartel general del Berg y que nosotros tendríamos la misma idea. Y encontrarnos allí. Tú señalaste claramente en qué dirección debíamos continuar.

Era imposible distinguir si Alec refunfuñaba o asentía.

—Sin mencionar que lleva con ella a una civil —hizo comillas en el aire al pronunciar esa palabra— y a una niñita que probablemente esté aterrorizada. Dudo mucho que Lana fuera a dejarlas solas para salir a buscarnos o arrastrarlas cerca del peligro.

Se puso de pie y se sacudió la tierra de las rodillas.

—Está bien, muchacho. Veo que no vas a dejar de hablar. Me convenciste. Pero… ¿cuál es tu propuesta? —preguntó con una ligera sonrisa en el rostro. Y Mark sabía por qué. El oso estaba disfrutando de ver a su alumno sacar sus propias conclusiones.

Mark apuntó hacia el otro lado del campamento, hacia el sitio que Alec había identificado el día anterior como la dirección hacia donde debían dirigirse. El cuartel general del Berg los estaba esperando: el lugar donde encontrarían a las personas que, una vez más, habían destrozado sus vidas.

—Como ya te dije —comentó Alec con un suspiro exagerado—. Me convenciste. Vamos, comencemos a buscar por ese lado —y le hizo un guiño al pasar junto a él, aunque luego lo miró con el ceño fruncido.

Mark se echó a reír.

–Eres un hombrecito muy extraño –se burló, entre carcajadas.

Alec se detuvo y le dijo:

–Eso es lo que mi mamá solía decirme. Me despertaba por la mañana y después de darme un beso y un abrazo, me decía: "Mi querido Alec, eres un hombrecito muy extraño". Siempre me conmovió, acá –y se señaló el corazón. Luego puso los ojos en blanco con expresión dramática.

–Pongámonos a trabajar.

–¿Ves? –exclamó Mark mientras lo seguía–. ¿Acaso necesito más pruebas? Un hombrecito muy extraño. Está confirmado.

–Pero hay una palabra que no es correcta: me temo que no cabe duda de que he dejado de ser un hombrecito. Ya soy todo un hombre –y lanzó un sonido ahogado que seguramente pretendió ser una risa.

Cuando llegaron a la zona que Mark había indicado, caminaron más cuidadosamente y de inmediato volvieron a examinar cada centímetro cuadrado del terreno en busca de alguna huella reveladora. Mark hizo una pausa para captar los sonidos que se escuchaban al fondo, apenas perceptibles sin una concentración profunda. Los crujidos y rugidos del bosque en llamas, todavía a una distancia prudencial pero cada vez más cercana, y los esporádicos gritos y risotadas de sus nuevos y poco confiables amigos. Ellos también se encontraban a una distancia prudencial, aunque era difícil decir de dónde venían esos sonidos. Ahora que el sol había asomado, se notaba que el aire se había vuelto neblinoso a causa del humo.

–Encontré algo –anunció Alec–. ¡Ten cuidado! –gritó cuando Mark se acercó pisando con fuerza.

–Lo siento –se disculpó mientras se arrastraba para colocarse junto al soldado, que se hallaba de rodillas. Tenía una rama en la mano, que usaba como puntero–. Hay tres arbustos seguidos que han sido pisoteados y por más de una persona. Puedes ver allá las ramitas quebradas y las pisadas aquí y allí –dijo señalando la más cercana.

Mark se inclinó y la vio: era pequeña, del tamaño exacto de las de Deedee.

–Hay un solo problema –continuó Alec con voz dura.

—¿Cuál? —preguntó de inmediato, con el corazón acelerado.

Alec utilizó la rama para indicar un sitio donde había hojas amontonadas, que se hallaba justo arriba del terreno por el que ellas habían pasado. Las hojas, de un verde brillante, estaban salpicadas con gotitas de sangre.

29

Esta vez Mark no permitió que el pánico se apoderara de él, pero se quedó mudo. Estaba helado por dentro y tenía las manos resbaladizas por el sudor. Pensó que su cara también debía estar pálida, pero se obligó a mantener la calma mientras Alec se levantaba y caminaba siguiendo las huellas que habían encontrado. Con creciente desaliento, señaló más manchas de sangre por el sendero. No eran muchas, pero suficientes.

—Es difícil decir si se trata de una herida grave o leve. Yo he visto narices lanzar esta misma cantidad de sangre, pero también contemplé a un tipo al que le habían volado el brazo, que apenas perdió una gota. La explosión había cauterizado la herida con total limpieza.

—No me estás ayudando —balbuceó Mark.

—Perdóname, muchacho —repuso Alec—. Estoy tratando de decir que no creo que esto sea todo malo. Quien esté herido, debe haber recibido un corte feo, pero la gente sobrevive a pérdidas de sangre mucho peores que esta. Por lo menos nos servirá para seguirles el rastro.

Alec siguió adelante moviendo la cabeza de un lado a otro para estudiar toda la zona. Mark avanzó pegado a sus talones, haciendo un gran esfuerzo para no mirar las huellas de sangre.

No podía. No hasta que sus nervios se calmaran.

Esperaba que aquella no fuera una búsqueda inútil o, peor aún, una trampa.

—¿Hay algo más que nos asegure que son ellas? —preguntó.

El soldado se detuvo y se inclinó sobre un arbusto pisoteado para examinar la tierra.

—Basándome en las huellas, yo diría que es nuestro hermoso grupito el que pasó por aquí. Puedo ver las pisadas con mucha nitidez… —hizo una pausa y lanzó una mirada nerviosa hacia atrás.

—¿Y?

—Bueno… hace un rato que ya no veo a Deedee. Yo diría que, a partir de allí, alguien comenzó a llevarla en brazos.

—Entonces es posible que sea ella la que está herida —concluyó Mark, y de solo pensarlo se le fue el alma a los pies—. Quizá se cayó y… se lastimó la rodilla y nada más.

—Sí —respondió Alec distraído—. Pero la otra cosa es…

Mark nunca lo había visto vacilar tanto.

—¿Por qué no lo sueltas de una vez, hombre? ¿Qué pasa?

—Cuando atravesaron estos arbustos —dijo lentamente, como ignorando las palabras del joven—, está claro que iban corriendo. Y de manera desesperada. Están todos los indicios de que fue así: el largo de las pisadas, las ramas quebradas y los matorrales destrozados —sus ojos se encontraron—. Como si las estuvieran persiguiendo.

A Mark se le hizo un nudo en la garganta hasta que recordó algo:

—Pero acabas de decir que solo veías tres pares de pisadas. ¿Hay algún indicio de que alguien corriera tras ellas?

Alec alzó la vista y luego apuntó con la rama.

—¿Recuerdas que hay objetos voladores por estos lugares?

Como si no tuvieran suficientes preocupaciones.

—¿No crees que nos habríamos enterado si un Berg hubiera descendido a toda velocidad persiguiendo a nuestras amigas montaña abajo?

—¿En medio de lo que pasamos? Tal vez no. De todos modos, pudo haber sido otra cosa y no un Berg.

—Sigamos adelante —dijo Mark después de echar otra mirada de cansancio hacia arriba.

Los dos continuaron por el sendero. Mark rogaba que no encontraran más sangre. O algo peor.

Las huellas del paso de Trina, Lana y Deedee continuaban a lo largo de un desfiladero extenso y profundo que se abría hacia un cañón casi oculto. Mark no había notado que la altura de las paredes del costado del camino iba en aumento, y como la pendiente era tan gradual, no percibió que descendían rápidamente. Además, estaban rodeados de bosques y enfrascados en la búsqueda de indicios y huellas de sus amigas. Después de atravesar una gran arboleda, se encontraron de inmediato en un espacio abierto bordeado por altas paredes de granito gris. Eran tan empinadas que la única vegetación que existía eran pequeñas matas diseminadas por la piedra.

Alec se detuvo y sacó el mapa.

—Es aquí —anunció y ambos se escondieron detrás del tronco de un grueso roble.

—¿En serio?

—Estoy prácticamente seguro de que este es el valle al cual volvía el Berg después de cada viaje.

Mark se asomó y examinó las paredes altas e inquietantes.

—Es un poco peligroso volar por este espacio, ¿no crees?

—Puede ser, pero también es perfecto para esconderte. Tiene que haber un área de aterrizaje en algún sitio cercano y también una entrada a lo que ellos consideran su casa. Yo sigo pensando que podría ser un viejo búnker del gobierno. Especialmente por estar tan cerca de Asheville: la ciudad se encuentra al otro lado del cañón.

—Sí —murmuró Mark distraído—. Y… ¿crees que es posible que las persiguieran hasta aquí? Me preocupa mucho que las hayan atrapado.

—Tal vez no. Lana sabía que deambular por las montañas buscándonos no sería fácil. Era mejor ir directamente hacia el lugar que era un obvio punto de encuentro. Aquí.

—¿Y entonces dónde están?

Alec no contestó: algo había llamado su atención.

—Es probable que los dos estemos en lo cierto —susurró unos segundos después en un tono perturbador.

—¿Qué pasa? —preguntó Mark, con creciente ansiedad.

—Mantente agachado y sígueme.

Se arrastró en cuatro patas fuera del escondite, con el cuerpo por debajo de la línea de arbustos y matorrales. Mark lo imitó y salió con él hacia el claro, seguro de que en cualquier momento aparecería un Berg sobre sus cabezas, volando a toda velocidad y disparando dardos. Se mantuvieron en el sendero apenas perceptible por el que Mark supuso que Trina y sus dos compañeras habían transitado. Al principio pensó que quizá los Bergs aterrizaran en ese espacio despejado, pero no había señales de un sitio semejante y la vegetación era muy espesa.

Alec se abrió paso a través de los arbustos y se detuvo a los diez metros. Mark espió por un costado y divisó un sitio enorme donde los matorrales estaban pisoteados y aplastados. Supo de inmediato que se trataba de un signo evidente de pelea y se le oprimió el corazón.

—No —fue todo lo que pudo proferir.

—Tenías razón —comentó Alec, bajando aún más la cabeza—. No hay duda de que alguien las trajo hasta aquí. Mira, del otro lado los arbustos están destrozados. Como si veinte personas hubieran pasado por encima.

—¿Entonces qué hacemos? —preguntó Mark tratando de diluir el terror que amenazaba con atacarlo otra vez—. ¿Regresamos y nos escondemos o vamos tras ellos?

—Baja la voz, muchacho, o también nos atraparán a nosotros.

—Volvamos —susurró Mark—. Reorganicémonos y decidamos qué hacer —propuso. Sentía el impulso de seguir el rastro, pero su lado más prudente le decía que primero debían pensarlo mejor.

—No tenemos tiempo para…

Un estruendo insoportable interrumpió las palabras de Alec. Un estridente sonido metálico atravesó el aire como si fuera un cañón. Mark se tendió sobre el vientre, casi esperando que las paredes de piedra se desplomaran encima de él.

—¿Qué fue eso? —preguntó.

Pero antes de que su amigo pudiera responderle, volvió el estallido ensordecedor. La tierra se sacudió y siguió temblando aun después de que cesara el ruido. La vibración era tan fuerte que hacía bailar los arbustos que los rodeaban. Los dos amigos se observaron mutuamente con una mezcla de asombro y confusión. El sonido agitó el aire una vez más y, de pronto, el terreno bajo sus pies comenzó a elevarse hacia el cielo.

30

Mark se puso de pie de un salto y tiró del brazo de Alec. El terreno que los rodeaba se levantaba y temblaba al mismo tiempo, y tuvo que hacer un gran esfuerzo para no volver a caer. Sabía que lo que estaba sucediendo era imposible y se preguntó si estaría perdiendo la razón. Pero el suelo se alzaba lentamente mientras se inclinaba. Echó una mirada frenética a su alrededor. Estaba tan confundido y anonadado que no sabía qué hacer. Alec parecía tan perplejo como él. Mark fue el primero en salir del estupor.

Su mente se aclaró y, de golpe, percibió varios detalles al mismo tiempo.

Primero: no todo el valle se estaba elevando hacia el cielo como si se tratara de un terremoto o de un gigantesco desplazamiento de la corteza terrestre. Era solo una pequeña fracción: el claro donde se encontraban. Los árboles que los rodeaban permanecían en calma, con sus ramas levemente agitadas por el viento. Segundo: la lenta pero continua inclinación de la tierra le hizo notar que la mitad se estaba hundiendo *bajo* la superficie y parecía tener la forma de un círculo. Tercero: se oía un chirrido metálico grave.

—¡Es artificial! —gritó mientras salía corriendo con Alec—. ¡Gira alrededor de una especie de pivote!

Alec aceleró el paso: corrieron por el borde hacia el ángulo de la pendiente tratando de encontrar un lugar desde el cual saltar del disco de tierra en movimiento. Como el ritmo era lento, el pavor inicial fue reemplazado por la curiosidad. Era evidente que estaban sentados sobre una especie de inmensa puerta trampa. Pero, ¿qué era aquello?

Recorrieron los últimos pasos hasta alcanzar la zona que rotaba en el sector del pivote, y con solo brincar un metro estuvieron a salvo. Se arrastraron hasta las hileras de árboles y buscaron refugio detrás del mismo roble. Mark se asomó para observar el resto del espectáculo. El borde superior del recorte circular ya se hallaba a unos diez metros del suelo; el borde inferior, completamente sepultado en la tierra y fuera de la vista. Seguía rotando con el chirrido de los engranajes, cuyo sonido se había ido apagando.

—¡Parece una moneda dando vueltas en el aire! —comentó Alec.

—¡Una moneda monumental! —agregó Mark—. Y gira muy despacio.

En pocos minutos, la porción redonda de terreno estaba en posición vertical, mitad adentro y mitad afuera, y continuaba la rotación. En unos instantes, la tierra y los arbustos comenzaron a descender de cabeza y Mark por fin pudo ver lo que había en la cara opuesta de la moneda: una superficie plana y gris que parecía de hormigón, atravesada por pequeñas líneas que formaban ranuras perfectamente rectas. No pasaría mucho tiempo antes de que el disco gigantesco descansara en forma horizontal en el suelo del valle, de cara al cielo y esperando que algo aterrizara sobre él. Desperdigados por el círculo gris había ganchos y cadenas para asegurar lo que se iba a apoyar en la superficie.

Un lugar de aterrizaje, pensó Mark. *Para el Berg. O los Bergs.*

—¿Por qué la tierra y las plantas no se están deslizando del otro lado? —preguntó—. Parece magia.

—Es probable que todo sea falso —respondió el soldado—. No resultaría muy práctico si tuvieran que salir a replantar todo cada vez que se utiliza, ¿no crees?

—No se puede negar que parece de verdad. O parecía —comentó, mirando con fascinación. La sección de tierra móvil debía tener unos sesenta metros de diámetro—. ¿Crees que nos hayan visto? Debe haber cámaras por toda la zona.

—Seguramente —dijo Alec encogiéndose de hombros—. Solo nos queda esperar que no estén observando con mucha atención.

El círculo de tierra ya estaba en un ángulo de cuarenta y cinco grados y a pocos minutos de sellar por completo el hueco del terreno. Mark se preguntó si Alec estaría pensando lo mismo que él.

—¿Lo hacemos? —le preguntó—. En cualquier momento va a aterrizar un Berg: es nuestra oportunidad.

Al principio, el hombre se mostró sorprendido, como si el chico le hubiera leído la mente. Luego, una sonrisa cómplice se dibujó en su rostro.

—Podría ser la única forma de entrar, ¿no?

—Tal vez. Es ahora o nunca.

—Cámaras y guardias. Es muy arriesgado.

—Pero ellos tienen a nuestras amigas.

—Acabas de hablar como un verdadero soldado.

—Entonces vamos.

Mark se incorporó, pero permaneció agachado y apoyado en el árbol mientras se deslizaba disimuladamente. Tenía que moverse antes de cambiar de opinión y sabía que Alec estaría pegado a sus talones. Todavía quedaba una abertura de cinco metros entre los bordes del disco que giraba y la tierra que lo rodeaba. Respiró hondo para juntar valor y salió disparando hacia el lado izquierdo, preguntándose si comenzarían a sonar disparos o si de la oscuridad del hueco brotarían soldados para atraparlos. Pero nada sucedió.

A unos dos metros del círculo, se arrojó al suelo y después se arrastró para espiar por el borde. Alec hizo lo mismo y los dos se apoyaron sobre la abertura. Tuvo una sensación inquietante al ver que la sección de tierra que descendía se hallaba justo arriba de él. Si la última parte se desplomaba de golpe y sin aviso, los partiría en dos.

Abajo estaba muy oscuro, pero en la penumbra alcanzó a distinguir una pasarela de metal que rodeaba el gran recinto. No había luz ni gente. Alzó la vista y lo alarmó constatar lo cerca que se hallaba el borde del disco. No les quedaban más de un par de minutos cuando mucho.

—Tenemos que poner los pies hacia abajo y balancearnos para caer sobre eso —dijo Mark señalando la pasarela: una cornisa de metal—. ¿Crees que podrás hacerlo? —agregó con una sonrisita burlona.

Alec ya había entrado en acción.

—Mucho mejor que tú, muchachito —respondió con un guiño.

Mark rodó sobre su vientre, arrastró el cuerpo con lentitud sobre la orilla del orificio y dejó caer los pies hacia el abismo mientras se sostenía del borde. Aferrándose con fuerza, comenzó a balancear las piernas. Alec se soltó primero, voló hacia adelante y aterrizó en la pasarela con un gemido. Mark intentó combatir el pensamiento que invadía su mente: que no lograría caer en la cornisa o que se desplomaría torpemente y desaparecería en la oscuridad. Contó hasta tres al tiempo que llevaba las piernas hacia atrás y, cuando estas se proyectaron hacia adelante, se soltó.

Debido al impulso, su mirada se elevó y pudo captar un último vistazo fugaz a través de la pequeña abertura. Vio las llamas azules y la panza de metal de un Berg descendiendo del cielo. Después su visión se nubló y se desplomó encima de Alec.

31

Les tomó unos segundos desenganchar los brazos y las piernas. Alec emitió todo tipo de maldiciones y gruñidos hasta que vio que Mark resbalaba por el borde y lo ayudó a subir. De inmediato reanudó las maldiciones. Finalmente, se levantaron y se acomodaron la ropa. Un ruido estrepitoso atravesó el recinto cuando el mecanismo que estaba sobre ellos se cerró de golpe y la oscuridad más completa los envolvió.

—Genial —masculló Alec—. No puedo ver nada.

—Saca la tableta —sugirió Mark—. Ya sé que la batería está casi agotada, pero no tenemos alternativa.

Después de un resoplido de aprobación y algunos chasquidos, el lugar se iluminó con el resplandor de la pantalla del dispositivo. Por un segundo, Mark volvió a los túneles de Nueva York y se vio corriendo con Trina, alumbrados por el destello de su teléfono. Los recuerdos lo sumergieron en el horror de aquel día hasta ahogarlo, pero él los apartó. De todas maneras, tenía el presentimiento de que los próximos dos días habrían de proporcionarle nuevos recuerdos. Con un suspiro, se preguntó si alguna vez volvería a dormir bien.

—Un segundo antes de lanzarme vi un Berg que aterrizaba —comentó retornando al presente y a la tarea que tenían entre manos—. Por lo tanto, sabemos que tenían por lo menos dos antes de que estrelláramos uno de ellos.

Alec recorría el lugar haciendo brillar la luz hacia todos lados.

—Sí, escuché el ruido de los propulsores. Supongo que la plataforma de aterrizaje se hunde acá abajo y el Berg descarga; luego vuelve a levantarse y rota otra vez. Será mejor que nos apuremos antes de que tengamos compañía que no deseamos.

El sargento sostuvo en alto la luz para iluminar las entradas a dos cámaras situadas en lados opuestos del recinto en que se hallaban. Las ranuras del piso mostraban el lugar por donde sacaban a los Bergs de la plataforma de aterrizaje una vez que se encontraban bajo tierra. Ambos espacios eran vastos y oscuros, y estaban vacíos.

La pasarela que rodeaba la fosa de la cámara central tenía poco más de un metro de ancho, y mientras avanzaban lentamente no dejaba de crujir. La estructura era firme pero el corazón de Mark no se calmó hasta que la atravesó por completo. Con un suspiro de alivio, caminó hacia una puerta redonda que tenía un volante en el centro, como los de las compuertas de los submarinos.

—Este lugar se construyó hace muchísimo tiempo —explicó Alec mientras le entregaba el dispositivo—. Probablemente para proteger a los funcionarios del gobierno en caso de una catástrofe mundial. Es una pena que ninguno haya logrado llegar hasta aquí: estoy seguro de que la mayoría de ellos quedaron carbonizados como todos los demás.

—Genial —exclamó Mark alzando la luz para examinar la puerta—. ¿Crees que esté cerrada?

Alec ya se había adelantado y sujetaba la rueda con ambas manos, como si no fuera a ceder. Pero al hacer fuerza, el volante dio media vuelta con facilidad y él salió despedido hacia un costado y chocó contra Mark. Ambos se desplomaron sobre la pasarela, uno encima del otro.

—Muchacho, hoy he estado más cerca de ti de lo que esperaba estar en toda mi vida. Ten cuidado de no caerte del borde: necesito tu ayuda.

Riéndose, Mark se puso de pie y se apoyó en la panza de Alec un poco más de lo necesario.

—Es una verdadera lástima que no hayas tenido hijos, viejo. Habrías sido un abuelo genial.

—No lo dudo —gruñó mientras se ponía de pie—. Habría sido muy gracioso imaginarlos muriendo carbonizados cuando llegaron las llamaradas.

Eso destrozó el buen humor en un instante. Al pensar en sus padres y en Madison, a Mark lo embargó la tristeza. Aunque nunca sabría con certeza qué había sido de ellos, su mente poseía un don especial para imaginar lo peor y Alec lo percibió.

—Demonios, lo siento mucho —se disculpó. Estiró la mano y le apretó el hombro—. Muchacho, con toda la sinceridad que un viejo buitre como yo puede demostrar, te digo que lamento lo que acabo de decir. Imagino lo que debes haber sufrido ese día y no me gustaría estar en tu lugar. Mi familia era el trabajo, y sé que no es lo mismo.

Nunca lo había escuchado decir nada semejante.

—Está bien. En serio. Gracias —luego hizo una pausa—. Abuelo.

Con un guiño de complicidad, Alec se acercó otra vez al volante y lo hizo girar levemente, hasta que se oyó un sonoro *clic*. Al abrirla, la placa de metal pegó contra la pared. Del otro lado no había más que oscuridad y un zumbido distante, como de maquinaria.

—¿Qué es eso? —susurró Mark—. Parece una fábrica —y apuntó la luz a través de la puerta, revelando un largo pasillo que se perdía en las tinieblas.

—Tiene que ser un generador.

—Supongo que resultaría imposible vivir aquí abajo si no tuvieran al menos algo de electricidad. De otra manera, esto no podría funcionar.

—Exactamente. Hemos estado viviendo tanto tiempo en campamentos en medio de la naturaleza… Esto me trae recuerdos…

—Bergs, generadores… ¿crees que tendrán una tonelada de combustible almacenada aquí o lo traerán de otro lugar?

Alec meditó unos segundos.

—Bueno, ya ha pasado un año y se necesita mucho combustible para mantener esos Bergs en el aire. Yo diría que lo traen hasta acá.

—¿Seguimos adelante? —preguntó Mark, aunque la respuesta era obvia.

—Cómo no.

Ingresó en el pasillo en primer lugar y luego esperó a que Alec se uniera a él.

—¿Qué hacemos si alguien nos ve? —inquirió con un murmullo, pero su voz sonó con fuerza en ese espacio tan reducido—. En este momento, una o dos armas no nos vendrían nada mal.

—Te entiendo. Mira, no tenemos muchas opciones ni mucho que perder. Sigamos caminando e improvisemos sobre la marcha.

Empezaban a recorrer el pasadizo cuando un ruido metálico resonó a sus espaldas, seguido de chirridos de engranajes. Mark no necesitó mirar para darse cuenta de que la plataforma de aterrizaje —posiblemente con un Berg posado encima— había comenzado a hundirse bajo la tierra.

Alec actuó con mucha más calma que la que Mark sentía. Tuvo que acercarse a él para que pudiera escucharlo por encima del estruendo.

—Esperemos hasta ver a qué cámara se dirige y luego nos ocultamos en la otra. Es mejor que no nos encuentren en este pasillo.

—Bueno —dijo Mark. El corazón le latía deprisa y tenía los nervios de punta. Apagó el dispositivo: con toda la luz que entraba de afuera, ya no lo necesitaban. Volvieron atrás, cruzaron la puerta y la cerraron. Luego, se agazaparon en la penumbra de la pasarela mientras descendía la enorme nave. Por suerte, la cabina se encontraba del otro lado, de modo que era bastante difícil que los descubrieran. Una vez que llegó hasta el fondo, se escucharon más chirridos metálicos y la máquina comenzó a moverse sobre las guías hacia la cámara de la derecha. Alec y Mark corrieron a la opuesta y se escondieron en la oscuridad.

La espera resultó una agonía, pero finalmente el Berg se detuvo. De inmediato, la colosal plataforma de aterrizaje comenzó a elevarse nuevamente, en forma lenta pero constante. Los tripulantes de la nave ya habían desembarcado, porque Mark había escuchado voces débiles por encima de los ruidos y luego el sonido de la compuerta que se abría.

—Vamos —le susurró Alec al oído—. Sigámoslos.

Se deslizaron fuera de la habitación y se escabulleron por la pasarela. Como los pasajeros del Berg habían dejado la puerta de salida entreabierta, Alec se apoyó junto a ella y se inclinó para escuchar. Luego echó un vistazo. Convencido de que estaban fuera de peligro, le hizo una señal a su amigo e ingresó nuevamente en el pasillo. Mark fue tras él justo cuando la plataforma de aterrizaje comenzaba a rotar: los arbustos, la tierra y los arbolitos apuntaban otra vez hacia el cielo.

Las voces resonaron por el corredor un poco más adelante, pero llegaban demasiado distorsionadas como para descifrar lo que decían. Alec tomó la tableta que Mark le tendía y la guardó en la mochila. Entornó los ojos y caminó hacia adelante, pegado a la pared, llevando a Mark del brazo. En instantes todo volvería a quedar sumido en la oscuridad.

Entraron al vestíbulo muy lentamente. Al parecer, los recién llegados habían decidido detenerse a hablar, porque sus voces se hicieron cada vez más nítidas. Parecían ser solo dos personas. Finalmente, el sargento también se detuvo y, repentinamente, Mark pudo escuchar cada una de las palabras.

—...al norte, no muy lejos de aquí —decía una mujer—. Ardió como un horno de barro. Estoy segura de que está relacionado con esa gente que atraparon anoche. Pronto lo sabremos.

—Esperemos que sea así —respondió un hombre—. Como si antes de perder el otro Berg, no tuviéramos ya suficientes problemas. A esos cretinos de Alaska no les importa nada lo que nos pase. Ahora que todo se ha puesto muy raro, te apuesto que no volveremos a saber de ellos.

—Sin duda —dijo la mujer—. ¿Podríamos decir que somos prescindibles?

—Sí. Pero no se suponía que fuéramos *nosotros*. No tenemos la culpa de que el virus esté mutando.

A sus espaldas, la plataforma de aterrizaje emitió un estrépito metálico; era de suponer que la rotación había concluido. Todo estaba negro. Los dos desconocidos comenzaron a alejarse y sus pasos resonaban fuerte, como si llevaran botas.

Uno de ellos encendió una lámpara y el destello de la luz se balanceó por el pasillo. Alec sujetó otra vez el brazo de Mark y continuaron la marcha a una distancia prudente.

Las dos personas no volvieron a hablar hasta que llegaron a una puerta y, cuando la abrieron, se escuchó el chirrido de las bisagras. Al ingresar en una habitación que Mark no alcanzaba a distinguir, el hombre habló una vez más:

—Ah, por cierto, ya le encontraron un nombre. Le dicen la Llamarada.

Y la puerta se cerró de un golpe.

32

No habían logrado escuchar demasiado, pero a Mark no le gustaron nada las pocas palabras que habían pronunciado los dos desconocidos.

—La Llamarada. El tipo dijo que ese es el nombre que le han puesto al virus.

—Sí —masculló Alec y volvió a encender el dispositivo. El resplandor iluminó su rostro: parecía el de un hombre que no había sonreído en toda su vida, nada más que pliegues y arrugas—. Eso no es bueno. Si ya tiene un sobrenombre, significa que es algo muy importante, de lo cual se está hablando mucho. No me gusta nada.

—Tenemos que averiguar qué pasó. Esas personas que bailaban alrededor del fuego fueron atacadas mucho antes que nosotros. Tal vez el asentamiento donde vivían fue una especie de proyecto de prueba.

—Entonces tenemos dos objetivos: uno, encontrar a Lana, Trina y a esa adorable mocosita. Dos, averiguar qué está sucediendo aquí.

—Es hora de ponernos en movimiento —exclamó Mark, que estaba completamente de acuerdo.

Alec apagó la luz del aparato y el hall quedó envuelto en sombras.

—Desliza la mano por la pared —le susurró—. Y trata de no tropezar conmigo.

Comenzaron a caminar por el pasadizo. Mark andaba con paso liviano y respiraba suavemente. El volumen del zumbido de maquinaria distante había aumentado y podía sentir la vibración en la pared mientras sus dedos trazaban una línea invisible sobre la superficie fría. De pronto, un pequeño rectángulo de luz les indicó la puerta a través de la cual habían pasado los dos extraños. Alec vaciló unos segundos y luego siguió de largo con rapidez y de puntillas: el movimiento menos militar que su joven amigo le había visto hacer.

Mark decidió ser un poco más valiente. Se detuvo delante de la puerta, se inclinó y apoyó el oído.

—No es una buena idea —susurró Alec con voz severa.

Concentrado en las voces, no le respondió. Las palabras brotaban poco claras, pero se trataba de una conversación acalorada.

—Vámonos de una vez —dijo Alec—. Quiero explorar antes de que alguien nos encierre en un calabozo y arroje la llave.

Mark abandonó la puerta y volvió a ubicarse junto a la pared opuesta, con la mano apoyada sobre la superficie. Al alejarse de la luz mortecina que brotaba de los bordes de la abertura, reanudaron el recorrido en la oscuridad. El pasillo se extendía delante de ellos en medio del silencio solo interrumpido por el estruendo de la maquinaria. No supo el momento exacto en que ocurrió, pero descubrió que podía ver otra vez. Había un destello rojo y brumoso en el aire que le daba a Alec una apariencia diabólica. Mark alzó la mano y movió los dedos: parecían estar cubiertos de sangre. Supuso que Alec también lo había notado, de modo que no dijo nada y continuó la marcha.

Finalmente se toparon con una gran puerta entreabierta en la pared izquierda. Encima de ella colgaba una lamparilla roja encerrada en una jaula de alambre. Alec se detuvo y se quedó mirando hacia adelante como esperando que apareciera alguien a explicarle qué había en el interior. Los zumbidos y chirridos de maquinaria habían aumentado de tal manera que tuvieron que elevar la voz para escucharse.

—Supongo que eso responde la pregunta sobre los generadores —comentó Mark. El dolor de cabeza que sentía detrás de los ojos era cada vez más intenso y se dio cuenta de lo agotado que se encontraba. Habían estado despiertos toda la noche y ya llevaban medio día de marcha—. Quizás estén ahí. Abre esa estúpida puerta de una vez.

—Calma, muchacho. Cautela —aconsejó Alec—. Un soldado apurado es un soldado muerto.

—Un soldado lento significa que nuestras tres compañeras podrían estar muertas.

En vez de responder, Alec se estiró y abrió la puerta. Los sonidos de maquinaria se elevaron un poco y una ola de calor brotó del interior junto con olor a combustible quemándose.

–Viejo –exclamó Alec–, había olvidado lo mal que olía eso –cerró la puerta con cuidado–. Espero que encontremos pronto algo útil.

Unos veinte metros adelante vieron otra puerta, tres más a continuación y, por último, se enfrentaron con una al final del pasillo. Todas estaban abiertas unos ocho centímetros e iluminadas por una bombilla encerrada en una jaula de alambre, como en la sala del generador. La diferencia radicaba en que estas luces eran amarillas y apenas funcionaban.

–Hay algo un poco siniestro en esto de que las puertas estén abiertas –murmuró Mark–. Y está muy oscuro dentro de las habitaciones.

–¿Qué quieres decir? –preguntó Alec–. ¿Prefieres dar media vuelta y volver a casa?

–No. Solo digo que tú deberías entrar primero.

Riendo entre dientes, Alec estiró el pie y abrió ligeramente la primera puerta, que giró hacia adentro con un crujido metálico mientras una tenue luz amarilla se derramaba en el interior. La puerta se detuvo con un golpe suave y todo siguió en silencio.

El soldado dio un resoplido y, en vez de entrar, enfiló hacia la siguiente habitación. Le dio una leve patada a la puerta con un resultado similar: silencio, penumbra y vacío. Repitió la operación con la siguiente y luego con la última que se hallaba en el extremo del corredor: nada.

–Supongo que es mejor que entremos –dijo. Volteó hacia Mark e inclinó la cabeza hacia un costado, clara indicación de que debía seguirlo. Mark se acercó con rapidez, listo para cumplir la orden.

El sargento tanteó alrededor del marco de la puerta en busca de un interruptor, que no encontró, y luego entró, seguido de su joven amigo. Permanecieron inmóviles unos segundos esperando que sus ojos se adaptaran a la oscuridad.

Con un suspiro, Alec volvió a sacar la tableta.

—¿Para qué sirven los generadores si no hay ninguna luz encendida? Esto no va a funcionar por mucho tiempo más —advirtió y encendió el dispositivo.

La pantalla proyectó un siniestro fulgor azul a través del recinto —más grande de lo que Mark hubiera imaginado—, que reveló dos largas filas de diez literas alineadas en ambas paredes. Todas estaban vacías, salvo una casi en el extremo, donde una silueta desgarbada se sentaba de espaldas a ellos. Los hombros caídos daban la impresión de pertenecer a un hombre mayor. Al verlo, Mark sintió escalofríos. La luz mortecina, la habitación casi vacía, el silencio opresivo… tuvo la sensación de que tenía ante sí la espalda de un fantasma que estaba por anunciarles su destino fatal. La persona no se movió ni hizo ruido alguno.

—Hola —exclamó Alec; su voz retumbó en el silencio.

—¿Qué estás haciendo? —le preguntó Mark, sorprendido.

El rostro de Alec estaba oculto en las sombras, ya que la luz apuntaba hacia el fondo de la sala.

—Tratando de ser amable —susurró—. Le voy a hacer algunas preguntas —y luego habló en voz más alta—. ¿Hola? ¿Podría ayudarnos?

La respuesta fue un balbuceo grave y ronco: como Mark pensaba que debía sonar un anciano en su lecho de muerte. Las palabras no fueron más que un embrollo de sílabas confusas.

—¿Perdón?

El hombre no se movió ni contestó. Permaneció sentado, con la mirada perdida, como si fuera solo un bulto: la cabeza agachada, los hombros caídos.

Repentinamente, Mark sintió que *tenía* que saber lo que el extraño había dicho. Ignorando las protestas de Alec, echó a andar entre los catres. Escuchó que su amigo se apresuraba para alcanzarlo mientras la luz del dispositivo se mecía de un lado a otro, proyectando sombras extrañas en las paredes.

Cuando se acercó al cuerpo inmóvil, sintió un cosquilleo helado en la piel. El extraño tenía la espalda ancha y el pecho macizo, pero su porte le daba un aspecto frágil y patético. Se mantuvo a cierta distancia y contempló el rostro cabizbajo oculto en la penumbra.

–Perdón, ¿podría repetir lo que dijo? –le pidió. Alec se colocó a su lado y proyectó la luz sobre el desconocido, que se hallaba visiblemente deprimido. Estaba sentado hacia adelante con los codos sobre las rodillas y las manos apretadas. Parecía como si su cara fuera a derretirse y chorrear por el suelo.

El hombre alzó lentamente la vista y los miró, con la cabeza colgando del cuello como una máquina herrumbrada. Su rostro estaba más arrugado y serio de lo que debería. Los ojos eran dos cavernas oscuras que la luz de Alec no lograban penetrar.

–Yo no quise entregarla –dijo con voz rasposa–. Dios mío, no quise hacerlo. No a esos salvajes.

33

Mark tenía tantas preguntas que no sabía por dónde empezar.

–¿Qué quiere decir? –preguntó–. ¿A quién entregó? ¿Qué puede contarnos acerca de este lugar? ¿Qué sabe del virus? ¿Vio a dos mujeres con una niñita? Tal vez las atraparon afuera –hizo una pausa para tragar el nudo del tamaño de una pelota de golf que se le había formado en la garganta, y continuó más despacio–. Mi amiga se llama Trina. Tiene el pelo rubio, es de mi edad. Había otra mujer y una niña. ¿Sabe algo de ellas?

El hombre volvió a bajar la vista hacia el suelo y suspiró con esfuerzo.

–Demasiadas preguntas.

Mark estaba tan frustrado que tuvo que tomarse unos segundos para recuperar la compostura. Respiró profundamente y después fue a sentarse en el catre frente al extraño de la voz rasposa. Quizá el hombre estaba loco y bombardearlo con preguntas no era el método más apropiado. Un poco asombrado ante el repentino arrebato de Mark, Alec se acercó y se ubicó en la litera junto a él. Apoyó la luz en el suelo para que el resplandor apuntara hacia arriba y eso les confirió a todos ese aspecto ligeramente monstruoso que se logra al colocar una linterna debajo del mentón.

–¿Qué puede decirnos? –preguntó Alec en su tono más amable. Era obvio que había llegado a la misma conclusión que Mark: ese tipo estaba muy nervioso y había que tratarlo con cuidado–. ¿Qué pasó aquí? Todas las luces están apagadas, no hay nadie. ¿Dónde está todo el mundo?

El hombre profirió un gemido como única respuesta y luego se cubrió la cara con las manos.

Alec y Mark intercambiaron una mirada.

—Déjame intentar otra vez —dijo Mark y se inclinó hacia adelante mientras se deslizaba hasta el borde del catre y apoyaba los antebrazos en las rodillas—. Escúchame, viejo, ¿cómo te llamas?

El extraño dejó caer las manos y, aun con la luz tenue, Mark alcanzó a ver que tenía los ojos llenos de lágrimas.

—¿Cómo me llamo? ¿Quieres saber cuál es mi nombre?

—Sí, quiero saber tu nombre. Nuestras vidas son tan espantosas como la tuya, te lo aseguro. Yo soy Mark y este es mi amigo Alec. Puedes confiar en nosotros.

Emitió unos sonidos ahogados y después tuvo un corto y ruidoso ataque de tos. Finalmente, habló:

—Me llamo Anton, aunque no creo que eso tenga ninguna importancia.

Mark temía seguir adelante. El desconocido podía saber las respuestas de muchas preguntas y no quería arruinar esa oportunidad.

—Escucha… venimos de uno de los asentamientos. Tres compañeras fueron atrapadas en el cañón que se encuentra arriba de este sitio. Creemos que nuestra aldea fue atacada por alguien que vino de aquí. Solo deseamos… entender lo que está sucediendo y rescatar a nuestras amigas. Eso es todo.

Percibió que Alec estaba por decir algo y le lanzó una mirada tajante para que se quedara callado.

—¿Hay algo que nos puedas decir? Como… ¿qué es este lugar? ¿Qué está sucediendo allá afuera con los Bergs y los dardos y el virus? ¿Qué pasó acá? Lo que sea.

De repente, Mark se sintió agobiado por una pesada fatiga, pero se obligó a concentrarse en el hombre que tenía enfrente, a la espera de respuestas.

Anton respiró hondo y dejó caer una lágrima.

—Hace dos meses elegimos un asentamiento —dijo por fin—. Como una prueba. Aunque los resultados desastrosos no cambiaron en absoluto el plan general, la chica cambió todo para mí. Hubo tantos muertos… y fue justamente alguien que conservó la vida quien me hizo comprender las cosas horrendas que habíamos hecho. Yo no quise que hoy la devolvieran a su gente. Ahí fue cuando confirmé que todo ha terminado para mí.

Deedee, pensó Mark. Tenía que estar hablando de ella. Pero, ¿qué les había pasado a Trina y a Lana?

—Cuéntanos qué sucedió. Desde el principio —lo instó. Cada segundo que pasaba, se sentía más culpable de no estar buscando activamente a sus amigas. Pero para encontrarlas necesitaban información.

Anton comenzó a hablar en un tono más bien distante.

—En Alaska, los miembros de la Coalición Post Catástrofe querían algo que se propagara rápido, que matara rápido. Era un virus que unos monstruos habían desarrollado en las buenas épocas, antes de que las llamaradas quemaran todo. Dijeron que paralizaba la mente, que provocaba comas instantáneos e inutilizaba el cuerpo, causando hemorragias masivas que diseminaban la enfermedad entre los que se encontraran cerca. La transmisión es por la sangre pero, en las condiciones apropiadas, también se propaga por el aire. Era una buena manera de erradicar los asentamientos, donde estaban forzados a vivir muy cerca unos de otros.

Las palabras brotaban de su boca sin detenerse ni cambiar el tono. La mente de Mark se estaba adormeciendo por el cansancio y le resultaba difícil seguir los detalles. Sabía que lo que escuchaba era importante, pero la información no concordaba totalmente. ¿Cuánto tiempo llevaba despierto? ¿Veinticuatro horas? ¿Treinta y seis? ¿Cuarenta y ocho?

—…antes de que ellos se dieran cuenta de que habían cometido una terrible equivocación.

Sacudió la cabeza con pesar: se había perdido parte de lo que Anton estaba diciendo.

—¿Qué quieres decir? ¿Qué equivocación cometieron?

El extraño tosió, luego se sonó la nariz y se pasó la mano por el rostro.

—El virus. Está todo mal. Durante los dos últimos meses, a pesar de que no funcionó bien en los individuos utilizados como prueba, igual siguieron adelante con el plan, con la excusa de que se estaban agotando los escasos recursos del planeta. Lo que hicieron fue aumentar la dosis. Esos bastardos están tratando de aniquilar a la mitad de la población. ¡La mitad de la población!

—¿Y qué pasó con la niñita? —preguntó casi a gritos—. ¿Había dos mujeres con ella?

Anton no pareció escuchar ninguna de las palabras de Mark o Alec.

—Dijeron que se ocuparían de nosotros una vez que la tarea se hubiera realizado. Que nos llevarían a todos de regreso a Alaska y nos darían casa, protección y comida. Debíamos dejar que muriera la mitad de la población mundial y comenzar de cero. Pero hicieron las cosas mal, ¿no es cierto? Esa niña sobrevivió a pesar de haber recibido el disparo de un dardo. Y hay más. El virus no es lo que ellos pensaban. Es verdad que se propaga como la pólvora, pero lamentablemente hace lo que le da la gana.

Lanzó algo que se asemejaba vagamente a una risita sarcástica, que pronto se convirtió en una tos seca. A continuación, comenzó a sollozar copiosamente. Unos segundos después se tumbó de costado, levantó las piernas, las apoyó en el catre y se acurrucó en posición fetal, con los hombros temblorosos por el llanto.

—Yo estoy enfermo —afirmó en medio de los sollozos—. Estoy seguro. Todos lo estamos. Ustedes también. Amigos míos, no tengan la menor duda. Se han contagiado del virus. Yo les dije a mis compañeros que no quería tener nada que ver con ellos. Nunca más. Me dejaron aquí solo y estoy perfectamente bien.

Mark sintió que estaba contemplando toda la escena a través de una nebulosa. Como no podía concentrarse, hizo un esfuerzo para salir del sopor.

—¿Tienes alguna idea de dónde podrían estar nuestras amigas? —preguntó con más calma—. ¿Dónde se hallan tus compañeros?

—Están todos abajo —susurró Anton—. No podía soportarlo más. Vine aquí arriba para morir o enloquecer. Supongo que ambas cosas. Estoy contento de que me hayan permitido venir.

—¿Abajo? —repitió Alec.

–Más abajo aún, en el búnker –respondió. Su voz se fue acallando y el llanto amainó–. Están aquí abajo, planificando. Piensan iniciar un levantamiento en Asheville para hacerles saber que no estamos contentos con el modo en que ocurrieron las cosas. Quieren ir hasta Alaska.

Mark echó una mirada a Alec, que observaba atentamente a Anton.

–¿Un levantamiento? –preguntó–. ¿Y por qué en Asheville? ¿Y quién es esa gente?

–Asheville es el último refugio del Este –respondió; sus palabras eran apenas perceptibles, solo chirridos ásperos y débiles–. Aunque los muros de la ciudad estén en ruinas. Y *ellos* son mis compañeros de trabajo, todos contratados por la CPC: la todopoderosa Coalición Post Catástrofe. Mis estimados socios quieren derribar a sus jefes antes de retirarse. Antes de dirigirse a Alaska a través de la Trans-Plana.

–Anton –dijo Alec–, escúchame. ¿Hay alguna otra persona con la que podamos hablar? ¿Y cómo podemos averiguar acerca de la gente a la que estamos buscando? La niña y dos mujeres más.

El hombre tosió y su voz sonó un poco más vital.

–Las personas con quienes yo trabajaba ya comenzaron a enloquecer. ¿Entienden? No están bien. Van a pasarse horas allá abajo haciendo planes y maquinaciones. Van a ir a Asheville y, si es necesario, reunirán un ejército por el camino. Ah, allá están hablando de un antídoto. Pero eso son puras tonterías. Al final, lo que mi gente va a hacer es asegurarse de que otros no tengan lo que a ellos les arrebataron: la vida. Y ustedes saben lo que van a hacer después de eso, ¿no es cierto?

–¿Qué? –exclamaron los dos al mismo tiempo.

Anton se irguió y se afirmó sobre el codo. El ángulo de luz del dispositivo dejaba la mitad de su rostro en sombras y la otra mitad bañada por ese pálido resplandor azul. En la parte iluminada, una chispa pareció encenderse dentro de la pupila.

–Van a dirigirse a Alaska a través de esa Trans-Plana que está en Asheville –dijo el hombre–. Irán al lugar donde se reunieron los gobiernos, para asegurarse de que el mundo se acabe, aunque ese no sea su objetivo. Seguirán hablando de encontrar un antídoto y derrocar al gobierno provisional. Pero lo que *realmente* piensan hacer es esparcir el virus de una vez por todas. Van a terminar lo que las llamaradas solares iniciaron. Son todos unos idiotas, del primero al último.

Anton se derrumbó en el catre y unos segundos después sus ronquidos resonaban en la habitación.

34

Permanecieron en silencio durante un rato, escuchando la respiración agitada de Anton.

—No sé si podemos confiar demasiado en lo que ha dicho este tipo —dijo Alec después de unos minutos—. Pero estoy muy preocupado.

—Sí —repuso Mark con voz monótona. Le estallaba la cabeza y sentía un gran malestar en el estómago. No podía recordar cuándo había sido la última vez que había estado tan exhausto. Pero tenían que levantarse, salir de esa habitación y encontrar a Trina, a Lana y a Deedee.

Permaneció inmóvil.

—Muchacho, pareces un zombi —comentó Alec al voltear hacia él—. Y yo me siento de la misma manera.

—Sí —repitió Mark.

—Voy a decir algo que no te va a gustar, pero no hay discusión posible.

El muchacho enarcó las cejas y eso le consumió la poca energía que le quedaba.

—¿De qué hablas?

—Tenemos que dormir.

—Pero Trina… Lana… —de pronto no pudo recordar el nombre de la niña. Sintió que se había desatado un huracán dentro de su cabeza.

Alec se puso de pie.

—No vamos a hacerles ningún favor a nuestras amigas si estamos muertos de cansancio. Trataremos de dormir un poquito. Tal vez una hora cada uno mientras el otro vigila. Anton dijo que sus compañeros estarían reunidos durante horas —concluyó. Al instante, se dirigió velozmente hasta la puerta, la cerró y puso el cerrojo—. Por las dudas.

Mark se acomodó de costado, subió lentamente las piernas al catre y cruzó los brazos debajo de la cabeza. Quería protestar, pero no logró proferir palabra.

—Yo haré la primera guardia… —comenzó a decir Alec pero Mark ya estaba dormido.

Los sueños lo asaltaron. Los recuerdos: más vívidos que nunca. Como si la profundidad de su cansancio hubiera creado el mejor escenario para ellos.

35

Y ahí estaba de nuevo en aquel momento breve que pareció durar una eternidad, cuando vio venir la pared de agua descendiendo a raudales por las escalinatas de la estación del subterráneo como una estampida de caballos blancos. Pensó miles de cosas: cómo había llegado hasta ahí; qué habría pasado afuera en la ciudad; si su familia habría muerto, qué futuro le esperaba, cómo sería ahogarse.

Todos esos pensamientos inundaron su mente en el segundo que le llevó al agua llegar hasta el último escalón. Luego alguien lo tomó del brazo y lo empujó en la dirección opuesta, obligándolo a darle la espalda a la inminente catástrofe. Vio que Trina tiraba de él mientras el terror más descarnado encendía sus ojos con una expresión tan perturbadora que lo sacó violentamente del aturdimiento.

Emprendió una carrera desesperada, sujetando el brazo de su amiga para estar seguro de que no se separarían. Alec y Lana se hallaban adelante, moviéndose con rapidez mientras pasaban junto a los matones que los habían asaltado, un hecho que ahora le resultaba tan tonto e indignante que volvió a llenarlo de irritación. El momento se esfumó y continuó corriendo con Trina a su lado. Echó una mirada fugaz hacia atrás y vio a Baxter, Darnell, el Sapo y Misty, todos manteniendo el ritmo, con el mismo miedo que Trina tenía pintado en el rostro; el mismo que él sentía. El sonido del agua brotando como un torrente lo trasladó a un viaje que había hecho con su familia a las Cataratas del Niágara. Se escucharon gritos y el sonido de vidrios rotos. Alec se movía como un hombre joven al atravesar a toda velocidad el extremo más alejado de la plataforma de la estación y adentrarse en la oscuridad del túnel. No les quedaba mucho tiempo y comprendió de golpe que su vida estaba en manos de las dos personas que lo precedían. Eso era todo. En minutos estaría vivo o muerto.

Un grito sonó a sus espaldas; recibió un golpe fuerte en el hombro y tropezó. Se enderezó y soltó la mano de Trina, que siguió adelante llevada por el impulso. Miró hacia atrás y distinguió a Misty tirada en el suelo mientras una enorme masa de agua se filtraba con violencia por las vías del tren. El diluvio que descendía de las calles había cubierto la plataforma y se deslizaba por la amplia garganta del túnel, a pocos metros de distancia.

Cuando la inundación alcanzó a Misty, ya tenía varios centímetros de profundidad. La chica se apoyó en el suelo para ponerse de pie y Mark se inclinó hacia adelante para ayudarla. Al instante, lanzó un grito y se levantó de un salto, como si el agua tuviera electricidad.

—¡Está caliente! —exclamó, al tiempo que extendía el brazo y apretaba la mano de Mark. Se dieron vuelta y comenzaron a correr con el agua empapándoles los calcetines, los zapatos y el borde de los pantalones. Al principio estaba tibia, pero enseguida se convirtió en fuego puro y Mark dio un salto como si hubiera entrado en una tina con agua hirviendo. Sintió que le ardía la piel.

El grupo continuó corriendo por el túnel, haciendo un gran esfuerzo por atravesar la creciente que en pocos minutos había alcanzado los sesenta centímetros. Ya les cubría las rodillas y se desplazaba con tanta fuerza que Mark debió apoyar los pies en el suelo con firmeza para que el agua no los barriera. Pronto alcanzó a Trina; los otros dos estaban unos pocos metros más adelante. Ya no corrían y utilizaban todo el cuerpo para poder desplazarse. El agua ya les llegaba a los muslos y comprendió que la corriente estaba por ganarles la batalla. Además, la piel le picaba por la temperatura.

—¡Por acá! —gritó Alec. Luchando contra las aguas sucias y caudalosas, el soldado había logrado abrirse paso hacia la izquierda. Se veía un corto tramo de peldaños con barandas de hierro a ambos lados, que conducía a un descanso y a una puerta—. ¡Tenemos que trepar hasta allá arriba!

Mark se dirigió hacia el sitio señalado afirmándose con solidez en cada paso que daba. Trina hacía lo mismo y Lana ya se encontraba en el lugar. Baxter, Misty, Darnell y el Sapo también se encontraban detrás, intentando vadear el río. No podrían aguantar mucho tiempo más en la corriente. El rugido del agua era ensordecedor, y sobre él solo se escuchaban las palabras de Alec y los gritos provenientes de la estación, que resonaban en las paredes del túnel. Esos ruidos habían disminuido drásticamente y Mark sabía por qué: la mayoría de la gente había muerto.

Como si ese pensamiento tuviera que materializarse, un cuerpo chocó con la rodilla de Mark y luego continuó su recorrido río abajo: era una mujer. Enmarcado por una mata de pelo flotante, el rostro azul de la muerte giró lentamente y se perdió en la oscuridad del túnel. Después vinieron más. Algunos con vida; la mayoría, inmóviles. *Probablemente muertos*, pensó Mark. Los vivos agitaban los brazos y las piernas tratando de nadar o afirmarse en el suelo. Se le ocurrió la fugaz idea de que deberían intentar ayudarlos, tomarles las manos. Pero era demasiado tarde: *ellos* deberían considerarse afortunados si lograban salir con vida.

Alec había llegado a la escalera y, aferrándose al barandal de hierro, subió un par de peldaños. Con el agua ya por la cintura quemándole la piel, Mark dio otro fatigoso paso hacia adelante. Alec se agachó y ayudó a Lana a subir. Después apareció Trina, que aferró su mano y saltó a los escalones. Luego le tocó a Mark. Dio el último paso trémulo y de pronto se encontró sujetando el brazo del viejo que se empeñaba en salvarle la vida una y otra vez. Su cuerpo se sacudió hacia adelante y casi cayó de cara contra la escalera. Trina lo contuvo y lo abrazó.

A continuación llegaron el Sapo, Darnell y Misty. Excepto Alec, ya todos habían subido y esperaban en el descanso frente a la puerta. Baxter, el más joven de todos, todavía continuaba en la lucha. Mark sintió vergüenza al descubrir que el chico seguía abajo, a dos metros de Alec, con el agua salpicándole la cara asustada.

A pesar del grito de advertencia de Trina, descendió raudamente los escalones. Se colocó junto a Alec y se preguntó qué debían hacer. Los cuerpos pasaban veloces junto a Baxter; un pie a la deriva le golpeó el hombro. Una cabeza emergió del río escupiendo agua y luego volvió a hundirse bajo la corriente.

—¡Da un paso! —le gritó Alec a Baxter.

El chico hizo lo que le indicó y luego dio otro paso más. Ya estaba muy cerca, pero el agua seguía azotando su espalda y parecía increíble que el caudaloso río no lo hubiera arrastrado ya con él.

—¡Solo dos más! —lo alentó Mark.

Baxter se movió hacia adelante y, de repente, resbaló y quedó con la cara hacia abajo. Alec corrió hasta él y le sujetó el brazo al tiempo que la corriente los atrapaba a ambos, dispuesta a impulsarlos hacia la oscuridad. Todo pasaba deprisa ante los ojos de Mark, que reaccionó sin detenerse a pensar. Con la mano izquierda sujetó el barandal de hierro, se abalanzó con ímpetu y con la mano derecha aferró la manga de la camisa de Alec antes de que este quedara fuera de su alcance. La mano del soldado emergió del agua y sujetó el brazo del muchacho justo cuando la tela comenzaba a rasgarse.

La corriente azotaba el cuerpo de Mark, que se mantenía agarrado a los barrotes; se sacudió hacia adelante y luego hacia un costado, golpeando con fuerza contra la pared de concreto próxima a las vías. Alec y Baxter continuaban unidos. Sintió que el brazo se le iba a desencajar; la tensión de los músculos era insoportable; los gritos pugnaban por salir. Para ignorar el dolor, centró toda su atención en no soltarse del barandal. El agua entraba en su boca a raudales y él la escupía. Tenía gusto a suciedad, a aceite y le quemaba la lengua.

Unas manos lo sostuvieron por el brazo, la camisa y el codo, y comenzaron a empujarlo. Notó que Alec trepaba con ambas manos por encima de él como si fuera una cuerda. Eso significaba que Baxter había desaparecido. No podía hacer nada, su fuerza se había consumido. Hasta el último rincón de su cuerpo no era más que fuego y sufrimiento. Solo atinó a sujetarse fuerte y mantener la conexión intacta. Cuando su cabeza se deslizó bajo el agua, cerró los ojos y se obligó a resistir el impulso de inspirar que lo mataría.

Perdió el sentido del movimiento, no había más que agua y calor y confusión. Y siempre el dolor arremetiendo a través de todo su cuerpo.

Luego salió a la superficie mientras las manos lo sostenían por el pecho y por debajo del brazo. Lo arrastraron hacia atrás por los peldaños. Alec se encontraba justo delante de él, aferrado al barandal. Baxter estaba agarrado firmemente entre las piernas del viejo, como si fuera la toma ganadora de una pelea de lucha libre. Mientras Mark observaba, la cara del chico surgió del agua y de inmediato comenzó a jadear, a escupir y a gritar.

Habían logrado salir con vida… todos.

Pronto el grupo completo estaba de pie en la plataforma. El agua había crecido hasta el borde superior del canal de las vías del tren y empezaba a desbordarse sobre la plataforma propiamente dicha.

Alec era la encarnación del agotamiento: empapado y jadeante. Aun así, se inclinó hacia la puerta y la abrió. Mark había pensado que podía encontrase cerrada. Su historia habría concluido en ese mismo momento. Pero estaba abierta y Alec les hizo una señal a todos para que entraran.

—Prepárense para subir —dijo el viejo.

36

Se despertó en medio de la oscuridad, cubierto de sudor.

Su cuerpo estaba rígido. Se movió para acomodarse y el catre crujió. Quería encontrar una posición en la cual no le dolieran los músculos. Escuchó los sonoros ronquidos de Alec y Anton. Era obvio que el viejo oso no había aguantado mucho tiempo despierto.

Finalmente, se colocó boca arriba, sobre la espalda. El sueño ya se había esfumado y no había nada que hacer, salvo esperar que su amigo despertara. Lo dejaría descansar todo el tiempo que fuera posible: necesitaban recuperar energía.

El sueño le había parecido tan vívido, tan real. Su corazón seguía latiendo desbocado por la intensidad de la experiencia, como si la hubiera revivido de verdad. Podía sentir el gusto repugnante del agua, el ardor en la piel. Recordaba el ascenso extenuante por esas escaleras interminables, las vueltas, el frenético ir y venir. Con las fuerzas agotadas y el cuerpo quemado, no sabía cómo había podido mantener el ritmo de los demás. Pero fueron subiendo la escalera mientras el nivel del agua crecía debajo de ellos. Nunca olvidaría lo que sintió al echar un vistazo por encima del barandal y pensar que su vida podría haber concluido debajo de ese líquido turbio y mugriento que ascendía lentamente.

Ese día, Alec los había salvado. Durante las dos semanas siguientes que permanecieron dentro de ese rascacielos, comprendieron que todavía no podían salir a buscar a sus seres queridos. El fuego, la radiación y la crecida del agua eran demasiado. Ese fue el momento en que la esperanza de hallar alguna vez a su familia comenzó a desvanecerse de verdad.

El Edificio Lincoln: un lugar que había alojado muchas de sus propias pesadillas. Habían permanecido muy cerca del centro del rascacielos, en los pasillos de la estructura para protegerse de la radiación despiadada del sol. A pesar de eso, los primeros meses todos habían estado un poco enfermos.

Se oyó un gruñido que provenía del catre de Alec y aquellos pensamientos se alejaron flotando hacia el fondo de su mente, donde se ocultarían para atormentarlo más tarde. Pero esa sensación de terror que había experimentado en los últimos instantes dentro de los túneles subterráneos se negaba a marcharse y seguía merodeando como el humo de un incendio ya extinguido.

—Maldición —exclamó Alec.

Mark se apoyó sobre el codo y echó una mirada hacia donde se hallaba su amigo.

—¿Qué?

—Yo no quería quedarme dormido. Qué buen soldado soy. Y dejé la maldita luz encendida. Vamos a tener que olvidarnos de ella.

—De todas maneras, la batería ya debía estar casi agotada —dijo Mark, aunque en verdad hubiera dado cualquier cosa en ese instante por cinco minutos más del resplandor de esa tableta.

Con un gruñido, Alec se levantó del catre entre crujidos.

—Tenemos que encontrar a los compañeros de este tipo. Dijo que se habían reunido en las profundidades de la fortaleza. Por lo tanto, debemos buscar escaleras.

—¿Qué hacemos con él? —dijo Mark apuntando a Anton sin recordar que Alec no podía verlo en la oscuridad.

—Déjalo dormir, así olvidará sus penas. Vamos.

Mark se tomó unos segundos para orientarse, luego se puso de pie y fue tanteando el catre hasta llegar al centro de la habitación.

—¿Cuánto tiempo crees que dormimos?

—Ni idea. Tal vez dos horas.

Dedicaron algunos minutos a atravesar el recinto y salir al pasillo. La luz que había sobre la puerta todavía chisporroteaba levemente, pero era muy tenue. Al rato encontraron las escaleras que Alec estaba buscando. A pesar de que la visión era brumosa —solo líneas y bordes de sombras que descendían en las tinieblas—, le trajo a Mark el recuerdo de la inundación y su alocada subida por las escaleras del rascacielos. Aquel día habían estado tan cerca del fin… Si hubiera sabido todo lo que vendría después, ¿habría luchado con tanta desesperación por sobrevivir?

Sí, se dijo a sí mismo. *Lo habría hecho igual.* Y ahora encontraría a Trina y saldría del agua caliente otra vez. Casi se echó a reír de su propio chiste.

—Hagámoslo de una vez —susurró Alec y comenzó a bajar los peldaños.

Decidido a dejar el pasado atrás, Mark lo siguió. Si quería superar ese momento, tenía que concentrarse en el futuro.

La escalera solo descendía tres niveles y tenía una sola puerta, que se encontraba al final. La empujaron y salieron a otro pasillo. Por fin habían llegado a la sección del búnker que utilizaba los potentes generadores de arriba: una hilera de luces en el techo iluminaba el pasadizo. A diferencia del anterior, éste era curvo.

Le lanzó una mirada a Alec y ambos avanzaron por el corredor. Había varias puertas, pero el sargento propuso que recorrieran primero todo el pasillo y después intentaran abrirlas. Se deslizaron lo más silenciosamente que pudieron, y pronto comprendieron que el corredor era una gigantesca medialuna.

Habían atravesado la mitad del trecho que podían distinguir, cuando oyeron voces y enseguida vieron de dónde venían. Más adelante, a la izquierda, había una puerta de doble hoja y una de ellas se hallaba totalmente abierta. Los sonidos provenían del interior. Se estaba llevando a cabo algún tipo de encuentro con hombres y mujeres que hablaban todos al mismo tiempo, lo cual hacía imposible entender lo que decían. Esa tenía que ser la reunión de los compañeros de trabajo que Anton había mencionado.

Al acercarse al recinto, Alec disminuyó el paso y caminó un poco más hasta apoyar la espalda contra la puerta cerrada. Después se volvió hacia Mark, levantó los hombros como diciendo *ahora o nunca* y estiró el cuello para echar un vistazo. Mark contuvo la respiración: sabía muy bien que no tenían armas.

Alec retiró la cabeza y se aproximó a su amigo.

—Es un auditorio bastante grande. Como para doscientas personas. Están todos abajo, mirando a un tipo que se encuentra en el escenario.

—¿Cuántos son?

—Por lo menos cuarenta. Quizá cincuenta. Por ahora, ni rastros de nuestras amigas. Parecen estar discutiendo sobre algo, pero no logro entender lo que dicen.

—¿Y qué hacemos? —inquirió Mark—. ¿Seguimos adelante? Este corredor no puede ser mucho más largo.

—Si nos ponemos en cuatro patas, podemos entrar y ubicarnos en el fondo, en un rincón de la derecha. Creo que es importante que escuchemos lo que están diciendo.

Mark estuvo de acuerdo. No sabían quiénes eran esas personas ni qué estaban tramando, pero parecía la única forma de averiguarlo. Al menos, la más segura.

—Está bien.

Se agacharon y se prepararon para entrar, Alec adelante y Mark detrás. Después de espiar por el borde de la puerta, el soldado entró gateando rápidamente en la enorme sala. Mark lo siguió y, al ingresar en el gran auditorio, se sintió casi desnudo. No había nadie cerca del fondo: las voces venían de abajo y sonaban muy lejanas. A juzgar por el hecho de que hablaban todos al unísono, no parecían estar preocupados por los intrusos.

Alec se arrastró a lo largo de la última fila con el cuerpo pegado al plástico negro de las sillas, hasta que llegó al lado derecho, el más alejado del recinto, que estaba envuelto en sombras. Se detuvo, se acomodó entre la última silla y la pared, y cruzó las piernas. Mark se sentó pegado a él. Estaba incómodo pero era la única forma de mantenerse oculto.

Alec se estiró hacia arriba, espió por encima de la silla que tenían delante y volvió a esconder la cabeza inmediatamente.

–No pude ver mucho. Da la impresión de que están esperando el comienzo de algo. O tal vez se están tomando un descanso. No sé.

Mark cerró los ojos e inclinó la cabeza contra la pared. Permanecieron sentados ahí no menos de diez atroces minutos sin notar ningún cambio: solo el zumbido de conversaciones superpuestas. De improviso, un movimiento vertiginoso en el pasillo le hizo contener el aliento. Un hombre entró como un relámpago en el auditorio y caminó hacia el frente. Mark soltó un suspiro de alivio al comprobar que no había notado su presencia.

La multitud se quedó muda e inmóvil; en el recinto cayó un silencio estremecedor. Se pudieron escuchar claramente los pasos del desconocido al llegar al frente y trepar unos escalones hasta el escenario.

–Yo te relevo, Stanley –dijo una voz profunda. Pese a que el hombre había hablado con suavidad, gracias a la acústica su voz resonó como un eco por toda la sala.

–Gracias, Bruce –respondió Stanley, un hombre de voz mucho más aguda–. Escuchen con mucha atención.

Oyeron los pasos de alguien que descendía los escalones y el crujido de la silla cuando ocupó el asiento. Cuando se hizo nuevamente silencio, el recién llegado se dirigió al auditorio.

–Comencemos de una vez. No falta mucho para que todos perdamos la razón.

37

Como si la declaración inicial no hubiera sido suficientemente extraña, la multitud empezó a aplaudir y a gritar con entusiasmo. Bruce esperó a que las ovaciones se aplacaran para proseguir. Mark estaba ansioso de escuchar lo que vendría a continuación.

—Frank y Marla acaban de regresar de un vuelo de reconocimiento alrededor de Asheville. Como habíamos supuesto, han apuntalado muy bien esos muros. ¿Qué ha sido de la humanidad y de la generosidad, amigos míos? Esas épocas ya han quedado atrás. La CPC ha creado un ejército de monstruos, gente que antes solía estar dispuesta a dar la vida por un hermano necesitado. Eso ya se acabó. Esos miserables de Alaska y Carolina del Norte, y nuestra mismísima Asheville, les han dado la espalda definitivamente a los asentamientos. Peor: nos han dado la espalda a nosotros. ¡A nosotros!

Sus palabras desataron un coro de gritos airados, zapateos y golpes en los descansabrazos de los asientos. Los ruidos resonaron por todo el recinto hasta que Bruce volvió a hablar.

—¡Ellos nos enviaron acá! —gritó con voz más fuerte—. Nos asignaron para formar parte de la peor violación de los derechos civiles desde la Guerra de 2020. ¡Un holocausto! Pero fueron terminantes en que era por la supervivencia de la raza humana. Dijeron que era para salvar los pocos recursos que quedaban, para poder alimentar a quienes consideraban que merecían vivir. ¿Pero quiénes son ellos para decidir quiénes merecen vivir? —hizo una pausa antes de continuar—. Bueno, damas y caballeros, parece que nosotros no merecemos vivir. Nos mandaron aquí para hacer su trabajo y ahora han decidido deshacerse de nosotros. ¡¿Quiénes son ellos, les pregunto a todos ustedes?!

La última parte, que fue pronunciada casi a gritos, provocó un ataque de histeria en la multitud. La gente aullaba y golpeaba el piso con los pies. A causa del rugido, las sienes de Mark comenzaron a vibrar y sintió que la frente iba a estallarle. Pensó que nunca se callarían, pero lo hicieron bruscamente. Supuso que Bruce había hecho algún gesto para apaciguarlos.

—Hasta aquí llegamos —dijo el hombre, mucho más calmado—. Los individuos utilizados para las pruebas se están volviendo cada día más fanáticos con su ridícula secta religiosa. Hemos hecho un trato con ellos: quieren que les devolvamos a la niña para sacrificarla a sus nuevos espíritus. Creo que ya no tienen salvación. Están más allá de cualquier tipo de ayuda que podamos brindarles. No pueden pasar un día sin pelear entre ellos, organizar bandos y volver a provocar batallas internas. Pero llegamos a un acuerdo con los pocos que todavía conservan algo de lucidez. Ya estoy harto de caminar allá afuera esperando que alguien salte de un árbol y me ataque.

Hizo una pausa para crear un prolongado silencio.

—Les entregamos a la niña y a las dos mujeres que la acompañaban. Sé que es duro de aceptar, pero eso nos dará un poco de tiempo durante el cual no tendremos que preocuparnos por esa gente. No quiero desperdiciar la valiosa munición que nos queda en defendernos de una secta.

De pronto, Mark sintió una descarga en los oídos: *la niña, las dos mujeres, les entregamos.* Era lo que había dicho Anton en el dormitorio. Todo explotó dentro de su mente y se estremeció. Recordó la locura que reinaba entre aquellas personas que danzaban alrededor de la hoguera. Justo cuando había llegado a pensar que la situación no podía empeorar, eso era lo que acababa de suceder. Habían perdido todo ese tiempo en el búnker y sus amigas ni siquiera se encontraban ya ahí.

Bruce seguía hablando, pero Mark ya no podía concentrarse en lo que decía y se inclinó para hablarle a Alec al oído.

—¿Cómo pueden haberlas entregado a… esas personas? Tenemos que irnos. ¡Quién sabe lo que les harán esos psicópatas!

Alec extendió la mano para calmarlo.

–Lo sé. Y eso es lo que haremos, pero no olvides el motivo que nos trajo aquí. Escuchemos lo que este hombre tiene que decir y luego nos marcharemos. Te lo prometo. Lana significa tanto para mí como Trina para ti.

Más tranquilo, Mark volvió a reclinarse contra la pared e intentó escuchar lo que Bruce estaba diciendo en el escenario.

–…el fuego se ha extinguido gracias a la tormenta que cayó hace un par de horas. El cielo está negro, pero las llamas se apagaron. Vamos a tener que enfrentar avalanchas de lodo en toda la zona. Aparentemente, los individuos de prueba huyeron a sus casas quemadas en las montañas. Esperemos que se queden ahí por un tiempo antes de que los invada la desesperación y marchen sobre Asheville en busca de comida. Pero creo que si esperamos un día o dos, podremos encaminarnos a la ciudad sin problemas. Entraremos a la fuerza y exigiremos que respeten nuestros derechos. Iremos a pie y esperamos tomarlos por sorpresa –después de unos murmullos de preocupación, continuó–. Miren: no podemos negar que ahora nos estamos enfrentando con nuestro propio brote de la enfermedad. Todos hemos podido ver los síntomas aquí mismo, en nuestro refugio. Es imposible que nuestros superiores hayan aceptado liberar este virus sin tener algo que revierta sus efectos. Y yo digo que si no nos lo entregan, todos morirán. Aunque tengamos que ir hasta Alaska. Sabemos que tienen una Trans-Plana en el cuartel general. ¡La atravesaremos y los obligaremos a que nos den lo que nos merecemos!

Mark hizo un gesto de preocupación: era obvio que esa gente carecía de estabilidad emocional. Había una energía salvaje en el auditorio, como si fuera un nido de víboras dispuestas a atacar. Fuera cual fuese la razón para diseminar ese virus, estaba muy claro lo que producía en las personas: las volvía locas y parecía que, a medida que se propagaba, el proceso se hacía más largo. Y si Asheville –la ciudad más grande que había sobrevivido en kilómetros a la redonda– realmente había levantado muros para mantenerse a salvo de la enfermedad, las cosas debían estar cada vez peor. Por lo tanto, lo último que necesitaban era una banda de soldados enfermos transitando por las calles. Y la Trans-Plana… Su cabeza seguía latiendo y vibrando con fuerza, y le resultaba difícil enhebrar las ideas. Sabía que debía pensar en Trina y en cómo recuperarla. ¿Pero qué hacer con todos esos datos que estaba dando Bruce? Le dio un codazo a Alec y le echó una mirada de impaciencia.

—Ya vamos, muchacho —susurró el hombre—. Nunca desperdicies una oportunidad de conseguir buena información. Luego iremos a buscar a nuestras amigas. Lo juro.

No estaba dispuesto a sacrificar a Trina por información. No después de lo que habían sufrido juntos. No podía esperar mucho tiempo más. La sala había quedado otra vez en silencio.

—Los miembros de la *Coalición… Post… Catástrofe* —pronunció Bruce con exagerada dicción y profundo rencor—. ¿Quiénes se creen que son? ¿Dioses? ¿Acaso pueden decidir borrar la mitad de la zona oriental del país así como así? Como si la CPC tuviera más derecho a vivir que el resto de la población.

Después de eso, sobrevino otra pausa prolongada y Mark ya no pudo resistir más: se arrastró alrededor de Alec y se asomó lentamente por encima de la silla. Bruce era un hombre grandote con una calva que brillaba bajo la luz mortecina. Tenía el rostro pálido y desaliñado, con barba de varios días. Los músculos de los brazos y de los hombros se destacaban por debajo de la camisa negra ajustada mientras permanecía de pie mirando el piso con las manos entrelazadas. Si no hubiera escuchado todo lo que Bruce acababa de decir, habría pensado que estaba orando.

—Amigos, no se sientan mal. No podíamos negarnos a hacer lo que nos pidieron —continuó Bruce alzando la vista lentamente para observar otra vez a su público cautivo—. No tuvimos opción. Utilizaron contra nosotros los mismos recursos que trataban de preservar. Nosotros también tenemos que comer, ¿no es cierto? No es nuestra culpa que el virus no resultara exactamente como esperaban. Lo único que podemos hacer es lo que venimos haciendo desde que las llamaradas solares cayeron sobre nosotros: pelear con uñas y dientes para sobrevivir. Darwin habló acerca de la supervivencia de los más aptos en la naturaleza. Bueno, la CPC está tratando de engañar a la naturaleza. Es hora de hacerles frente. ¡Sobreviviremos!

Otra ronda estridente de ovaciones, silbidos, aplausos y zapateos se extendió durante dos largos minutos. Mark retrocedió sigilosamente y se sentó junto a Alec: ahora más que nunca pensaba que había llegado la hora de marcharse. Estaba a punto de decir algo cuando la multitud enmudeció y la voz de Bruce envolvió la habitación como el siseo amplificado de una serpiente.

–Pero primero, amigos míos, necesito que hagan algo por mí. Tenemos dos espías al fondo del auditorio. Es muy probable que sean de la CPC. Los quiero vendados y amordazados en menos de treinta segundos.

38

Antes de que el hombre terminara la frase, Mark se había puesto de pie y Alec se encontraba junto a él.

Cuando observó el auditorio, un bramido siniestro, como un un grito de guerra, brotó de la multitud. El grupo ya se había puesto en movimiento y todos saltaban de los asientos, tropezando unos con otros al abalanzarse sobre el pasillo para atrapar a los intrusos.

Salió disparando hacia la salida sin dejar de observar con una extraña mezcla de horror y curiosidad la escena que se desarrollaba abajo. Bruce daba órdenes vociferando, al tiempo que señalaba a Mark y a Alec con el dedo; su rostro pálido estaba ahora rojo de furia. Había algo infantil en sus movimientos, como si fuera un personaje de historieta. El clamor y la urgencia de la muchedumbre también resultaban exagerados; todos parecían estar bajo el efecto de alguna droga. Hombres y mujeres gritando y gruñendo, que actuaban como si su vida dependiera de ser los primeros en llegar hasta los intrusos. Alec logró alcanzar la puerta y se arrojó hacia el pasillo. Mark frenó de un patinazo y casi se pasa de largo al no poder despegar los ojos de la avalancha de gente. Su rara e inapropiada curiosidad ante esa conducta por fin se desvaneció y fue reemplazada por el horrendo descubrimiento de que iba a ser capturado por segunda vez en pocos días. Los gritos de persecución que surcaron el aire lo asustaron y, con un fugaz vistazo a ambos lados al dejar la sala, distinguió la primera fila de gente que arremetía por el pasillo central del auditorio con los ojos sedientos de sangre.

Al ingresar en el corredor resbaló, pero de inmediato recuperó el equilibrio. Apenas cruzó la puerta, Alec la cerró sin vacilar para ganar unos pocos segundos. A pesar de que la luz era débil, notó que el soldado había olvidado en qué dirección habían venido.

—¡Es por aquí! —gritó Mark, que ya había comenzado la carrera. Escuchó las pisadas de Alec a sus espaldas, hasta que sonó el estruendo de la puerta al volver a abrirse de golpe, seguido del tropel de cuerpos al son de los continuos gritos de guerra.

Corrió a toda velocidad, tratando de no pensar en sus perseguidores ni en lo que les harían si los atrapaban. Bruce había ordenado que los vendaran y amordazaran pero, por la expresión que vio en sus rostros, supo que eso sería solo el principio. Echó una mirada hacia atrás para constatar que Alec no perdiera el ritmo; distinguió al viejo oso agitando los brazos con vigor y pisando con fuerza, y volvió a mirar hacia el frente mientras recorría la suave curva del pasadizo. Se dirigió hacia las escaleras porque no conocía otra forma de ascender.

La adrenalina acribilló su cuerpo y el hambre le atravesó el estómago. No podía recordar cuándo había comido por última vez. Solo esperaba tener la energía suficiente como para escapar a través de los bosques al arribar a la superficie. Cuando la escalera surgió ante su vista, aceleró la marcha. Los gritos de los perseguidores rebotaban por las paredes y rasgaban el espacio del angosto corredor, trayéndole a la memoria el chirrido amortiguado que hacían los trenes subterráneos al aproximarse a la estación.

Llegó a la escalera, y ya se encontraba en el segundo tramo cuando Alec hizo su aparición. Escuchó la respiración agitada del soldado mezclada con la suya, los duros martillazos de sus pisadas chocando contra los peldaños. En cada curva se aferraba al barandal y lanzaba el cuerpo hacia adelante para caer en el tramo siguiente. Arribaron al final de los tres niveles justo cuando la turba ingresaba en el hueco de la escalera. El eco apagado de sus gritos frenéticos le produjo a Mark escalofríos en la piel húmeda.

Salió al pasillo superior, que continuaba sumido en la oscuridad: algo que podía serles de gran ayuda. Lo asaltó un súbito momento de indecisión y sintió miedo.

—¿Hacia dónde vamos? —le gritó a Alec. Por un lado, pensaba que deberían ocultarse en algún lugar, tal vez en la sala de los generadores. La búsqueda de una salida los exponía a ser detectados y atrapados si no la encontraban rápido; pero, por otro lado, si se escondían no harían más que demorar el momento en que los descubrieran.

En vez de responder, Alec se lanzó hacia la derecha, en dirección a la enorme plataforma giratoria de aterrizaje del Berg. Aliviado de que su amigo hubiera retomado el mando, salió volando tras él.

Atravesaron la oscuridad a una velocidad temeraria. Para no desorientarse, Mark deslizaba la mano por la pared, pero sabía que si se topaba con algo en el piso, estaría perdido. Al pasar por la sala de generadores, la desfalleciente luz roja de la bombilla les brindó un breve descanso a la ininterrumpida boca de lobo por la que venían, y el zumbido de las máquinas los acompañó como el susurro de un enjambre de abejas. Tanto el destello como el ruido se apagaron apenas siguieron de largo. En ese momento, percibió algo que casi lo hizo detenerse: los sonidos de las personas que los perseguían habían cesado por completo, como si nunca hubieran logrado subir las escaleras.

—Alec —murmuró, pero apenas consiguió oír su propia voz entre el ruido de los jadeos y de las pisadas. Entonces lo repitió un poco más fuerte.

Su amigo se detuvo y Mark continuó unos pasos más hasta que logró frenar. Tratando de recuperar el aliento, caminó hacia él, deseando desesperadamente un poco de luz.

—¿Por qué dejaron de perseguirnos? —se preguntó en voz alta.

—No lo sé. Pero deberíamos continuar —señaló tanteando las paredes del corredor—. Tú ve por la derecha y yo me mantendré a la izquierda. Tal vez existe alguna otra salida que ignoramos.

Mark comenzó a investigar. Las paredes eran frías al tacto. Recordó la puerta de antes, con el tenue rectángulo de luz, pero ahora no había ni rastros de ella. Era enloquecedor estar en semejante oscuridad y lo inquietaba mucho no saber qué había ocurrido con sus perseguidores. Toda la situación le resultaba muy rara.

Alcanzaron el extremo del pasillo, donde la compuerta redonda los condujo otra vez hacia la cámara debajo de la plataforma de aterrizaje del Berg. Oyó que Alec cruzaba la abertura y volvía a aparecer.

—Ahí tampoco se ve nada.

—No hay otro lugar adónde ir —repuso Mark—. Entremos y cerremos esa puerta hasta que decidamos qué hacer. Quizá podamos...

Con una señal de silencio, Alec le cortó la frase.

—¿Oíste eso? —susurró.

La sola pregunta lo hizo estremecer. Se quedó inmóvil y contuvo la respiración. Al principio, no escuchó nada. Unos segundos después, percibió un murmullo débil pero persistente que se acercaba por el pasillo. Lo que resultaba extraño era que el sonido parecía estar jugando con ellos: primero se escuchaba cerca y luego se alejaba. De pronto, lo asaltó la sensación de que no estaban solos.

El terror tensó sus nervios. Creyendo que era la única salvación, se movió para sujetar a Alec y empujarlo a través de la abertura. Meterse allí adentro, cerrar esa puerta y darle un giro al volante le pareció lo más indicado. Pero apenas había dado un paso adelante, cuando sonó un clic seguido del haz de luz cegador de una linterna que apuntaba directamente sobre ellos dos. El que la sostenía se encontraba a unos pocos metros de distancia.

—Todavía no les hemos dicho que podían marcharse —dijo una mujer.

39

Tras un movimiento veloz y repentino, se encendieron otras linternas y los destellos de luz cruzaron el aire en una danza caótica. Reanudando los gritos de guerra, la gente de Bruce arremetió hacia adelante. Alec estiró la mano, sujetó a Mark de la camisa y lo empujó a través de la puerta abierta. El viejo estaba a mitad de camino, con el puño aferrado a la camisa de Mark, cuando el aluvión de luces se descargó sobre ellos y los cegó. Alguien tomó el pie de Mark y lo lanzó hacia arriba. El chico cayó y la parte posterior de su cabeza chocó con fuerza contra el piso. De inmediato, lo agarraron de la pierna y lo arrastraron por el suelo. Resbaló y golpeó contra otras personas mientras se esforzaba por liberarse.

Alec lo llamó, pero él apenas logró escucharlo en medio de la masa de gente enardecida. Lo rodearon y alguien le dio una patada en las costillas. Con un chillido, una mujer le propinó un fuerte golpe en el estómago. Gimió e intentó enroscarse en un ovillo, retorciendo el pie con tanta energía que logró soltarse de sus enemigos. Aprovechando la oportunidad, se dobló sobre el vientre y comenzó a deslizarse hacia la puerta. Sacudiendo brazos y piernas en el aire, intentó frenéticamente mantenerse fuera del alcance de sus captores.

De pronto, un bramido atravesó el tumulto, un rugido estridente como el de una osa protegiendo a su cachorro: era Alec, y al instante comenzaron a volar los cuerpos. El hombre se había introducido de un salto en la pelea, derribando a la mitad de los oponentes al tratar de abrirse paso hasta su joven amigo. En el furor, una persona cayó sobre la pierna de Mark y otra sobre su espalda. Cuando se dio vuelta, tenía a alguien sentado encima de su cara. Llegó un momento en que todo le resultó tan ridículo que casi se echó a reír: parecía que hubiera caído en un circo, en medio del espectáculo de los payasos.

Después, alguien lo volvió a la realidad de un golpe en la mejilla. Apretó el puño y lo lanzó sin éxito hacia su agresor. Probó una y otra vez, sin conseguir asestar el puñetazo, mientras sus brazos se sacudían como si pertenecieran a un boxeador ciego. En el cuarto o quinto intento, descargó el puño en el mentón de alguno de sus captores, que soltó un grito. Le echó un vistazo fugaz a Alec, que peleaba como una fiera: empujaba a sus adversarios, propinaba codazos en sus rostros y arrojaba cuerpos al suelo. Se oyó el golpeteo metálico de la caída de una linterna, luego el roce por el suelo hasta detenerse contra la pared. La luz brilló sobre el piso e iluminó el círculo de la puerta que daba a la cámara, a unos cuatro metros de distancia. Mark sabía que deberían encontrar la forma de contener a sus atacantes y llegar hasta allí, o la batalla estaría perdida.

Había conseguido incorporarse, pero alguien saltó sobre su espalda y volvió a tumbarlo en el suelo. Un brazo se deslizó alrededor de su cuello y comenzó a apretar, bloqueándole el paso del aire. Sintió dolor en los pulmones. Colocó las manos debajo del cuerpo y se impulsó hacia arriba al tiempo que se retorcía hacia el costado y lograba echar al agresor. Se dio vuelta y, al darle una patada en la cara, descubrió que se trataba de una mujer. Su cabeza se torció hacia la derecha y la sangre brotó de la nariz.

Otras dos personas lo atacaron desde atrás, le sujetaron los brazos y lo forzaron a ponerse de pie. Intentó soltarse pero lo sostenían con mucha fuerza. Un hombre apareció delante de él; una sonrisa feroz le cruzaba el rostro. Llevó el brazo hacia atrás y luego descargó el puño en su vientre. Mark se dobló por la explosión de dolor y náuseas. Tuvo arcadas, pero en su estómago no había nada que vomitar.

Oyó otro rugido que provenía de Alec y, a continuación, el viejo tacleó a uno de los hombres que lo sujetaban. Una vez que tuvo un brazo libre, Mark lo revoleó hacia atrás con violencia y hundió el codo en el mentón de su otro enemigo, que le soltó el brazo. Entonces se abalanzó sobre el que lo había derribado, que se desplomó en el suelo con un resoplido estridente.

Se olvidó de él, se levantó con dificultad y se arrojó hacia la linterna que había visto rodar hasta la pared. Se arrastró por el piso y la sujetó firmemente en el puño. Luego se puso de pie, revoleó el extremo de metal duro y se lo estampó al que embestía contra él. Le dio en la oreja a un hombre, que cayó dando un grito. Alec, que había conseguido otra linterna, estaba concluyendo la lucha que había mantenido con dos o tres personas, las cuales yacían inmóviles a sus pies. Mark corrió hacia él y ambos giraron lentamente para enfrentar al resto de los agresores, que todavía los superaban ampliamente en número. Apiñados en dos grupos, uno a cada lado del pasillo, parecían estar preparándose para una arremetida final.

Mark apuntó la linterna y notó que el grupo que se hallaba entre ellos y la puerta de la cámara era el más pequeño de los dos, unas ocho personas en total. Al menos la suerte les había hecho ese favor. Como si los dos amigos se comunicaran telepáticamente, lanzaron un rugido atronador y arremetieron al mismo tiempo contra el grupo pequeño. Al chocar, los cuerpos salieron dando vueltas unos sobre otros. En un ataque de desesperación, Mark comenzó a lanzar patadas y rodillazos, y a golpear con el extremo de la linterna a cualquiera que se moviera. Se arrastraba y empujaba a sus agresores, y se retorcía cada vez que alguien intentaba aferrarse a sus miembros o a su ropa.

Con agilidad, se desplazó entre la multitud. Logró llegar al otro lado y se encontró con el camino libre hacia la compuerta redonda. Alec también se abrió paso con fiereza; cayó una vez más, pero se puso de pie de un salto. En segundos cruzaron la abertura circular y Alec comenzó a empujar la puerta, pero varios brazos se deslizaron por el hueco impidiéndole cerrarla.

−¡Ven a ayudarme! −gritó.

Mientras Mark distribuía golpes de linterna en dedos y manos, Alec volvía a empujar la puerta y tumbaba a quienes seguían forcejeando para entrar. Se escucharon gritos y aullidos, y varios cayeron. Pero otro grupo avanzó y casi logró derribar a Alec.

Mark abandonó la linterna para ayudar al sargento. Juntos, sujetaron el borde exterior de la puerta, la abrieron de una sacudida y de inmediato la descargaron sobre los que les bloqueaban la huida. Más brazos desaparecieron, pero fueron reemplazados por otros nuevos justo cuando los dos amigos volvían a balancear la puerta y golpear el borde contra los captores. Más gritos de agonía y menos brazos a la vista. Repitieron la operación una vez más. Y otra. Con más fuerza y más celeridad.

—¡La última! —rugió Alec.

Mark se preparó, llevó la puerta hacia afuera y dio un grito al tiempo que ponía el cuerpo y toda su fuerza en la tarea. La lámina de metal aplastó dedos y huesos, y todos los cuerpos se perdieron de vista.

Alec se inclinó sobre la puerta, que se cerró con gran estruendo.

Mark giró el volante.

40

El silencio sepulcral que reinaba en el recinto solo se vio interrumpido por el chirrido del volante que Mark ajustaba con fuerza. Cuando el grupo del otro lado intentó hacerla girar en sentido opuesto, Alec se unió para ayudarlo.

—No sueltes esa rueda —dijo el soldado finalmente cuando ya no pudieron ajustarla más. Dio un paso atrás y Mark sujetó con ambas manos la sección derecha del anillo y se colgó de él. La gigantesca cámara que tenía delante, donde rotaba la plataforma de aterrizaje antes de descender dentro de la tierra, estaba completamente vacía. Después de la lucha caótica en el pasillo del búnker, sintió que el dolor le latía en la cabeza y en todo el cuerpo.

Alec recogió su linterna, que se encontraba junto a la de Mark. Proyectó la luz azulada hacia el lado derecho de la cámara y se encontró con la silueta colosal del Berg. Motas de polvo danzaban en el rayo de luz que se mecía de un lado a otro dejando ver el metal abollado, las hileras de tornillos, las cuñas y los bordes prominentes. En la relativa oscuridad, parecía una nave extraña surgiendo del fondo del mar.

—Aquí adentro da la impresión de ser mucho más grande —dijo Mark. Sus brazos se estaban cansando pero podía sentir la presión en el volante: la rueda se movía lentamente hacia arriba y luego volvía a bajar—. ¿Existe alguna posibilidad de que salgamos de aquí en ese aparato?

Alec caminaba despacio alrededor del Berg buscando algo, probablemente la escotilla.

—Es la mejor idea que has tenido en todo el día.

—Qué bueno que eres piloto —exclamó Mark. Podía escuchar los golpes secos en la puerta y se imaginó a los secuaces de Bruce en estado demencial, tratando de atravesar la lámina de metal mientras golpeaban con los puños, frustrados.

—Sí —dijo Alec distraídamente. Pronto, su voz llegó desde el otro lado del Berg y retumbó en las paredes—. ¡Ya encontré la escotilla!

De repente, sus perseguidores detuvieron sus esfuerzos y quedaron en silencio.

—¡Se rindieron! —dijo Mark, avergonzado por la excitación infantil que había en su voz.

—Lo que significa que están tramando algo —repuso Alec—. Tenemos que meternos dentro de esta bestia y prepararla para volar. Y abrir esa plataforma de aterrizaje.

Mark fijó la mirada en el volante de la puerta y lo fue soltando lentamente, preparado para sujetarlo de nuevo si comenzaba a moverse. Con los ojos clavados en él, se puso de pie.

Dio un salto cuando un estruendo metálico surcó el aire seguido de un sonido desgarrador de metal chirriando contra metal. Volteó para ver qué había sucedido, pero la mole del Berg lo separaba del origen del ruido. Alec seguramente había encontrado la forma de abrir la escotilla. Le echó un último vistazo a la cerradura, satisfecho de que no se moviera, y luego fue a reunirse con el soldado. Lo encontró en la parte más alejada de la nave con las manos en la cintura, como un orgulloso mecánico, contemplando la enorme rampa de la escotilla, que descendía pausadamente hacia el suelo.

—¿Abordamos, mi copiloto? —preguntó con una sonrisa burlona—. Estoy seguro de que podremos controlar la plataforma de aterrizaje desde el interior.

Mark podía verlo en sus ojos: el sargento estaba ansioso por encontrarse nuevamente en la cabina de control de un Berg, volando libre y velozmente por el cielo.

—Siempre y cuando "copiloto" implique simplemente sentarse y observarte.

El viejo lanzó una carcajada estruendosa, como si fuera el tipo más feliz del mundo. A Mark le hizo bien escucharlo y, por unos segundos, olvidó lo terrible que era todo. Pero de inmediato pensó en Trina y, al mismo tiempo, su estómago comenzó a rugir de hambre: la alegría había durado poco.

Apenas tocó el piso, Alec trepó la rampa y desapareció en la oscuridad de la nave. Mark regresó a la cámara principal para controlar la puerta. Una vez que constató que el volante seguía inmóvil, volvió a reunirse con su amigo.

Se detuvo en el borde superior de la escotilla y se tomó un segundo para iluminar el interior con la linterna. El Berg era negro, polvoriento y aterrador. Se parecía mucho al que habían abordado en el asentamiento, aunque más vacío. Alec caminaba de un lado a otro para inspeccionarlo.

Al ingresar en la nave, los pasos de Mark produjeron unos golpes metálicos que resonaron como un eco a través del recinto en penumbra. El sonido le trajo recuerdos de una vieja película de astronautas que entraban en una siniestra nave abandonada. Como era de esperar, estaba llena de extraterrestres que se alimentaban de seres humanos. Esperaba que Alec y él tuvieran mejor suerte.

—No veo rastros de las cajas con dardos que vimos en el otro Berg —dijo Alec mientras apuntaba la luz hacia una hilera de estantes vacíos.

Mark divisó unos objetos arrumbados sobre el estante más alejado.

—¿Qué es eso? —preguntó. Caminó hasta ahí, apuntó la luz y levantó tres aparatos, que se hallaban atados con bandas elásticas.

—¡Mira esto! —exclamó—. ¡Tabletas!

—¿Funcionan? —inquirió Alec, no muy impresionado.

Sujetó la linterna con el codo y probó uno de los dispositivos. La superficie se encendió y apareció una pantalla de bienvenida que requería una clave numérica para ingresar.

—Sí, esta funciona perfectamente —respondió—. Pero vamos a necesitar tu mente súper poderosa de viejo soldado para ingresar en el sistema.

—Ven aquí… —comenzó a decir Alec pero sus palabras fueron interrumpidas por una sacudida del Berg. Al intentar mantener el equilibrio, Mark casi deja caer la tableta. La linterna se deslizó de su brazo, rodó por el piso y se apagó.

—¿Qué fue eso? —preguntó a pesar de que tenía la sensación de que ya lo sabía.

Las palabras apenas habían brotado de su boca cuando el ambiente se vio invadido por un ruido que llegaba a través de la escotilla, como de engranajes poniéndose en marcha y chirrido de metal. Seguramente uno de los seguidores de Bruce había oprimido algún botón. En la cámara central, la plataforma de aterrizaje comenzó a rotar una vez más.

41

—¡Apúrate, hay que cerrar la escotilla! —le gritó Alec—. Los controles están justo al lado. Voy a encender esta máquina. ¡Si es necesario, la estrellaremos contra la superficie!

Sin esperar respuesta, salió corriendo del compartimento y se adentró en la nave. Lamentablemente, la luz desapareció con él, dejando a Mark solo en medio de la siniestra oscuridad. Sin embargo, un leve fulgor empezó a asomar desde la abertura de la plataforma de aterrizaje en rotación y distinguió su linterna.

Después de recogerla, se dirigió deprisa hacia el estante donde había encontrado las tabletas y volvió a atarlas: esperaba vivir lo suficiente como para examinar la información que contenían. Encendió la linterna y echó un rápido vistazo por el recinto. Oyó voces —gritos— por encima del ruido de la plataforma, y su mente regresó de golpe a la fría realidad.

Ya tenían visitas, que probablemente se estaban preparando para arrojarse desde arriba sobre el Berg, como habían hecho Alec y él. Era esencial que lograra cerrar la escotilla antes de que esa gente intentara subir a bordo.

Se encaminó hacia el lugar y comenzó a explorar. La puerta estaba rodeada de elementos como cables, ganchos y paneles que conectaban la maquinaria del sistema hidráulico de la puerta con el revestimiento más estético de las paredes de la sala de carga. Halló los controles en el lado izquierdo y los estudió hasta que dio con el botón correcto y lo oprimió. El motor se puso en funcionamiento y, con unos chirridos, la puerta-rampa comenzó a cerrarse, moviéndose lentamente hacia arriba.

Se oyeron más voces. Esta vez, más cercanas. Tuvo la impresión de que, antes de que la escotilla terminara de cerrarse, tendría que enfrentar a sus perseguidores. Se alejó para no quedar a la vista, se inclinó contra la pared más cercana y observó a su alrededor como esperando que un arma mágica se materializara frente a sus ojos. Pronto tuvo que aceptar la realidad: no tenía más que la linterna y los puños.

La rampa tardaba una eternidad en cerrarse: solo había recorrido la mitad del camino. Las bisagras crujían mientras el enorme cuadrado de metal ascendía como en una toma en cámara lenta de las hojas de una planta carnívora al cerrarse sobre la presa. Se puso en guardia, pues estaba seguro de que los intrusos llegarían antes de que la escotilla quedara bloqueada. Empuñó la linterna como si fuera una espada y se preparó para la lucha. La cámara estaba mucho más iluminada que antes, lo cual significaba que la plataforma de aterrizaje debía estar en posición vertical.

Dos personas saltaron sobre la rampa y comenzaron a trepar: un hombre y una mujer. Mark tensó los músculos y dirigió el brazo contra su agresor, pero falló. El tipo lo sujetó de la camisa y lo atrajo hacia adelante. Mark soltó la linterna, que salió rodando hacia afuera: el ruido de vidrios rotos indicó que ya era inservible. Al golpear contra el metal de la escotilla, pudo observar el rostro de su enemigo con atención: tenía una expresión impávida, no mostraba ni siquiera una huella de cansancio o esfuerzo por la subida que acababa de realizar.

—Eres un maldito espía —dijo el extraño con la calma propia de una charla entre amigos—. Y lo que es peor, estás tratando de robarnos el Berg. Y como si eso fuera poco, eres un asqueroso bastardo, ¿no crees?

—Yo estaba por decir exactamente lo mismo de ti —respondió Mark. La situación se había vuelto absurda.

El hombre fingió no haber escuchado.

—A este ya lo tengo —le dijo a su compañera—. Ahora entra y detén la puerta.

En ese momento, Mark comprendió que eran los pilotos, pues ya los había escuchado hablar anteriormente.

—Lo siento, viejo —exclamó. La sensación de absurdo se había transformado en un extraño revoloteo en su pecho y sintió como si estuviera contemplando la escena desde afuera. La cabeza le explotaba de dolor–. Me temo que no puedo dejarte pasar sin la identificación correspondiente.

El hombre se mostró un poco sorprendido. Su compañera se encontraba en el borde de la puerta, arrastrándose para ingresar antes de que se cerrara. Algo había estallado dentro de Mark. No sabía qué era, pero se sentía raro, y no iba a permitir que esos sujetos permanecieran a bordo de la nave.

Tomó al matón de la camisa y, al mismo tiempo, con el pie izquierdo, lanzó una patada feroz al estómago de la mujer. Ella se sacudió y retrocedió violentamente, sin lograr asirse de su compañero. Ya era demasiado tarde. Al tambalearse, chocó con su cabeza contra la rodilla del otro piloto y cayó por la rampa. Mark escuchó el golpe del cuerpo contra el piso de la cámara.

Solo faltaba un metro y medio para que se cerrara la escotilla, que se movía con una lentitud exasperante. El hombre se había inclinado por el borde para ver si su amiga estaba bien y después se volvió enfurecido hacia Mark, que también estaba furioso. Nunca antes se había sentido así: como si una tormenta se hubiera desencadenado en su interior.

Extendió el brazo, agarró la camisa de su enemigo, la apretó en el puño y pronunció dos palabras con un bramido estremecedor que consiguió sosegar su tormenta interior.

–Tu turno.

42

—Vas a morir —soltó el hombre con la respiración entrecortada—. Ahora mismo.

—No —respondió Mark—. No lo creo.

Apretó la mano en un puño y lo descargó en su mejilla. El hombre lanzó un grito y luego echó las manos hacia adelante en un intento de aferrar el pelo, la cara o la ropa de Mark. Finalmente logró asir la camisa y el hombro con una llave de lucha libre. Al rodar contra la escotilla, una saliente de metal se incrustó en la espalda de Mark mientras el piloto le clavaba el antebrazo en el cuello, impidiéndole respirar.

—Hoy te metiste con el hombre equivocado —le advirtió con voz grave y siniestra—. Ya tengo suficientes problemas como para tolerar que intentes robarme la nave. Voy a descargar toda mi furia contigo, muchacho. Y pienso tomarme un rato largo. ¿Entiendes?

Aflojó levemente la fuerza del brazo y Mark aprovechó para llenar de aire los pulmones. Sujetándolo de la camisa, el agresor se apoyó sobre su vientre, llevó el brazo hacia arriba y dejó caer el puño directamente sobre su mentón. El chico sintió que algo se quebraba en su cara. El piloto volvió a pegarle y el dolor se multiplicó. Cerró los ojos y trató de contener la furia que se despertaba en su interior como si fuera un reactor nuclear. ¿Cuánto más podría soportar en un solo día?

—Sería mejor no dejar que la puerta se cerrara por completo —dijo el hombre, seguro de que ya había ganado la batalla—. Aunque me encantaría sostener tu cabeza hacia afuera y verla aplastarse como una uva, creo que prefiero esperar un poco más.

Se apartó del cuerpo de Mark y se puso de pie. Después caminó hasta los controles y apretó algo. Se produjo una sacudida, que Mark sintió en su espalda, luego un chirrido y enseguida el crujido lento de las bisagras mientras la puerta comenzaba a abrirse otra vez. La cámara estaba más iluminada que nunca. La plataforma de aterrizaje debía haber realizado una rotación completa y ahora se estaba hundiendo en la tierra. En pocos minutos estarían a merced de las hordas de discípulos de Bruce, que irrumpirían en la nave y terminarían con todo.

Luchando contra el impulso de moverse, esperó mientras la furia continuaba amontonándose en su interior.

El piloto se acercó a él, se agachó, tomó sus pies y los levantó con un resoplido.

—Vamos. Voy a colocarte en una buena posición —exclamó arrastrando el cuerpo de costado hacia el interior de la sala de carga del Berg—. Y me aseguraré de que estés cómodo…

Mark se despertó intempestivamente y, en medio de gritos y patadas, se retorció para liberarse de las manos que lo sujetaban. El piloto retrocedió con dificultad hasta que su espalda chocó contra la pared de la rampa. Mark logró levantarse, se arrojó hacia adelante y, con el hombro, golpeó el estómago de su agresor. El hombre enroscó los brazos alrededor de la espalda de Mark y ambos se estrellaron contra el piso. Dieron varias vueltas, entre manotazos y puñetazos. Mark intentó clavarle la rodilla en la entrepierna, pero su adversario logró bloquear el golpe. Al instante levantó el puño y lo descargó en el mentón del muchacho.

Mark sacudió la cabeza hacia atrás brutalmente y cayó al suelo. El hombre volvió a colocarse encima de él, pero Mark no dejaba de moverse y de un giro logró quitárselo de encima. Se puso de pie y corrió hacia los controles mientras constataba horrorizado que la rampa ya había descendido un par de metros. Seguramente la gente se abalanzaría sobre la nave cuando estuviera totalmente abierta.

De inmediato pulsó el botón de repliegue y, con un estridente chirrido, la puerta comenzó a cerrarse nuevamente. Cuando estaba por voltearse hacia su enemigo, recibió un tacle y ambos se desplomaron sobre la gran plancha de metal. Resbalaron un metro y quedaron nuevamente cerca del borde de la rampa. Mark se retorció y agarró la camisa del piloto con las dos manos, tratando de arrojarlo por el hueco de la puerta, pero el hombre apoyó los pies y consiguió volver a ubicarse sobre él.

La lucha prosiguió, entre golpes y patadas. Mark estaba cansado, hambriento y débil, pero igual continuó batallando, impulsado solamente por la adrenalina. Pensó que Trina se hallaba en manos de la gente de la fogata, que debía estar todavía más loca que antes tras el incendio del bosque. Tenía que vivir para encontrarla y no podía permitir que ese hombre se interpusiera en su camino. Esa bola de furia que se había ido acumulando dentro de su pecho como un reactor de calor, de fuego y de dolor que no cesaba de girar, finalmente explotó con gran violencia.

Con una fuerza desconocida, arrojó al piloto lejos de sí. Antes de que este lograra enderezarse, ya estaba encima de él. Lo puso de espaldas y le pegó con dureza. Hubo sangre y se escuchó un crujido espeluznante. Sintió que estaba separado de su propio cuerpo y que no lograba ver con nitidez. Lucecitas brillantes bailaban frente a sus ojos mientras su cuerpo temblaba y la sangre hervía en sus venas.

De alguna forma era consciente de que la escotilla estaba casi cerrada. También distinguió las paredes de la cámara y la gente que daba alaridos mientras se preparaba para atacar el Berg. Pero había perdido el control.

Miró hacia abajo y se sorprendió al verse arrastrando el cuerpo del piloto hacia el borde de la rampa, empujándolo hacia afuera para que la cabeza y los hombros colgaran en el aire. El hombre había intentado liberarse, pero él lo sujetó con firmeza y volvió a golpearlo. Cuando comprendió lo que Mark intentaba hacer, comenzó a aullar y a sacudirse frenéticamente.

Era probable que estuviera más consciente de sus intenciones que el propio Mark, que permaneció en la misma posición, con la mitad del cuerpo de su enemigo fuera de la nave y la otra mitad dentro. Algo había cambiado para él. Su mente estaba concentrada exclusivamente en el individuo que tenía inmovilizado y en hacerlo pagar por todo. La ira era como una niebla que envolvía su cabeza y le impedía controlarse.

Algo se había quebrado en su interior.

La rampa cayó sobre el pecho del piloto y lo apretó mientras continuaba ejerciendo presión para cerrarse. Los aullidos eran atroces y lograron atravesar la piel de Mark hasta hacerlo despertar violentamente de la cólera infernal en que se había hundido. Como si abriera los ojos por primera vez, se dio cuenta de lo que estaba haciendo: torturaba a otro ser humano. El crujido de las costillas y del esternón, el chirrido de las bisagras que continuaban oprimiendo el obstáculo que les impedía cerrarse… Mark sintió horror de sí mismo.

Trató de empujar el cuerpo, pero este se había encajado firmemente en el agujero, que se tornaba cada vez más estrecho. Parecía que toda la mole vibraba y se sacudía con sus gritos desesperados. Se colocó de espaldas, presionó los codos contra la rampa y luego, con toda su fuerza, apoyó los pies en el centro del cuerpo del agresor, que se movió unos pocos centímetros. Mark gritaba mientras pateaba una y otra vez para concluir su sufrimiento.

Con un empujón final, logró liberarlo. El hombre desapareció por el hueco y la escotilla se cerró con fuerza detrás de él.

43

Un silencio profundo y desconcertante invadió la sala de carga y la oscuridad se instaló por completo. Unos segundos después, la quietud fue interrumpida por el chirrido de un motor y el Berg avanzó por las vías hacia la cámara central.

Una vez que los ojos de Mark se adaptaron a la oscuridad, se arrastró hasta la pared y se recostó contra ella. Percibió en su interior una sensación que no le agradó.

Colocó los brazos alrededor de las rodillas y sepultó la cabeza entre ellos. No entendía qué le había sucedido. Esas luces danzantes, la bola de fuego de ira, la adrenalina que bombeaba como los pistones de un viejo motor de combustión. Lo había consumido la furia y había perdido el control: había deseado con toda el alma destrozar a su enemigo. Casi se había puesto contento cuando el hombre quedó atrapado por la puerta. Y luego había recuperado la cordura y lo había liberado.

Era como si hubiera perdido…

Cuando comprendió la verdad, alzó la mirada. Por un segundo, realmente había perdido la razón. Por completo. Y solo porque ahora pareciera estar normal, no significaba que no hubiera comenzado. Se fue incorporando lentamente, deslizando la espalda por la pared, hasta que se puso de pie. Le temblaban los brazos y se los frotó con las manos.

El virus. La enfermedad. Eso que atacaba el cerebro humano de la forma en que Anton les había explicado en el dormitorio. Entonces recordó algo más que habían oído allí abajo e, irónicamente, había sido el propio piloto quien lo había mencionado. Una sola palabra.

Mark la llevaba en su interior. Su instinto se lo decía. No era de extrañar que la cabeza le hubiera estado doliendo tanto.

Tenía la Llamarada.

44

Una calma sorprendente se apoderó de él.

¿Acaso no había esperado algo semejante? ¿No había llegado a aceptar que las posibilidades de que *no* se contagiara la enfermedad eran prácticamente nulas? Era probable que Trina la tuviera y también Lana y Alec. Pero la razón por la cual Deedee parecía ser inmune al virus (había recibido el dardo *dos meses atrás*) era algo que lo superaba. ¿Y qué era lo que Bruce había dicho? Tenía sentido: cualquiera que se arriesgara a liberar un virus debía tener una manera de protegerse. Tenía que existir un tratamiento, un antídoto. De lo contrario, era incomprensible.

Tal vez —solo tal vez— existiera un rayito de esperanza. Tal vez.

¿Cuántas veces había enfrentado la muerte en el último año? Ya estaba acostumbrado. Lo único que podía hacer era concentrarse en el próximo paso: Trina. Tenía que encontrarla. Aunque solo fuera para morir juntos.

El Berg frenó repentinamente, y se sobresaltó. Luego escuchó el rechinar de poleas y engranajes: la plataforma de aterrizaje por fin se elevaba hacia el cielo. Las luces comenzaron a titilar a medida que las máquinas y los motores se iban calentando.

Con un inesperado ataque de entusiasmo, salió corriendo hacia la puerta de la sala de carga. Si Alec realmente iba a hacer volar a ese gigante, tenía que verlo con sus propios ojos.

★★★

Nunca había visto a Alec tan cómodo como ahí en la cabina. Desarrollaba una actividad frenética: oprimía botones, movía interruptores y ajustaba palancas.

—¿Por qué rayos te demoraste tanto? —preguntó sin detenerse a mirarlo.

—Me topé con un ligero problema —lo último que quería hacer era hablar de la pelea—. ¿Estás seguro de que serás capaz de sacarnos de aquí en esta máquina?

—Ya lo creo. Las pilas de combustible tienen la mitad de la carga y luce impecable —señaló las ventanillas que tenía delante; Mark alcanzó a ver una hilera de árboles cercanos al Berg—. Pero es mejor que nos apuremos antes de que esos chiflados se arrojen sobre nosotros y encuentren la forma de entrar.

Avanzó unos pasos para ver mejor. Al inclinarse, divisó un grupo grande de individuos que se había congregado al borde de la base de aterrizaje. Indecisos, agitaban los brazos en evidente estado de nerviosismo. Había un par de hombres muy cerca de la nave ocupados en algo que Mark no alcanzaba a distinguir qué era. Un pensamiento alarmante brotó en su mente.

—¿Y qué ocurre con la escotilla? —indagó—. Tú lograste abrirla desde afuera, ¿verdad?

—Lo primero que hice fue bloquear esa función. No te preocupes —lo tranquilizó mientras seguía manipulando los controles—. Despegaremos esta criatura en un minuto. Sería bueno que depositaras tus huesos en un asiento y te abrocharas el cinturón de seguridad.

—Bueno —repuso. Sin embargo, antes quiso echar otro vistazo al exterior. Pasó junto a Alec y se dirigió al otro extremo de la hilera de ventanillas. Ese lado enfrentaba la pared del cañón y, antes de mirar hacia abajo, la piedra gris atrapó su atención. Estaba recorriendo con la vista los muros de granito cuando se quedó paralizado al percibir un movimiento al costado de su campo visual: la cabeza de un gigantesco martillo dio una vuelta en el aire y cayó con estrépito sobre el vidrio. Al instante, se formó una telaraña de rajaduras por toda la ventanilla. Alguien se había trepado al flanco del Berg.

Retrocedió de un salto mientras Alec emitía un grito de sorpresa.

—¡Apúrate! ¡Tenemos que salir de aquí! —disparó Mark.

—¿Qué crees que estoy haciendo? —exclamó el piloto tratando de darse prisa. Tenía la vista clavada en el panel de control central con el dedo en alto encima de un botón verde.

Desvió la mirada hacia la ventanilla justo en el momento en que el martillo golpeaba por segunda vez y atravesaba el vidrio con un crujido espantoso. Una lluvia de cristales se desparramó sobre los controles, seguida del propio martillo, que rebotó en el panel y fue a dar contra el suelo. Enseguida, un rostro masculino se asomó por el orificio, y luego las manos y los brazos comenzaron a abrirse paso hacia el interior.

—¡Deshazte de ese hombre! —exclamó Alec mientras presionaba el botón verde y el Berg se levantaba del suelo con una sacudida. El sonido de los propulsores atronó el aire como el rugido de leones hambrientos.

Mark recuperó el equilibrio y se estiró hacia el martillo. Al cerrarse sus dedos sobre el mango, alguien lo tomó del cabello y jaló hacia atrás. El dolor le hizo lanzar un extraño aullido y soltar el arma. Trató de dirigir los puños hacia la mano y el brazo que lo tenían apresado pero, sin dejar de sostenerlo con firmeza, el hombre deslizó el otro brazo alrededor de su cuello y lo arrastró con él.

La cabeza de Mark chocó contra el borde superior del hueco de la ventanilla y se asomó al aire cálido de la mañana. En segundos la mitad de su cuerpo, desde la cintura hacia arriba, se encontraba afuera. Se aferró al marco para no caerse del todo. Lo único que veía eran las copas de los árboles y el cielo azul. Horrorizado, descubrió que el hombre colgaba literalmente de él, aferrándose a su pelo y a su cuello. Por segunda vez en el día, no podía respirar.

El Berg comenzó a ascender hacia el cielo y Mark alcanzó a distinguir fugazmente, a través de la ventanilla, la mirada de asombro de Alec. El viejo desapareció de su vista y la nave quedó sobrevolando a unos diez metros del suelo. El agresor seguía tirando con fuerza de Mark, lo cual no hacía más que acentuar el dolor del cuello y la cabeza. Una especie de graznido ahogado —un sonido que lo asustó más que el dolor— logró escapar de su garganta.

Desde abajo, Alec intentaba atraerlo hacia adentro; desde arriba, el hombre colgaba de él. Parecía que hubieran colocado su cuerpo en uno de esos aparatos de tortura medievales, que estiraba sus huesos y tendones. Se preguntó si sería posible que se le saliera la cabeza como el corcho de una botella. Al darse cuenta de que Alec lo tenía bien sujeto, se soltó de la ventanilla y comenzó a golpear y arañar los brazos de su captor. El mundo estaba dado vuelta: el suelo del valle parecía un cielo de tierra.

Se deslizó varios centímetros fuera de la ventana y un relámpago de terror lo atravesó como una descarga eléctrica. Algo oscuro cruzó velozmente delante de sus ojos, un bulto negro seguido de una fina vara color café: el martillo. Oyó un golpe horrendo, un crujido y un aullido. Alec había descargado el arma en el rostro del enemigo.

El brazo del agresor resbaló por el cuello de Mark y el hombre se desplomó hacia el suelo. El muchacho se relajó y comenzó a respirar.

Alec fue atrayendo lentamente su cuerpo hasta que logró pasarlo a través de la ventanilla. Mark cayó al piso jadeando y se llevó la mano al cuello dolorido.

El viejo sargento lo observó con cuidado. Luego de comprobar que, en apariencia, el joven iba a sobrevivir, regresó a los controles unos segundos después y levantó el Berg hacia el cielo.

45

El ascenso súbito de la nave no resultó muy agradable para el estómago de Mark. Alec elevó el Berg hasta que sobrepasó las paredes del cañón y luego lo lanzó hacia adelante a toda velocidad, como si lo hubiera despedido una catapulta. Mark sintió las tripas revueltas y tuvo náuseas. Se arrastró por el suelo hasta que encontró el baño. Entró y vomitó: solo bilis y ácido. La garganta le ardía como si hubiera tragado algún químico corrosivo.

Se sentó un rato hasta que fue capaz de volver caminando a la cabina.

−Comida. Por favor dime que hay comida −pidió con voz ronca.

−¿Y agua? −le preguntó Alec−. Eso también suena agradable, ¿no? Déjame aterrizar la nave en algún sitio. Me quedaría sostenido en el aire pero de esa forma gastaríamos todo el combustible y vamos a necesitarlo. Te apuesto a que en este trozo de chatarra hay algo para devorar. Después saldremos en busca de nuestros amigos de la fogata.

−Por favor −balbuceó. Se le caían los párpados y no era por el cansancio. Sabía que estaba a punto de desmayarse porque le había bajado el nivel de azúcar en la sangre. Sentía que había pasado una semana desde la última comida. Y la sed: su boca parecía un balde de arena.

−Has pasado momentos muy duros −dijo Alec en voz baja−. Dame unos minutos.

★★★

Volvió a sentarse en el piso y cerró los ojos. No llegó a perder la conciencia por completo, pero sintió que estaba desconectado del mundo, como si se tratara de una obra teatral que él mirase desde la última fila, echado en el suelo con algunas mantas sobre la cabeza. Los sonidos le llegaban apagados y le dolía el estómago por el hambre.

Finalmente, el Berg disminuyó la velocidad y, después de una sacudida brusca que hizo temblar la nave, no hubo más que silencio y quietud. Durante un rato largo, pensó que el sueño se acercaba y, con él, los recuerdos. Se resistió: no sabía si podría soportar revivir el pasado en ese instante. Escuchó pasos lejanos y pronto Alec estuvo a su lado.

—Aquí tienes, hijo. Se asemeja bastante a una clásica comida militar, pero es muy nutritiva. Te reanimará en un segundo. Volé hasta un barrio deshabitado entre el búnker y el centro de Asheville. Todos los locos parecen haber enfilado hacia el sur huyendo del incendio.

Abrió los ojos; los párpados le pesaban tanto que casi tuvo que usar los dedos para levantarlos. Al principio, Alec no era más que una mancha borrosa, pero luego fue volviéndose más nítido. Le extendió un trozo de papel de aluminio que contenía pedazos de… alguna especie de alimento. No importaba. Tomó tres de esos bocados increíblemente deliciosos, pero cuando quiso tragarlos le resultó muy difícil.

—Ag… —comenzó a decir, pero luego le dio un ataque de tos, con lo cual lanzó al rostro de Alec la comida que no había podido tragar.

—Maravilloso. Muchas gracias —repuso el viejo, limpiándose la cara.

—Agua —logró balbucir.

—Sí, aquí tienes —y le extendió una cantimplora. Mark alcanzó a escuchar el líquido agitándose en el interior.

Se enderezó y lanzó un gemido de dolor por el movimiento.

—Ten cuidado —le recomendó Alec—. No bebas muy rápido porque te enfermarás.

—Está bien —repuso. Tomó el recipiente, hizo una pausa para calmar el temblor y después apoyó el borde sobre su labio inferior: el agua fresca y maravillosa se derramó en su boca y descendió por la garganta. Reprimió la tos y se concentró en tragar sin desperdiciar ni una gota. Luego tomó un poco más.

—Es suficiente —advirtió Alec—. Ahora come unos bocados más de esta delicia que rescaté del caos del armario.

Así lo hizo y esta vez lo encontró sabroso: más salado y con más gusto a carne. Con la boca húmeda, lo procesó con facilidad a pesar de que la garganta le ardía como nunca. Una pizca de fuerza se filtró por sus músculos y el dolor de cabeza cedió levemente. Lo mejor de todo era que las náuseas habían desaparecido.

Como se sentía mucho mejor, quiso dormir.

—Parece que han vuelto a encenderse un par de bombillas en tu cerebro —comentó Alec mientras se sentaba. Se apoyó contra la pared y se metió la comida en la boca—. Esta porquería no está tan mal, ¿no crees?

—No deberías hablar con la boca llena —respondió Mark con una sonrisa débil—. Es de mala educación.

—Lo sé —dijo y siguió atiborrándose de comida de manera exagerada para que Mark pudiera ver todo lo que masticaba—. No es necesario que me lo digas. Yo también tuve una madre.

Mark se echó a reír de verdad; eso le provocó dolor en el pecho y en la garganta y empezó a toser.

—¿Adónde me trajiste esta vez? —preguntó una vez recuperado, mientras continuaba comiendo.

—Bueno, la fortaleza del Berg está al oeste de Asheville, de modo que me fui un poco hacia el este: hay algunos barrios elegantes en este lado de la montaña. Divisé mucha actividad unos kilómetros al sur y creo que debe ser el lugar adonde escaparon nuestros agradables amigos de la fogata después de incendiar el bosque. Esto parece un sitio tranquilo.

Hizo una pausa para comer otro bocado.

—Estamos en una calle privada de una zona que debe haber sido muy distinguida. Al menos, antes de que se convirtiera en un horno. Solía haber mucha gente rica en las afueras de Asheville, ¿sabías? La mayoría de las casas ahora está en ruinas.

—¿Pero qué vamos a…?

—Ya lo sé —dijo Alec alzando la mano para interrumpir la pregunta—. Tan pronto como recuperemos la fuerza y durmamos un par de horas, buscaremos a nuestras amigas.

No quería perder más tiempo, pero sabía que Alec tenía razón: debían descansar.

—¿Alguna señal de… algo?

—Cuando sobrevolamos el sur de este vecindario, me pareció reconocer a algunas personas. Estoy casi seguro de que se trataba de la gente del asentamiento de Deedee. Tal vez Lana y las chicas también estén allí, como pareció dar a entender el tal Bruce.

Mark cerró los ojos durante unos segundos sin saber si eso era bueno.

Después hicieron otro alto en la charla para comer y beber un poco más. Mark sentía curiosidad por saber cómo era el exterior, pero estaba demasiado cansado como para ponerse de pie y caminar hasta la ventanilla. Además, ya había visto suficientes casas quemadas, que la gente alguna vez había considerado sus hogares.

—¿Estás seguro de que acá no tendremos problemas? Por si lo olvidaste, un lunático rompió una de las ventanillas con un martillo.

—Hasta ahora, nadie se ha acercado. Lo único que podemos hacer es estar alertas. Y cuando vayamos a buscar a las mujeres, tendremos que esperar que la gente no note nuestra entrada adicional.

Al recordar al hombre con el martillo, Mark se sintió muy afligido y comenzó a pensar cómo había llegado a matar al piloto en la escotilla.

Alec percibió que algo andaba mal.

—Sé que no te quedaste mirando televisión cuando te demoraste un rato largo en la sala de carga. ¿Quieres contarme qué sucedió?

Mark le echó a su amigo una mirada entre avergonzada y nerviosa.

—Por unos minutos, fue como si hubiese perdido el control y comencé a actuar de forma extraña. Casi sádica.

—Hijo, eso no significa nada. Yo he visto muchos hombres buenos irse al diablo en el campo de batalla y no había ningún virus circulando al cual echarle la culpa. Eso no quiere decir que tú... lo tengas. Los seres humanos hacen locuras para sobrevivir. ¿Acaso durante el último año no viste eso todos los días?

Mark no lograba sentirse mejor.

–Esto fue... diferente. Por un segundo, ver cómo ese tipo se moría fue como estar celebrando la Navidad.

–Claro –dijo Alec observándolo. Mark no sabía qué podía estar pasando por su mente–. En un par de horas va a oscurecer. No es bueno salir a explorar de noche. Es mejor que nos echemos un buen sueño.

Con el corazón abatido, hizo una señal afirmativa. Se preguntó si no tendría que haberse callado. Mientras bostezaba se acomodó y decidió procesar los hechos durante un rato.

Pero un estómago lleno y una semana entera de agotamiento lo empujaron hacia un estado de inconsciencia.

Naturalmente, los sueños vinieron a continuación.

46

Se encontraba en una sala de conferencias en el Edificio Lincoln, acurrucado debajo de una enorme mesa donde suponía que hombres y mujeres muy importantes solían reunirse a hablar de cosas más importantes aún. Le dolía el estómago por las semanas que llevaban alimentándose de comida chatarra y refrescos robados de las máquinas expendedoras distribuidas por todo el edificio. Les había tomado bastante trabajo forzarlas, pero dos ex soldados como Alec y Lana estaban obviamente entrenados para hacer eso. Tanto a objetos como a personas.

Más ardiente que el infierno, el Edificio Lincoln era un lugar horrible, invadido por el repugnante olor que emitían los cuerpos en descomposición de quienes habían muerto en el primer estallido de fuego y radiación. Estaban por todas partes. Mark y sus nuevos amigos habían despejado el piso quince, pero el hedor fétido seguía flotando en el aire. Era algo a lo cual uno no podía acostumbrarse. Y para peor, no había nada que hacer. El aburrimiento se había instalado en el edificio como un cáncer, dispuesto a roer la salud mental de todos sus moradores. Además, en el exterior existía la amenaza de radiación, aunque Alec pensaba que ya había comenzado a desaparecer. Aun así, se mantenían lo más lejos que podían de las ventanas.

A pesar de todo eso, Mark pensaba que había algo por lo cual las cosas no eran tan terribles como parecían: Trina y él estaban más cerca que nunca. Muy cerca. Sonrió como un tonto y se sintió feliz de que nadie pudiera notarlo.

La puerta se abrió y se cerró; luego se escucharon pasos. Una lata repiqueteó en el piso y alguien maldijo por lo bajo.

—Ey —susurró ese alguien y Mark creyó que era Baxter—. ¿Estás despierto?

—Sí —fue su aturdida respuesta—. Pero de no haber sido así, me habrías despertado. No eres muy bueno para quedarte en silencio.

—Perdón. Me enviaron a buscarte: hay un barco avanzando por Broadway directamente hacia nosotros. Ven a echar un vistazo.

Nunca pensó que llegaría a escuchar esas palabras: una embarcación navegando por una de las calles más famosas del mundo, por donde se suponía que circulaban automóviles. Pero Manhattan se había transformado en una red de ríos y arroyos donde los despiadados rayos del sol se reflejaban constantemente, lanzando destellos espectaculares y cegadores. Era como si el cielo estuviera tanto arriba como abajo.

—¿Hablas en serio? —preguntó finalmente, al darse cuenta de que las novedades lo habían dejado sin habla por unos segundos. Trató de no ilusionarse con la idea de que habían venido a rescatarlos.

—No, lo inventé. Vamos —se burló Baxter.

—Supongo que la radiación ya tiene que haber desaparecido, a menos que la embarcación esté manejada por un par de locos.

Se pasó las manos por la cara y los ojos y salió rápidamente de debajo de la gran mesa. Se estiró y volvió a bostezar para impacientar a Baxter. Pero pronto la curiosidad lo venció.

Salieron al pasillo y una nueva ola de calor y fetidez asaltó sus sentidos. Después de varias semanas, el hedor seguía provocándole arcadas.

—¿Dónde están? —indagó, dando por descontado que Alec y Lana eran los que habían detectado el navío y estaban observándolo en ese preciso instante.

—En el quinto. El olor es mil veces peor allá abajo, pero allí se encuentra la superficie del agua. Hay peces y cadáveres podridos. Espero que no hayas comido recientemente.

Se encogió de hombros: no quería pensar en comida. Ya estaba harto de las golosinas y las papas fritas, algo que nunca había pensado que pudiera ocurrirle.

Se encaminaron hacia la escalinata central y comenzaron a descender los diez niveles que los separaban del quinto piso. Solo el roce y los sonidos de sus pasos quebraban el silencio y Mark descubrió que la excitación que se había apoderado de él era más fuerte que el repugnante olor que aumentaba con el descenso. Había manchas de sangre en los peldaños. Divisó una mata de pelo y una masa de carne en uno de los pasamanos. No podía imaginar el pánico que se habría desencadenado ahí cuando cayeron las llamaradas solares, y lo horrorosas que debieron haber sido las consecuencias. Afortunadamente –para ellos al menos–, a su llegada no quedaba nadie con vida.

Cuando alcanzaron el descanso del quinto piso, Trina los esperaba en la puerta que conducía a las escaleras de emergencia.

–¡Deprisa! –exclamó e hizo un ademán para que la siguieran. Comenzó a trotar y a hablar por encima del hombro a medida que se abrían paso por un largo pasillo hacia los ventanales más alejados–. Es un velero enorme. Debe haber sido fantástico antes de las llamaradas. Ahora parece que tuviera más de cien años. No puedo creer que flote, mucho menos que navegue rápido.

–¿Ya pudieron ver quiénes se encuentran a bordo? –preguntó Mark.

–No. Es obvio que están abajo: en la cabina o en el puente, o como sea que se llame.

Era evidente que ella sabía de barcos tanto como él.

Doblaron un recodo y divisaron a Alec y Lana en una sección donde las ventanas estaban rotas y, en el exterior, el agua cubría las paredes hasta unos treinta centímetros por debajo de ellos. Misty y el Sapo estaban sentados en el piso mirando atentamente hacia afuera. Escuchó el sonido del barco antes de verlo: un ruido de motores ahogados que habían conocido tiempos mejores. Luego la nave destartalada surgió frente a él. Con la popa muy hundida en el agua, pasó resoplando delante de ellos. Tendría unos diez metros de largo y cinco de ancho, con tablas de madera aglomerada y cinta de embalar cubriendo los huecos y las grietas. Al aproximarse, una ventana de vidrio polarizado con una rotura que parecía una tela de araña pareció observarlos como un ojo siniestro.

—¿Saben que estamos aquí? —preguntó Mark, pensando obstinadamente que esa gente venía a rescatarlos. Al menos, a traerles comida y agua—. ¿Les hicieron señas?

—No —respondió Alec cortante—. En apariencia, están revisando todos los edificios. Sin duda, para saquearlos. Pero ya nos vieron.

—Solo espero que sean amistosos —susurró Trina, como si no deseara que los extraños la oyeran.

—Si esta gente es buena, yo me hago monje —comentó Alec con voz sepulcral—. Chicos y chicas, manténganse alertas. Yo me encargaré de ellos.

El barco ya estaba muy cerca; los ruidos y el olor a combustible inundaban el aire. Mark distinguió una vaga sombra de dos personas detrás del vidrio oscuro y ambas parecían ser hombres. En realidad, los dos tenían pelo corto.

Los motores del velero se apagaron y la popa comenzó a girar para poder atracar de costado junto al edificio. Alec y Lana dieron un paso atrás; Misty y el Sapo ya se encontraban junto a la ventana más lejana; Trina, Baxter y Mark estaban muy juntos. La tensión era evidente en sus rostros.

Una de las personas del puente salió por una puerta de abajo y apareció en la cubierta. Era un hombre y sostenía con ambas manos una pistola enorme con la boca apuntando a los espectadores que se encontraban en el interior del Edificio Lincoln. Era un tipo muy desagradable, con el pelo grasiento y apelmazado, barba desaliñada —de las que lucen como una erupción de hongos salvajes en el cuello— y anteojos negros. La piel estaba mugrienta y quemada por el sol; la ropa, andrajosa.

Después apareció otra persona y Mark se sorprendió al ver que se trataba de una mujer con la cabeza rapada. Se encargó de asegurar el barco contra la pared mientras su compañero se acercaba a la ventana rota donde se hallaban Alec y Lana.

—Quiero ver todos los brazos en alto —exigió agitando el arma de un lado a otro y deteniéndose brevemente delante de cada uno—. Levanten las manos en el aire. Vamos.

Todos hicieron lo que les ordenaron excepto Alec. Mark esperaba que no hiciera alguna locura y terminaran todos muertos.

—¿Realmente crees que estoy bromeando? —dijo el extraño con voz áspera—. Hazlo ya o morirás.

Alec alzó lentamente las manos.

El hombre de la pistola no pareció satisfecho. Respirando con demasiada dificultad, se quedó mirándolo a través de las gafas oscuras. Luego giró el arma hacia Baxter y disparó tres ráfagas rápidas. Las explosiones sacudieron el aire y Mark retrocedió violentamente hasta chocar contra la pared de un cubículo. Las balas atravesaron el pecho de Baxter, que se derrumbó de espaldas con gran estruendo, rociando el recinto con una bruma roja que se desparramó hacia todos lados. Ni siquiera gritó; la muerte ya se lo había llevado. Su torso era un revoltijo de sangre y piel desgarrada.

El hombre respiró profundamente.

—Supongo que ahora harán lo que les digo.

47

Mark se estremeció y estuvo a punto de despertar. Baxter siempre le había caído bien, le agradaban su humor y su actitud despreocupada. Presenciar algo tan pavoroso…

Era algo que probablemente nunca lograría superar. De todos los recuerdos que regresaban a atormentar sus sueños, ese era el más recurrente. Y anhelaba despertarse, dejar todo atrás, en vez de revivir toda la locura que vino después.

Pero su cuerpo necesitaba descansar y no se lo permitiría. El sueño lo envolvió nuevamente en su abrazo sin la más ligera intención de consolar su mente atribulada.

Era uno de esos instantes en que al cerebro le llevaba un rato ponerse a la par de los hechos que se desarrollaban delante de los ojos: la conmoción lo había bloqueado temporariamente. Estaba en el suelo, inclinado, con la cabeza apoyada contra la pared. Trina tenía las manos cruzadas sobre el pecho y de repente lanzó un aullido que sonó como si un millón de cuervos emergieran desenfrenadamente del interior de un túnel. Misty y el Sapo estaban acurrucados uno junto al otro; sus rostros eran máscaras del horror. Lana y Alec seguían de pie con las manos en alto, pero Mark pudo distinguir la tensión de sus músculos.

–¡Cállate! –rugió el hombre de la pistola y la saliva salió volando de su boca. Trina acató la orden; su grito se apagó como cortado con un cuchillo–. Si oigo otro sonido desagradable como ese, le disparé al responsable. ¿Está claro?

Trina temblaba mientras se llevaba las manos a los labios. Se las arregló para hacer una señal afirmativa con la cabeza, pero sus ojos seguían fijos en el cuerpo ensangrentado y sin vida de Baxter. Mark evitó mirarlo y, en cambio, posó la vista en el sujeto que lo había matado, con los ojos nublados por el odio.

–Todo listo, jefe. ¿Y ahora qué? –dijo la mujer del barco. Se levantó y se limpió las manos en el pantalón roñoso. Había amarrado el velero (Mark pudo ver el extremo de la cuerda), ajena o insensible al asesinato que su compañero acababa de cometer. O tal vez ya estaba acostumbrada.

–Ve a buscar la pistola, idiota –respondió el hombre con una mirada de soslayo que no dejaba ninguna duda de la forma en que siempre la había tratado–. ¿También tengo que explicarte cómo usar el baño?

Pero lo que a Mark le resultó todavía más triste que esas desagradables palabras fue que el objeto de su desprecio asintiera y se disculpara. Después desapareció en el barco durante unos segundos y salió con un arma similar a la del tipo en las manos. Se ubicó junto a su jefe y le apuntó a Mark y luego a cada uno de sus amigos.

–Esto es lo que vamos a hacer –dijo el hombre–. Si quieren vivir, solo tienen que obedecer y actuar con tranquilidad. Vinimos por combustible y alimentos. Creo que ustedes tienen ambos, a juzgar por el hecho de que no son esqueletos andantes. Y todos los edificios de este tamaño poseen generadores. Tráigannos lo que necesitamos y los dejaremos en paz. Hasta pueden quedarse con algo para ustedes. Somos realmente encantadores. Solo queremos nuestra parte.

–Qué generosos –masculló Alec en voz baja.

Mark se levantó de un salto mientras el tipo alzaba el arma y apuntaba directamente a la cara del soldado.

–¡No! ¡Detente! –dijo, poniendo las manos en alto y retrocediendo hacia la pared al ver que el sujeto ahora desviaba la pistola hacia él–. ¡Por favor! ¡Ya basta! ¡Te daremos lo que quieras!

–Exactamente eso es lo que harán, muchacho. Ahora muévanse. Es hora de hacer una búsqueda del tesoro –se burló y sacudió el arma con un ademán para ponerlos en movimiento.

—Tengan cuidado de no tropezar con el cadáver de su amigo —dijo la mujer.

—¡Cierra la boca! —le escupió su compañero—. En serio. Cada día te estás volviendo más tonta.

—Lo siento, jefe.

Al instante, ella agachó la cabeza y se convirtió en una ratoncita sumisa. El corazón de Mark seguía latiendo a mil revoluciones por minuto, pero no pudo evitar sentir lástima por la mujer.

El hombre volvió a dirigirse al grupo.

—Llévennos adonde están las cosas. No quiero quedarme aquí todo el día.

Mark esperaba que Alec hiciera alguna locura, pero el viejo simplemente empezó a caminar hacia la escalera. Al pasar junto a él, le hizo un guiño fugaz. Mark no supo si debía alegrarse o preocuparse.

Prisioneros en su propio castillo, marcharon por el corredor y dejaron atrás el cuerpo ensangrentado de Baxter. Llegaron a la escalera y comenzaron a subir. El Jefe (esa era la única forma en que Mark podía pensar en el hombre de la pistola, desde que había escuchado la forma patética en que su compañera se dirigía a él) iba pegándole en la espalda a cada uno de ellos durante el ascenso para asegurarse de que no olvidaran quién estaba armado.

—No olvides lo que le hice a tu amiguito —le susurró el Jefe cuando le llegó el turno de recibir el golpe.

Lentamente, Mark continuó el ascenso.

★★★

Dedicaron las dos horas siguientes a registrar el Edificio Lincoln de arriba a abajo en busca de comida y combustible. Mark tenía el cuerpo sudoroso y le dolían los músculos de cargar los enormes recipientes de combustible para el generador desde el depósito de suministros de emergencia, en el piso treinta, hasta el barco. Revisaron todas las máquinas expendedoras de las salas comunes y vaciaron la mitad de su contenido.

La cabina del velero era un horno, lo cual no hacía más que acentuar el olor. Mientras Mark descargaba los suministros, se preguntó si el Jefe y su compañera se habrían molestado en sumergirse en el agua caliente que los rodeaba. Ellos vivían literalmente dentro del agua —seguramente muy sucia— y sin embargo no se bañaban. Con cada viaje, el desagrado que sentía por la pareja iba en aumento. También estaba sorprendido ante el oportuno silencio de Alec, que había trabajado duramente sin mostrar la menor señal de rebelión.

Tras haber llenado prácticamente cada centímetro cuadrado de la nave, el grupo completo se reunió en el piso doce en su último recorrido por la primera mitad del edificio. El Jefe les dijo que podían quedarse con todo lo que hubiera de ahí para arriba.

De pie cerca de los ventanales, el hombre iba apuntando a cada uno de ellos con la pistola. El fulgor anaranjado del sol del atardecer teñía el vidrio que se hallaba a sus espaldas. Su subordinada estaba junto a él con expresión más vacía que nunca. A través de la tapa rota de una máquina, Trina tomaba las últimas bolsas de papas fritas y de golosinas. El Sapo, Misty, Lana, Alec y Darnell la esperaban, aunque ya no había mucho por hacer. El lugar había quedado vacío y cada uno de ellos estaba probablemente como Mark, contando los segundos que restaban para que esa gente se marchara. Y rogando que nadie más muriera.

Con las manos arriba en un gesto conciliatorio, Alec caminó hacia el Jefe.

—Cuidado —le advirtió el hombre armado—. Ahora que han hecho el trabajo, no me molestaría realizar un poco de práctica de tiro. Incluso a corta distancia.

—Sí, ya está hecho —dijo el viejo con un gruñido—. No somos idiotas. Primero queríamos tener el barco cargado. Ya sabes, antes…

—¿Antes de qué? —preguntó el Jefe. Al percibir el malestar en el aire, tensó los músculos de los brazos y el dedo presionó el gatillo de la pistola.

—De esto.

Sin esperar un segundo, Alec entró en acción. Se estiró y, de un manotazo, hizo que el tipo soltara el arma. La pistola se alejó dando vueltas, disparó un tiro al azar y luego rodó por el suelo. La mujer se dio vuelta y comenzó a correr por el pasillo junto a las ventanas con una celeridad hasta el momento desconocida. Sin importarle que estuviera armada, Lana salió tras ella. Mark todavía no había tenido tiempo de procesar lo que estaba ocurriendo cuando Alec se abalanzó sobre el Jefe, lo derribó y ambos chocaron contra el vidrio del ventanal.

Todo sucedió con gran rapidez. Un sonido como de trozos de hielo astillándose inundó la habitación a medida que las rajaduras comenzaban a ramificarse desde el lugar del impacto. De inmediato, el panel entero estalló en mil pedazos justo cuando Alec intentaba recuperar el equilibrio y apartarse del cuerpo de su adversario. Como en cámara lenta, los dos hombres comenzaron a inclinarse lentamente hacia el agua. Sin perder un segundo, Mark se deslizó por el suelo y afirmó los pies contra el marco de la ventana, al tiempo que intentaba alcanzar el brazo de Alec. Logró agarrarlo y apretó los dedos con firmeza, pero sus pies cedieron y, de golpe, se encontró en el aire. Todo su cuerpo estaba por desbarrancarse hacia la calle junto con Alec y el Jefe.

Alguien lo sujetó desde atrás y pasó los brazos alrededor de su pecho. Con la última gota de fuerza que le quedaba, se aferró a Alec y bajó los ojos hacia la calle anegada: en medio de una caída frenética, el Jefe gritaba y agitaba el cuerpo. Mark sintió que los brazos se le desprenderían, pero Alec se recuperó raudamente: giró el cuerpo, colocó la mano libre en el antepecho de la ventana y comenzó a impulsarse hacia adentro. Al mismo tiempo, el que lo había sujetado también arrastró a Mark hacia el interior del edificio. Era el Sapo.

Cuando todos estuvieron juntos y a salvo, Lana regresó corriendo por el pasillo.

—Escapó —exclamó—. Estoy segura de que se escondió en algún armario.

—Larguémonos de aquí —repuso Alec, que ya estaba en movimiento. Mark y los demás lo siguieron—. El plan funcionó a las mil maravillas. Tenemos el barco cargado y ahora es nuestro. Nos marcharemos de la ciudad.

Se dirigieron a las escaleras y descendieron los escalones de dos en dos. A pesar de estar exhausto y sudoroso, Mark se sintió exaltado ante lo que les esperaba. Iban a abandonar el sitio que se había convertido en su hogar tras las llamaradas solares y aventurarse hacia lo desconocido. No sabía qué era más fuerte: el entusiasmo o el miedo.

Se encaminaron hacia el quinto piso, corrieron por el pasillo, atravesaron la ventana rota y abordaron el velero.

—Ve a soltar las amarras —le gritó el soldado.

Alec y Lana se dirigieron a la cabina. Darnell, el Sapo, Misty y Trina se sentaron en la cubierta con aspecto de estar un poco perdidos y muy inseguros. Mark comenzó a desatar las amarras que la mujer había utilizado antes para asegurar el barco. Finalmente, soltó los nudos y levantó la cuerda en el momento en que los motores se encendieron y el navío empezó a alejarse del Edificio Lincoln. Se sentó en la popa del barco y se dio vuelta para observar el imponente rascacielos. Los últimos rayos del sol proyectaban sobre la fachada un resplandor color ámbar.

De repente, el Jefe emergió del agua como un delfín enloquecido golpeando con los brazos la popa del barco mientras intentaba trepar frenéticamente. Lanzaba patadas y, con las manos, buscaba algo a lo que aferrarse. Se sujetó de un gancho y los músculos se le hincharon a medida que se impulsaba hacia arriba y el agua chorreaba de su cuerpo. Un enorme moretón violeta le cubría la mitad del rostro; la otra mitad se veía roja y enfurecida, para hacer juego con los ojos.

—Los voy a matar —gruñó—. ¡A todos!

El barco comenzó a aumentar velocidad cuando algo explotó dentro de Mark: no iba a permitir que ese patético ser humano les arruinara la posibilidad de escapar. Aferrándose a un asiento, llevó el pie hacia atrás y luego lo descargó violentamente en el hombro de su enemigo. El hombre apenas se movió. Mark repitió la patada varias veces más: las manos del Jefe comenzaron a deslizarse del borde.

—¡Suéltate de una vez! —aulló Mark estampándole nuevamente el pie en el hombro.

—Voy a matar… —balbuceó el matón, pero ya no tenía más energía.

Con un aluvión de adrenalina, Mark dio un grito y después colocó toda su potencia en una última arremetida. De un salto lanzó los dos pies hacia adelante y los depositó en la nariz y el cuello de su adversario. Con un grito ahogado, el hombre se soltó y cayó en la estela del barco, que se alejaba a toda máquina. Su cuerpo desapareció entre las burbujas blancas.

Jadeando con desesperación, Mark se trepó al asiento y se asomó por el borde. No vio más que la estela del barco y el agua negra. Al instante detectó movimiento en la ventana del Edificio Lincoln de donde había caído el Jefe. Mientras se alejaban, su compañera permanecía de pie empuñando la pistola. Mark se agachó esperando la lluvia de balas. Sin embargo, la mujer dirigió el arma hacia sí misma y apoyó el extremo contra la base del mentón.

Mark quiso gritar, decirle que no lo hiciera. Pero ya era demasiado tarde.

La mujer apretó el gatillo y el barco continuó la marcha.

48

Mark se despertó envuelto en un sudor frío, como si el agua del sueño lo hubiera bañado mientras dormía. La cabeza le dolía otra vez terriblemente; parecía que algo se agitaba en su interior con cada movimiento. Por suerte, Alec no le habló demasiado mientras comían y recuperaban fuerzas para enfrentar el día que comenzaba y salir en busca de sus amigas.

Se hallaban sentados en la cabina; la luz de la mañana entraba por las ventanillas. Una brisa tibia silbaba al soplar a través del hueco en el vidrio.

—Estabas demasiado dormido para notarlo —dijo Alec después de un rato de silencio—, pero mientras descansabas dimos una vueltecita de reconocimiento en la nave. Y confirmé lo que había sospechado: a unos pocos kilómetros de aquí, los de la fogata tienen a Lana, Trina y Deedee. Las arreaban como ganado.

A Mark se le hizo un nudo en el estómago.

—¿Qué… quieres decir?

—Estaban trasladando a un pequeño grupo de una casa a otra. Divisé el pelo negro de Lana y a Trina con la niña en brazos. Me acerqué para estar seguro —respiró hondo antes de terminar—. Al menos sabemos que están con vida y dónde se encuentran. Y también sabemos qué tenemos que hacer.

Mark debería haberse sentido reconfortado por la noticia pero, al comprender que para rescatarlas debían pelear otra vez, lo invadió la angustia. Dos contra… ¿cuántos?

—Muchacho, ¿te quedaste sin habla?

El chico miraba fijamente la parte trasera del asiento del piloto, como si estuviera hipnotizado.

—No. Solo tengo miedo —masculló. Hacía tiempo que había dejado de hacerse el valiente con el viejo veterano del ejército.

—Es bueno tener miedo. Un buen soldado siempre tiene miedo. Te hace una persona normal. Es la manera en que respondes a ese miedo lo que te convierte en un soldado bueno o malo.

—Has dado ese discurso varias veces —repuso Mark con una sonrisa—. Creo que ya lo entendí.

—Entonces bebe un poco de agua y entremos en acción.

—Estoy de acuerdo —afirmó y después de beber un largo sorbo de su cantimplora se puso de pie. El sueño que lo atormentaba había comenzado finalmente a desvanecerse—. ¿Cuál es el plan?

Alec se estaba limpiando la boca e hizo un ademán hacia la parte central del Berg.

—Vamos a buscar a nuestra gente. Pero primero haremos una visita al depósito de armas de la nave.

Mark no sabía nada sobre Bergs, pero Alec sabía más que la mayoría. En el área central había un recinto cerrado de almacenamiento que requería contraseña y escaneo de retina para entrar. Dado que no poseían ni la clave ni los ojos para conseguir el acceso, decidieron encarar la tarea al viejo estilo: con un hacha.

Afortunadamente, el Berg era viejo y su época de apogeo ya había concluido, de modo que solo les llevó tres turnos a cada uno y media hora de transpiración para hacer saltar las bisagras y los cerrojos de la puerta de metal. Pequeñas esquirlas de acero repiquetearon por el pasillo y la gran puerta se volcó y cayó sobre la pared opuesta. El eco resonó por la nave durante un minuto interminable.

Alec había sido el encargado de dar el último golpe de hacha.

—Esperemos que todavía quede algo dentro de esta mole —anunció.

El depósito era oscuro y polvoriento. Aunque la nave tenía electricidad, la mayoría de las luces estaban rotas. Solo quedaba en un rincón una bombilla roja de emergencia, proyectando una luz que hacía que todo pareciera estar bañado en sangre. Alec comenzó a examinar el recinto, pero Mark notó que casi todos los estantes estaban vacíos. No había más que basura y recipientes descartables que, debido al movimiento de la nave, se hallaban desparramados por el piso. Después de cada uno de los decepcionantes descubrimientos, el soldado lanzaba palabrotas por lo bajo y Mark sentía lo mismo. ¿Qué oportunidad tendrían de recuperar a sus amigas si solo contaban con sus puños?

—Allí hay algo —masculló Alec con voz cansada. Al instante se dedicó a abrir lo que había encontrado.

Mark se acercó y miró por encima del hombro. El objeto estaba en la penumbra pero aparentaba ser una caja grande con varios precintos de metal.

—Es inútil —dijo finalmente el soldado cuando sus manos resbalaron de las trabas por tercera vez—. Tráeme el hacha.

Buscó rápidamente la herramienta que Alec había arrojado en el pasillo después de romper las bisagras de la puerta. La levantó y comprobó su peso: estaba dispuesto a intentar abrir la caja.

—¿Vas a hacerlo *tú*? —preguntó Alec enderezándose—. ¿Estás seguro?

—¿Perdón? ¿Qué quieres decir?

El soldado señaló la caja.

—Muchacho, ¿tienes idea de lo que puede haber dentro de eso? Explosivos, máquinas de alto voltaje, veneno. ¿Quién sabe?

—¿Y? —lo confrontó Mark.

—Bueno, yo no empezaría a aporrearla así nomás o acabaremos muertos antes del mediodía. Tenemos que ser cuidadosos y dar golpes precisos y delicados en los precintos de metal.

Mark se echó a reír.

—Considerando que no tienes ni una pizca de delicadeza en todo tu cuerpo, creo que probaré yo.

—Me parece justo —repuso, dando un paso atrás con una reverencia—. Pero ten cuidado.

Sujetó con fuerza el mango del hacha, se inclinó hacia la caja y comenzó a dar golpes cortos y fuertes sobre los obstinados cerrojos. Las gotas de sudor caían por su rostro, y un par de veces casi se le resbaló la herramienta de las manos, pero por fin logró romper la primera traba y pasar a la siguiente. Diez minutos después, le dolían espantosamente los hombros y los dedos habían perdido casi toda la sensibilidad por la fuerza con que sostenía el hacha. Pero había logrado abrir todas las trabas.

Cuando se levantó y estiró la espalda, no pudo evitar una mueca de dolor.

—Viejo, no era tan fácil como parecía.

Los dos se echaron a reír y Mark se preguntó de dónde había salido esa repentina tranquilidad. La tarea que tenían por delante era peligrosa y aterradora pero, por alguna razón, su mente se negaba a pensar en eso.

—De vez en cuando es bueno transpirar un poco, ¿no crees? —comentó Alec—. Ahora veamos qué hay aquí para nosotros. Sujeta ese extremo.

Deslizó los dedos bajo el borde de la tapa y esperó la señal. Alec contó hasta tres y luego ambos jalaron hacia arriba. Aunque era muy pesada, lograron levantarla y darla vuelta contra la pared, donde chocó con gran estrépito. Todo lo que alcanzó a divisar en el interior eran formas alargadas y brillantes que reflejaban la luz roja. Daban la sensación de estar mojadas.

—¿Qué son? —preguntó. Le echó una mirada a Alec y descubrió que tenía los ojos desmesuradamente abiertos en una expresión casi demencial—. A juzgar por tu cara, adivino que sabes exactamente de qué se trata.

—Claro que sí —dijo Alec en un breve susurro—. Lo sé muy bien.

—¿Y? —repitió Mark, que estaba por explotar de curiosidad.

En vez de responder, el viejo se inclinó, tomó uno de los objetos de la caja y lo examinó. Tenía el tamaño y la forma de un rifle, y parecía estar hecho casi todo de metal plateado y plástico con tubitos enroscados a lo largo del eje principal. Uno de los extremos era similar a la culata de una pistola y tenía un gatillo, y el otro parecía una burbuja alargada de la que salía un tubo. Llevaba una correa para colgarlo del hombro.

—¿*Qué es eso?* —inquirió Mark, percibiendo el asombro en su voz.

Alec movía la cabeza de un lado al otro con incredulidad mientras continuaba estudiando el objeto que tenía en sus manos.

—¿Tienes una vaga idea de cuánto cuesta esto? Eran demasiado caros como para entrar en el mercado de armas. No puedo creer que tenga uno en mis manos.

—¿Qué es? —volvió a preguntar con gran impaciencia.

Por fin, Alec levantó la mirada hacia él.

—Es un Desintegrador.

—¿Un *Desintegrador?* —repitió—. ¿Y qué hace?

Alec alzó la extraña arma como si fuera una reliquia sagrada.

—Hace que las personas se disuelvan en el aire.

49

—¿Las disuelve? —preguntó Mark con escepticismo—. ¿Qué quieres decir?

—En realidad, quizá no sea muy importante, ya que no sabemos si estas máquinas funcionan —comentó Alec. Luego inspeccionó la caja durante unos segundos y retiró un voluminoso bulto negro con trabas metálicas. Se llevó sus preciados objetos, pasó delante de Mark y salió al pasillo—. ¡Vamos! —le gritó cuando estuvo fuera de su vista.

Les lanzó un último vistazo a las armas, que emitían un destello mágico y amenazador desde el interior de la caja, y luego se fue detrás de su amigo. Lo encontró en la cabina, sentado en la butaca del capitán, admirando el Desintegrador en sus manos. Parecía un niño con un juguete nuevo. El objeto negro que había traído se hallaba en el piso y tenía el aspecto de ser una base para apoyar el arma o un dispositivo para cargarla.

—Muy bien —dijo Mark colocándose detrás de Alec—. Explícame qué hace esa cosa.

—Un segundo —repuso Alec. Ubicó su juguete en el largo hueco del objeto negro y luego oprimió un botón en un pequeño panel de control en el costado. Sonó algo agudo, después un zumbido y una luz gris brotó del cuerpo del arma.

—Lo vamos a cargar y luego podrás ver por ti mismo lo que hace —anunció con orgullo. Alzó los ojos hacia Mark—: ¿alguna vez has oído hablar de una Trans-Plana?

Mark puso los ojos en blanco.

—Por supuesto, vivo en este planeta.

—Muy bien, sabelotodo. Tranquilo. Sabes lo costosas que son, ¿no? ¿Y cómo funcionan?

Se encogió de hombros y se sentó en el suelo, en el mismo sitio donde se había quedado dormido hacía como un millón de años.

—No es que la haya usado alguna vez. Ni siquiera he visto una, pero sé que es un transportador molecular.

Alec lanzó una risa forzada y atronadora.

—Es *obvio* que nunca has visto una. Tendrías que tener miles de millones de dólares. O trabajar para el gobierno. Uno solo de esos aparatos cuesta más de lo que podrías contar en un año. Pero tienes razón, así es como funciona: descompone las estructuras moleculares y luego las ensambla en el lugar de llegada. Bueno, esta máquina es igual, salvo que solo hace la mitad del trabajo.

Mark echó una mirada al arma y sintió escalofríos.

—¿Quieres decir que desarma a las personas? ¿Las divide en trozos minúsculos?

—Sí. Esa es la idea. Las arroja al aire como a las cenizas de los muertos. Tal vez anden revoloteando por toda la eternidad pidiendo a gritos que alguien vuelva a unirlos. O tal vez todo se termina en ese instante. Es imposible saberlo. Quizá no sea una forma tan mala de morir.

Mark esbozó una mueca de escepticismo: la tecnología moderna. La humanidad había logrado algunos descubrimientos geniales, pero no habían servido de mucho cuando el sol decidió borrar del mapa a gran parte de la civilización.

—Supongo que eso es todo —arriesgó Mark—. No parecía haber nada más en esa habitación.

—No. Entonces… esperemos que estas criaturitas funcionen.

Pensó que debía tener mucho cuidado de no dispararse en su propio pie.

—¿Cuánto tiempo les tomará cargarse?

—No mucho. El suficiente como para que juntemos algunos suministros para la misión de rescate. —*Habla como un soldado*, pensó Mark—. Después lo probaremos afuera mientras cargamos otro para ti. Tal vez llevemos uno más de repuesto.

Se quedó observando el dispositivo de carga hasta que Alec lo obligó a ponerse de pie y a ayudarlo con los preparativos del viaje.

★★★

Media hora después tenían las mochilas llenas de alimentos, agua y ropa limpia, que habían encontrado escondida entre las literas. En el momento en que abrieron la rampa de la escotilla, el primer Desintegrador ya tenía la carga completa y Alec lo empuñaba con firmeza, con la correa en el hombro. Ya habían hecho un recorrido rápido por el vecindario y no habían visto a nadie cerca, así que decidieron que era seguro probar el arma nueva y sofisticada.

Cuando la puerta se abrió con los chirridos de las bisagras, Mark le hizo un guiño a su orgulloso compañero.

—¿No crees que estás sosteniendo ese aparato con demasiada fuerza? —se burló. El arma refulgía y, ahora que estaba cargada, lanzaba un tenue brillo anaranjado.

Alec le echó una mirada de superioridad.

—Podrán parecer frágiles, pero están muy lejos de serlo. Si los arrojáramos desde la punta del Edificio Lincoln, no se romperían.

—Eso es porque caerían en el agua.

Alec giró el Desintegrador y dirigió el extremo que disparaba —el extraño tubo que brotaba de la larga burbuja— directamente hacia el joven.

Sin poder evitarlo, Mark retrocedió.

—No es gracioso —señaló.

—Especialmente si aprieto el gatillo.

La rampa chocó contra el pavimento agrietado del callejón. Un silencio cruel y repentino se extendió sobre el mundo, solo quebrado por el canto lejano de un pájaro. El aire caliente y húmedo los envolvió y les resultó difícil respirar. Al tratar de inhalar con fuerza, Mark empezó a toser.

—Vamos —dijo Alec descendiendo por la rampa con grandes zancadas—. Busquemos una ardilla —anunció mientras agitaba el arma de un lado a otro por si aparecían intrusos—. O mejor aún, uno de esos chiflados que pudiera haberse desviado hacia aquí. Qué lástima que estas armas tengan que cargarse, de lo contrario podríamos deshacernos de este problema del virus en un santiamén. Borraríamos estos viejos barrios por completo.

Mark se le unió en la base del Berg y miró con desconfianza a su alrededor: alguien podría estar observándolos desde las casas en ruinas que los rodeaban o desde los bosques incendiados del fondo.

—Me enternece la forma en que valoras la vida humana —masculló.

—A largo plazo —repuso Alec—. A veces tienes que pensar a largo plazo. Pero no son más que palabras, hijo. Solo palabras.

Para Mark, encontrarse en las afueras de la ciudad resultó muy perturbador. Se había acostumbrado a vivir en las montañas, en los bosques, en una cabaña. Ese barrio abandonado lo hacía sentir raro e incómodo. Debía calmar sus nervios antes de comenzar la misión.

—Hagamos la prueba de una vez.

Alec se encaminó hacia un buzón medio destruido. Parecía como si alguien lo hubiera chocado con un automóvil o una camioneta durante un desesperado intento de escapar.

—Muy bien —dijo—. Quería probarlo en algo vivo. Funciona mucho mejor con material orgánico. Pero tienes razón… tenemos que apurarnos. Trataré de destruir ese montón de…

En la casa más cercana, una puerta se abrió de golpe y un hombre salió corriendo directamente hacia ellos, aullando con todas sus fuerzas. Sus palabras eran indescifrables; sus ojos estaban llenos de locura, tenía el pelo sucio y pegajoso, y su rostro estaba cubierto de llagas, como si se hubiera arañado su propia piel. Estaba completamente desnudo.

Impresionado por la apariencia del recién llegado y presa del pánico, Mark retrocedió unos pasos pensando qué hacer o qué decir.

Pero Alec ya había levantado el Desintegrador y lo apuntaba hacia el hombre que se aproximaba velozmente.

—¡Detente! —le gritó el veterano—. O te... —se interrumpió porque era obvio que el desconocido no lo escuchaba. Aullando frases sin sentido, se dirigía hacia él a tropezones, pero sin disminuir la velocidad.

Se oyó un sonido agudo, que pareció venir de todas partes al mismo tiempo, seguido de una ráfaga semejante al ronroneo del motor de un jet. Mark notó que el resplandor anaranjado que emanaba del arma brillaba más que antes, visible aun bajo el sol. Luego Alec retrocedió bruscamente cuando un rayo de luz blanca brotó del Desintegrador y se estampó en el pecho del hombre que aullaba.

Sus gritos se suspendieron instantáneamente, como si hubiera quedado encerrado en una tumba. De la cabeza a los pies, su cuerpo se volvió gris como la ceniza, todos los detalles y las dimensiones se esfumaron y quedó convertido en una silueta que parecía hecha de una delgada tela gris ondulante y emitía destellos. Luego explotó en una nube y se evaporó en el aire. Así nomás: sin dejar un solo rastro.

Mark volteó para mirar a Alec, que había bajado el arma y respiraba con fuerza, con los ojos muy abiertos, mirando hacia el lugar que el hombre había ocupado unos segundos antes.

Finalmente, el viejo soldado desvió la mirada hacia el rostro aturdido de Mark.

—Parece que funciona.

50

Se habían quedado sin palabras. Pero el espectáculo del Desintegrador disolviendo a ese hombre como una nube de humo atrapada por el viento no había sido lo más impactante. Un individuo completamente fuera de sí había surgido de una casa y había enfilado directamente hacia ellos. ¿Qué habría intentado hacer? ¿Era un ataque o una desesperada petición de ayuda? ¿Había más gente en ese mismo estado? ¿Igual de... loca?

Al atestiguar lo que la enfermedad producía en las personas, la angustia se apoderó de Mark. Mejor dicho, lo que *les estaba produciendo*. Era evidente que estaba empeorando. Ese tipo se hallaba totalmente chiflado. Y él ya había experimentado que algo parecido —una huella muy tenue— comenzaba a surgir en su interior. Había una bestia alojada dentro de él y, cuando saliera, quedaría como el hombre que Alec había liquidado con el Desintegrador.

—¿Te encuentras bien?

Movió la cabeza para recuperar la calma.

—No, no estoy bien. ¿Viste a ese tipo?

—¡Claro que sí! ¿Por qué crees que lo hice desaparecer? —Alec sostenía el arma con la correa y miraba alrededor buscando indicios de que hubiera más gente. Por el momento, el barrio se encontraba desierto.

A pesar de que debería haber sucedido mucho antes, en ese momento y como si hubiera recibido un martillazo en el corazón, Mark comprendió que Trina se hallaba en graves problemas: era prisionera de unos lunáticos que podían estar tan desquiciados como el que acababan de ver. ¿Y Alec y él se habían tomado tiempo para dormir, comer y empacar? De pronto, se detestó a sí mismo.

—Tenemos que rescatarla —exclamó con desesperación y ansiedad.

—¿Qué te ocurre? —preguntó Alec caminando hacia él.

Mark arqueó las cejas y le echó una mirada grave.

—Tenemos que marcharnos. Ya.

La hora que siguió fue una mezcla de carreras y esperas enloquecedoras.

Cerraron la escotilla mientras Alec empuñaba el Desintegrador por si alguien intentaba abordar durante los eternos minutos que le tomaba a la puerta llegar hasta arriba. Luego se aseguraron de que las mochilas estuvieran listas y Alec le dio a Mark una rápida lección de cómo sostener y disparar el Desintegrador, que le resultó bastante sencilla. Finalmente, el soldado encendió el Berg y los propulsores los llevaron hacia el cielo.

Volaron a baja altura; Mark se encargaba de examinar lo que ocurría en tierra. Al acercarse al barrio en ruinas donde Alec había visto al resto del grupo, distinguió diversos signos vitales. Grupitos de personas corrían entre las casas; había fogatas encendidas en los jardines y humo saliendo de las chimeneas destartaladas; desparramados por las calles, se veían cuerpos de animales muertos a los que les habían quitado la carne. Aquí y allá divisó varias personas que yacían sin vida. A veces, los cadáveres estaban agrupados en montones.

—Estamos en las afueras de Asheville —señaló Alec. Se encontraban en un gran valle rodeado por las laderas de las montañas, cuyos bosques habían ardido en el incendio reciente. Las faldas de esas montañas estaban salpicadas de lo que alguna vez habían sido residencias lujosas. Varias construcciones se hallaban completamente quemadas, y no quedaban más que franjas de escombros, negras y chamuscadas.

Divisó decenas de personas pululando en bandadas por las calles. Un puñado de ellas ya había visto el Berg: algunas señalaban hacia la nave, otras corrían a guarecerse. Pero la mayoría no parecía haberlos notado en absoluto, como si todos hubieran quedado ciegos y sordos.

—Hay un grupo grande en aquella calle —comentó Mark.

—Ahí es donde vi a Trina, Lana y la niña, cuando las trasladaban a una de esas casas —recordó el piloto.

Alec ladeó la nave para acercarse y ver mejor. Luego se elevó, dejó el Berg sobrevolando a treinta metros de altura y se dirigió hacia la ventanilla donde estaba Mark. Cuando bajaron la vista, se sintieron inmersos en una pesadilla.

Era como si un hospital psiquiátrico hubiera liberado a todos sus pacientes. No había orden alguno en la locura que se extendía debajo de ellos. De un lado distinguieron a una niña echada de espaldas gritándole al aire. Del otro, vieron a tres mujeres pegándoles a dos hombres que estaban atados espalda contra espalda. Más lejos, la gente danzaba y bebía un líquido negro de una olla que hervía sobre un fuego improvisado. Algunos corrían en círculos y otros caminaban tropezándose, como si estuvieran borrachos.

A continuación contemplaron lo peor de todo y ya no tuvieron más dudas de que las personas que se hallaban allí reunidas estaban más allá de la salvación.

Con las manos y las caras cubiertas de sangre, un pequeño grupo de hombres y mujeres peleaban por algo que tenía el aspecto de haber sido alguna vez un ser humano.

Aterrado, Mark sintió que se le revolvía el estómago al pensar que quizá tenía ante sí los restos de la única chica a la que había amado y comenzó a temblar de la cabeza a los pies.

—Baja —rugió—. ¡Ahora mismo! ¡Déjame salir!

Con el rostro más pálido que nunca, Alec se alejó de la ventana.

—Yo… no podemos hacer eso.

Una violenta ráfaga de furia atravesó a Mark.

—¡No podemos darnos por vencidos ahora!

—¿De qué estás hablando, muchacho? Tenemos que aterrizar en un sitio seguro o se abalanzarán sobre nosotros. Vamos a buscar algún refugio cerca de aquí.

—Está bien... Lo siento. Pero... date prisa —respondió Mark, que no podía creer cómo se le había acelerado la respiración.

—¿Después de lo que acabamos de ver? —preguntó Alec mientras se ubicaba frente a los controles—. No tengas dudas.

Mark trastabilló y se apoyó contra la pared. La ira que había en su interior fue reemplazada por una tristeza abrumadora. ¿Cómo podría ella estar viva en medio de ese infierno? ¿Qué era ese virus de la Llamarada? ¿Cómo se le había ocurrido a alguien desparramar semejante monstruosidad? Cada interrogante no hacía más que aumentar su angustia. Y no había ninguna respuesta.

El Berg aceleró y volvió a inclinarse para retomar la dirección en la que habían venido. Se preguntó si las personas de allá abajo habrían llegado a notar que una nave gigantesca flotaba sobre sus cabezas. Volaron durante unos minutos y, cuando a Alec le pareció adecuado, aterrizó el Berg en una calle sin salida rodeada de terrenos baldíos, parte de alguna ampliación que no había llegado a realizarse. Y ya nunca lo haría.

—Esa calle estaba atestada de gente —dijo Mark mientras caminaban hacia la escotilla. Cada uno sostenía un Desintegrador con la carga completa y llevaba una mochila a la espalda—. Y también había muchas personas en el interior de las casas. Es probable que se hayan extendido por toda esa zona.

—Quizá mudaron a Lana, Trina y Deedee otra vez —repuso Alec—. Sería bueno revisar cada una de las casas de esa sección. Pero recuerda: esta mañana, ellas estaban con vida. Yo las vi, estoy totalmente seguro. No pierdas las esperanzas, hijo.

—Solo me dices *hijo* cuando estás asustado —señaló Mark.

—Exactamente —dijo el viejo oso con una sonrisa bondadosa.

Cuando llegaron a la sala de carga, Alec se dirigió al panel de control y pulsó los botones de la rampa. La escotilla comenzó a abrirse anunciando su presencia con el chirrido de las bisagras.

—¿Crees que la nave estará segura? —preguntó Mark; la ventana rota seguía atormentándolo.

—Tengo aquí el control remoto. Vamos a trabarla. Es todo lo que podemos hacer.

En cuanto la puerta se apoyó en el piso, los ruidos cesaron. Al descender por la placa de metal, el aire caliente y sofocante acudió a recibirlos. Apenas apoyaron un pie en la tierra, Alec oprimió un botón del control remoto y la rampa comenzó a cerrarse. Pronto quedó completamente bloqueada y la quietud se instaló alrededor de ellos.

Cuando Mark y Alec se miraron, el joven pensó que era difícil decidir quién tenía más fuego en la mirada.

—Vamos a buscar a nuestras amigas —dijo.

Empuñando las armas, los dos se alejaron del Berg y marcharon hacia el caos y la locura que los esperaban calle abajo.

51

El aire estaba seco y polvoriento.

A cada paso que daban, parecía tornarse más denso, como si los asfixiara. Mark ya tenía el cuerpo cubierto de sudor; la brisa que soplaba parecía provenir de un horno y no le refrescaba la piel. Siguió adelante esperando que sus manos no se volvieran demasiado resbaladizas y le impidieran manejar correctamente el arma. Sobre sus cabezas, el sol parecía el ojo de alguna bestia infernal mirando hacia abajo mientras calcinaba el mundo que los rodeaba.

—Hacía tiempo que no andaba al aire libre durante el día —dijo Mark, y el esfuerzo de hablar lo dejó sediento. Sintió la lengua inflamada—. Mañana tendremos una buena quemadura —agregó. Sabía lo que estaba haciendo: tratando de convencerse a sí mismo de que la situación no era tan terrible, que no estaba perdiendo la razón, que la ira y los dolores de cabeza no iban a impedir que se concentrara en su objetivo y que todo estaría bien. Pero el empeño parecía inútil.

Llegaron al primer cruce de caminos y Alec señaló hacia la derecha.

—Bueno, faltan solo un par de vueltas en esa dirección. Debemos mantenernos pegados a las construcciones.

A la zaga de Alec, Mark cruzó el césped muerto —ahora solo rocas y maleza— y se ocultó a la sombra de una casa que, alguna vez, había sido una gran mansión. Ahora era nada más que piedra y madera oscura; la mayor parte se había mantenido en pie, aunque tenía un aspecto triste y desvaído, como si al perder a sus antiguos ocupantes se hubiera quedado sin alma.

Alec se apoyó de espaldas contra la pared y Mark lo imitó. Recorrieron con la mirada y con las armas el lugar por donde habían pasado para constatar que no los hubieran seguido. No había nadie a la vista. Misteriosamente, la brisa se había detenido y el mundo parecía tan quieto como el vecindario.

—Debemos mantenernos hidratados —aconsejó Alec, colocando el arma en el suelo. Se descolgó la mochila y sacó una de las dos cantimploras. Después de beber un largo trago, se la alcanzó a Mark, que disfrutó de cada gota que resbaló por su boca y su garganta ardientes.

—Ay, viejo —exclamó cuando terminó, devolviéndole la cantimplora—. Ese fue el mejor trago de toda mi vida.

—Lo cual es mucho decir —masculló el soldado mientras guardaba el recipiente y se acomodaba la mochila—. Teniendo en cuenta todas las veces que hemos tenido sed en el último año.

—Creo que ese tipo loco al que... disolviste en el aire me puso muy nervioso. Pero ya estoy listo para continuar —se sentía lleno de energía, como si la cantimplora hubiera contenido adrenalina en vez de agua.

Alec levantó el arma y se pasó la correa por el hombro.

—Sígueme. De aquí en adelante marcharemos siempre detrás de las casas, para estar alejados de la calle.

—Me parece bien.

Sin hacer ruido, Alec salió de la sombra y enfiló directamente hacia la parte trasera de los jardines del vecindario, con Mark pisándole los talones.

Repitieron la misma rutina durante las doce casas que siguieron a continuación: hacían una carrera rápida por los jardines resecos y marchitos hasta deslizarse bajo la sombra de los edificios; luego se escabullían por atrás hacia el otro lado de las construcciones y Alec se asomaba por la esquina buscando cualquier indicio de compañía; una vez que daba la señal de que estaba despejado, corrían hasta la casa siguiente y enseguida comenzaban todo otra vez.

Llegaron al final de otra calle, donde se podía doblar hacia la derecha o hacia la izquierda.

—Muy bien —susurró Alec—. Tenemos que continuar por esta calle y doblar en la segunda esquina a la izquierda. Así llegaremos a la avenida donde se hallaba toda esa gente de fiesta.

—¿De fiesta? —repitió Mark.

—Sí. Me recordó a un grupo de trastornados que conocí en los años veinte, cuando se había declarado la ley marcial. Eran tan chiflados y psicópatas como estos. Vámonos.

Mark había conocido a varios drogadictos en su vida, pero sabía que los que había mencionado Alec eran los peores. Al pasar las décadas, las drogas se habían vuelto cada vez más potentes y les resultaba imposible dejarlas. No había recuperación. Por algún motivo, las palabras de su amigo quedaron grabadas en su mente.

—Despierta —dijo Alec, que estaba a medio camino rumbo a la casa siguiente y había volteado a ver a Mark—. ¡Lindo momento para soñar despierto!

Se sacudió los pensamientos tristes y se fue detrás de Alec. Cuando lo alcanzó, ambos se agazaparon en el costado de una mansión de tres pisos. Aunque no durara mucho, la sombra siempre era un grato alivio. Se desplazaron furtivamente a lo largo de la pared hasta que llegaron a la parte trasera. Apenas Alec se asomó, doblaron la esquina y comenzaron a caminar hacia el otro lado. Mark solo había dado tres o cuatro pasos cuando oyó una especie de cacareo húmedo arriba de él. Como el sonido había sido realmente inusual, alzó la vista esperando ver algún animal exótico.

Sin embargo, lo que descubrió fue a una mujer sentada en el techo, tan sucia y andrajosa como cualquiera de los infectados que había visto recientemente. Tenía el cabello revuelto y el rostro manchado de lodo, como si fuera una pintura ritual. Repitió el mismo cacareo, que sonó como una mezcla de risa y tos forzada. Después esbozó una sonrisa, dejando ver una dentadura totalmente blanca, y enseguida lanzó un gruñido. Tras una nueva sesión de cacareos, rodó de espaldas y desapareció detrás del borde de la canaleta del tejado: era una de las pocas casas que todavía conservaban los techos.

Mark se estremeció. Esperaba poder quitarse de la mente la imagen de la mujer. Al darse vuelta, vio a Alec a unos metros de la casa con el arma apuntando hacia el tejado, pero sin intención de disparar.

—¿Hacia dónde fue? —preguntó distraídamente.

—Larguémonos de aquí. Tal vez esté sola.

—Lo veo difícil.

Se arrastraron con sigilo hasta que arribaron a la esquina más alejada de la parte trasera de la vivienda. Alec se inclinó hacia afuera para echar un rápido vistazo.

—No hay moros en la costa. Estamos cerca, así que levanta el ánimo y cambia esa cara de muerto.

Arrancó hacia la siguiente construcción y cuando Mark estaba a punto de imitarlo, un horrible chirrido lo detuvo en seco. Al levantar la vista alcanzó a distinguir a la mujer saltando del techo, volando por el aire con los brazos desplegados como alas y el rostro encendido por la locura. Comenzó a chillar mientras se dirigía hacia Mark, que no podía creer lo que veían sus ojos.

Giró para escapar, pero ya era demasiado tarde: el cuerpo se estrelló contra sus hombros y ambos cayeron al suelo.

52

La mujer se abalanzó sobre sus ojos; el impacto de la caída no parecía haberla afectado en lo más mínimo. Los alaridos brotaban de su boca como si fuera una especie de criatura torturada. Mark se había quedado sin aliento y las rodillas le dolían por el choque contra el suelo duro. En medio de los jadeos, giró el cuerpo y sujetó las manos de la desconocida, tratando de apartarlas de su rostro. Ella logró liberarse y comenzó a rasguñarle las orejas, la nariz y las mejillas mientras el muchacho continuaba luchando por quitársela de encima.

—¡Ayúdame! —le pidió a Alec.

—¡Empújala para que pueda dispararle! —le gritó en respuesta.

Retorció el cuerpo y le echó una mirada fugaz a Alec, que se movía de un lado a otro a la espera del momento oportuno.

—Solo trata de… —comenzó a vociferar, pero enseguida ella le puso los dedos en la boca y le apretó los labios. Hizo un gancho por dentro de la mejilla y jaló como si quisiera arrancarle un lado de la cara, pero el dedo se deslizó hacia afuera. Revoleó la mano en el aire y luego la descargó sobre el rostro de Mark con el puño cerrado.

El dolor y la furia estallaron en su interior como una ristra de petardos encendidos. Cuando recuperó el aliento, colocó las manos debajo del cuerpo, adelantó los hombros y empujó con todas sus fuerzas. La extraña salió volando y cayó de espaldas con un estrépito que la silenció momentáneamente. A los pocos segundos logró apoyarse sobre las manos y las rodillas, pero Mark había conseguido enderezarse primero. Se inclinó hacia adelante y lanzó una patada con el pie derecho que fue a dar a la sien de la demente. Con un chillido se desmoronó de costado, se enroscó en un ovillo y se rodeó la cara con los brazos. Luego empezó a mecerse de un lado a otro mientras gemía.

De inmediato, Mark se alejó de ella.

—¡Vamos, hazlo!

Pero Alec no le hizo caso. Despacio, se acercó hasta Mark con el extremo del arma apuntando a la atormentada mujer.

—Sería un desperdicio. Guardémosla para una presa mayor.

—Pero, ¿y si nos sigue? ¿Y si va a buscar a sus amigos y arruina nuestra oportunidad de sorprenderlos más adelante?

Alec la miró largamente y luego desvió los ojos hacia Mark.

—Si te hará sentir mejor, hazlo tú —se dio vuelta y se encaminó a la próxima casa, escudriñando la zona por si aparecían enemigos potenciales.

Mark se dirigió hacia el lugar donde había dejado caer el Desintegrador y la mochila durante la pelea. Sin quitarle los ojos de encima a su atacante, se colgó la mochila a la espalda, ajustó las correas y, cuando tuvo las manos libres, levantó el arma. Sin dejar de apuntarle, se acercó a ella hasta que estuvo a un metro de distancia. La mujer permanecía echada en posición fetal mientras se mecía de un lado a otro emitiendo gemidos y sollozos. Descubrió que no sentía ni pena ni compasión. Eso que tenía enfrente ya no era un ser humano; había perdido toda la cordura y él no era el responsable. Además, podía tener amigos en las inmediaciones o estar haciéndose la víctima para que la dejaran en paz.

No. Ya no había tiempo para la compasión.

Dio un paso atrás, apretó con firmeza la culata del arma contra el pecho, apuntó con más precisión y oprimió el gatillo. Un zumbido impregnó el espacio; luego el Desintegrador retrocedió y lanzó un haz de luz blanca que desgarró el cuerpo de la mujer. No tuvo tiempo de gritar; ya se había transformado en una ondulante ráfaga gris y explotaba en una bruma sutil, esfumándose en el aire.

Mark había retrocedido dos pasos, pero estaba contento de no haberse caído. Se quedó mirando el espacio donde había yacido la mujer. Finalmente, alzó la vista y se topó con Alec, que se había detenido y lo observaba con una expresión vacía. Sin embargo, en medio de la conmoción, alcanzó a distinguir en su rostro un orgullo inconfundible.

—Nuestras amigas —dijo Mark, seguro de que nunca antes había hablado con tanta amargura—. Solo debemos pensar en ellas.

Levantó el arma, la apoyó en el hueco entre el cuello y el hombro y la sostuvo allí con una mano mientras dejaba descansar la otra al costado del cuerpo. Después caminó hacia Alec despacio y en silencio.

El viejo soldado lo esperó sin decir una palabra y continuaron juntos el recorrido.

53

Después de atravesar dos casas más, Mark comenzó a oír el caos: aullidos, carcajadas y algo que sonaba como metal golpeando contra metal. Los gritos eran espeluznantes y no sabía si estaba preparado para ver qué los provocaba. Intentó no pensar que él también podía terminar tan enfermo como esa gente. Tal vez ya iba por el mismo camino.

Después de eludir y zigzaguear por varios terrenos más, llegaron finalmente a la calle que habían divisado desde el aire.

Alec levantó la mano para que Mark se detuviera detrás de la última vivienda de la cuadra. Pese a que daba a la calle, les brindaba cierta protección. Permanecieron a la sombra de un balcón ruinoso.

—Muy bien —dijo Alec quitándose la mochila—. Ya llegamos. Es hora de alimentarnos y beber un poco de agua. Después atacaremos con toda la fuerza del mundo.

Mark estaba sorprendido de no sentir mucho miedo, al menos por el momento. Quizá se debía a que estaban tomándose un breve descanso y la situación todavía no parecía real. De todos modos, el nerviosismo se había ido acumulando en su interior durante tanto tiempo que estaba ansioso por salir al ruedo y que las cosas ocurrieran de una vez por todas. Sentía un intenso dolor pulsante en la cabeza y tenía la sospecha de que empeoraría. No podía darse el lujo de perder tiempo.

Se sentaron y comieron un poco de los alimentos envasados que habían encontrado en el Berg. Mark disfrutó cada sorbo de agua de su cantimplora. Le pasó por la mente que quizás esa sería la última vez que bebiera ese líquido refrescante. Meneó la cabeza: cada vez le resultaba más difícil alejar esos pensamientos macabros de su mente. Tragó unos bocados más y se puso de pie.

—Ya no aguanto más —exclamó. Tomó la mochila y se la puso a la espalda—. Salgamos de una vez y busquemos a nuestras amigas.

Alec le echó una mirada severa.

—Lo que digo es que ya no soporto tanta espera… —le dolía la cabeza pero trató de no pensar en eso—. Vamos. Hagámoslo de una vez.

Alec se levantó y preparó sus cosas. Una vez que terminó, ambos empuñaron las armas listos para la batalla.

—Recuerda —advirtió el soldado—; estas pistolas son maravillosas, pero si nos las arrebatan estaremos perdidos. No permitas que nadie se te acerque lo suficiente como para quitártela de las manos. Y mantén la correa por encima del hombro. Esa es nuestra prioridad: no soltar estas máquinas.

Mark aferró su arma con fuerza como si alguien fuera a intentar robársela en aquel mismo instante.

—No te preocupes. No dejaré que nadie se me acerque.

Alec extendió la mano.

—Vamos a salir vivos de esto, pero por las dudas…

Mark le estrechó la mano con energía.

—Gracias por los millones de veces que me salvaste la vida.

—Ha sido un honor luchar a tu lado, muchacho. Tal vez hoy tú me salves la vida a mí.

—Haré todo lo posible.

Con las armas contra el pecho, doblaron la esquina de la casa. Alec le hizo una seña y luego salió corriendo a toda velocidad. Mark lo siguió hacia la calle.

El grupo principal de infectados se encontraba a más distancia, pero había suficientes personas cerca como para que tuvieran que ser precavidos. Una mujer se hallaba sentada en medio de la calle aplaudiendo rítmicamente. A pocos metros, dos hombres peleaban por lo que aparentaba ser una rata muerta. Otro tipo estaba en la esquina cantando con todas sus fuerzas.

Cruzaron la calle y se dirigieron hacia la primera casa. Al igual que todas las ruinas en ese elegante vecindario, era enorme y estaba destrozada por el incendio. Los restos estaban podridos. Se detuvieron al costado de la antigua mansión y se apoyaron en la pared para recuperar el aliento. Hasta entonces, nadie parecía haber notado su presencia. Claro que muchos ni siquiera habían levantado las cabezas cuando ellos sobrevolaron la zona en el Berg, a pesar de que los propulsores emitían un ruido ensordecedor.

–Muy bien –dijo Alec–. Cuando yo las vi, llevaban a Lana y a las dos chicas hasta una casa que estaba más allá –hizo un ademán hacia el lado derecho de la calle–. Pero pienso que deberíamos registrar todas para estar seguros. Si las trasladaron, no quisiera perderlas. Si logramos evitar a la banda principal de chiflados que está unos metros más adelante, sería mucho mejor.

–Entonces comencemos de una vez –repuso Mark–. Aquí mismo.

–De acuerdo.

Abandonando la protección de la pared, se encaminaron a la puerta del frente y chocaron con un hombre que se hallaba ante la entrada. Tenía la ropa hecha jirones, la cara sucia y un corte profundo le atravesaba la mejilla.

–Apártate del camino –rugió Alec–. Sal de la puerta o habrás muerto en cinco segundos.

El desconocido les echó una mirada inexpresiva. Luego levantó las cejas e hizo lo que le habían ordenado: se alejó con calma de la galería y caminó despacio por el jardín delantero, lleno de maleza y pedregullo. Sin mirar atrás, continuó la marcha hasta que llegó a la vereda; allí torció a la derecha y enfiló hacia la zona de mayor alboroto.

–Mantente alerta por si alguien se arroja encima de nosotros –advirtió Alec con cara de preocupación.

Mark afirmó los pies y apuntó el arma.

El sargento sostuvo el Desintegrador con una mano y extendió la otra para abrir la puerta. Luego dio un paso atrás para que Mark pudiera ver el interior, pero el lugar estaba vacío.

–Tú ve primero, que yo vigilaré que no venga nadie –dijo Alec, haciéndole una seña con la mano para que pasara.

–O mejor vigila que no me devoren antes que a ti.

—Créeme, muchacho. Es mejor que yo esté aquí atrás. Ahora muévete.

Mark sintió que una oleada de excitación se extendía por todo su cuerpo. El miedo ya no lo atormentaba: se moría de ganas de entrar en acción. Le hizo una breve seña a Alec, subió a la galería e ingresó en la casa mientras movía el arma de derecha a izquierda para registrar la habitación. El recinto estaba caliente, polvoriento y oscuro; la luz del sol se distinguía únicamente a través de los agujeros de las paredes. El primer piso parecía mucho más luminoso.

El suelo crujía bajo sus pies.

—Detente un segundo y escucha —dijo Alec desde atrás.

Mantuvo el cuerpo inmóvil y aguzó los oídos. Solo alcanzó a percibir los sonidos distantes de la danza caótica que se realizaba a lo lejos. La casa estaba en silencio.

—Vayamos de arriba hacia abajo —sugirió Alec.

Los peldaños estaban en muy mal estado y Mark abandonó la idea después de que su pie atravesó el tercer escalón.

Alec señaló una puerta que parecía conducir al sótano.

—Olvídate de lo que dije. No oigo nada allá arriba. Revisemos abajo y luego pasemos a la próxima vivienda.

Mark se alejó con cuidado de la escalera y se encaminó hacia la puerta del sótano. Con una mirada afirmativa, sujetó el picaporte y lo abrió. Alec introdujo el arma por la abertura por si alguien los atacaba, pero no sucedió nada. Una ráfaga de aire húmedo y nocivo se abalanzó sobre Mark y le produjo arcadas. Para no vomitar, tuvo que toser y tragar saliva varias veces.

Esta vez, Alec decidió ir primero. Buscó la linterna en la mochila, la encendió y alumbró los escalones. Mark se inclinó y vio las motas de polvo bailando en el brillante haz de luz. Alec estaba por apoyar el pie para comenzar a descender cuando se escuchó una voz desde abajo.

—S-s-si se acercan más, encenderé el f-f-fósforo.

Era la voz débil y trémula de un hombre. Alec le echó a Mark una mirada inquisitiva.

Por el rabillo del ojo, percibió movimiento al final de la escalera e indicó con el arma en esa dirección. Cuando Alec enfocó la luz hacia allí, el sujeto que había hablado brotó de la oscuridad temblando de pies a cabeza. Estaba empapado, tenía el pelo pegoteado y la ropa mojada. En el suelo ya habían comenzado a formarse charcos de agua. Su rostro estaba mortalmente pálido, como si no hubiera salido del sótano durante semanas. Al recibir el resplandor de la linterna, entornó los ojos.

Al principio, Mark se preguntó si el hombre solo estaría transpirando copiosamente. Después pensó que tal vez allí abajo habría algún caño roto. Pero enseguida le llegó un tufillo a combustible: podía ser gasolina o keroseno. Luego notó que llevaba algo en las manos, que mantenía apretadas contra la cintura. En una sostenía una caja rectangular. En la otra, un fósforo.

—Un paso más y lo enciendo —anunció.

54

Quería darse vuelta y salir corriendo, pero Alec permanecía inmóvil en el lugar, con el arma apuntando hacia abajo al hombre del fósforo.

–No vinimos a lastimarte –dijo pausadamente–. Solo estamos buscando a unas amigas. ¿Hay alguien más ahí abajo?

En apariencia, el extraño no había escuchado nada de lo que el soldado acababa de decir. Seguía allí temblando y chorreando combustible.

–Ellos le temen al fuego. Todos le tienen miedo, incluso los que han perdido la razón. No bajan a molestarme porque tengo fósforos y gasolina.

–¡Trina! –gritó Mark–. ¡Lana! ¿Están ahí?

Nadie respondió y el hombre del fósforo no se inmutó ante el arrebato.

–Queridos amigos, ustedes deciden. Pueden dar un paso hacia mí y encenderé las llamas que me llevarán de aquí para siempre. O pueden seguir su alegre camino y dejarme vivir un día más.

Alec movía la cabeza lentamente. Por fin, comenzó a alejarse de los peldaños arrastrando a Mark consigo hasta que estuvieron otra vez en el pasillo. Sin decir una palabra, estiró la mano y cerró la puerta despacio. Después, se volvió hacia Mark.

–¿En qué se ha convertido el mundo?

–En algo verdaderamente enfermo –respondió el muchacho, que sentía lo mismo que su viejo amigo. Ese hombre rociado de combustible sosteniendo un fósforo pareció resumir la situación–. Y dudo que tenga un final feliz para nosotros. Lo único que podemos hacer es encontrar a nuestras amigas y tratar de morir bajo nuestras propias reglas.

–Muy bien dicho, hijo. Muy bien dicho.

Sin hacer ruido, dejaron la primera casa y se encaminaron a la siguiente.

Los sonidos eran cada vez más fuertes. Agachados, cruzaron la calle a toda carrera para llegar a la vivienda de enfrente, tratando de seguir una ruta serpenteante. Algunos rezagados notaron su presencia y los señalaron, pero ellos se movieron muy rápidamente. Mark esperaba que la suerte siguiera acompañándolos y nadie les prestara mucha atención. Sin embargo, no cabía duda de que las armas brillantes echarían por tierra sus esperanzas.

Acababan de subir al porche de la segunda casa cuando dos niñitos cruzaron la puerta corriendo. El dedo de Mark tembló sobre el gatillo, pero se calmó al descubrir que estaban solos. Sucios y con una expresión distante y extraña en los ojos, se echaron a reír y se marcharon. Apenas desaparecieron, una mujer robusta salió dando zancadas mientras gritaba algo sobre los mocosos y amenazaba con darles una buena paliza.

Después de vociferar durante unos cuantos segundos más, pareció notar la presencia de los dos desconocidos y les echó una mirada de desaprobación.

—En esta casa no estamos locos —exclamó, con el rostro repentinamente rojo de ira—. Al menos, no todavía. No es necesario que se lleven a mis hijos. Ellos son lo único que mantiene alejados a los monstruos —su mirada vacía le provocó escalofríos.

Alec estaba visiblemente enojado.

—Mire, señora, no nos importan sus hijos y no vinimos acá para llevárnoslos. Solo queremos dar un rápido vistazo a su casa para asegurarnos de que nuestras amigas no estén ahí.

—¿Amigas? —repitió la mujer—. ¿Entonces ustedes son amigos de los monstruos? ¿Los que quieren comerse a mis hijos? —el vacío de su mirada fue reemplazado de golpe por un terror genuino, que oscureció sus ojos—. Por favor… por favor no me lastimen. Puedo entregarles uno de ellos. Solo uno. Por favor.

—No conocemos a ningún monstruo. Solo… mire, hágase a un lado y déjenos entrar. No tenemos tiempo que perder —dijo Alec con un suspiro.

Con los músculos tensos y listos para usar la fuerza de ser necesario, el soldado avanzó unos pasos, pero la mujer se alejó con tanta rapidez que casi tropieza con la maleza reseca del jardín. Mark la miró con tristeza: había supuesto que los monstruos serían las personas infectadas que se encontraban calle abajo, pero en ese instante descubrió que estaba equivocado. Esa señora estaba tan desquiciada como el último tipo que habían encontrado, y era muy probable que realmente pensara que había monstruos viviendo debajo de las camas.

Dejó a la mujer en el jardín delantero y, al entrar en la casa detrás de Alec, se quedó perplejo ante lo que vio. El interior se parecía mucho más a un callejón de alguno de los peores barrios de Nueva York que a una vivienda en las afueras. Las paredes estaban cubiertas de dibujos pintados con crayones negros y tiza. Imágenes oscuras y aterradoras de monstruos, criaturas con garras, dientes filosos y ojos despiadados. Parecían haber sido realizados con mucha prisa, pero algunos tenían detalles muy gráficos que le erizaron la piel.

Con mirada sombría y las armas alertas, caminaron hasta la escalera que conducía al sótano y descendieron por ella.

Abajo encontraron a por lo menos quince niños en medio de la suciedad. La mayoría de los chicos se apiñaban en grupos y encogidos de miedo, como si esperaran recibir algún castigo terrible de los recién llegados. Estaban mugrientos y mal vestidos y, aparentemente, muertos de hambre. Mark olvidó la razón por la que se hallaban allí.

—No… no podemos dejarlos aquí —dijo. Había bajado el arma, que ahora colgaba de la correa. Estaba atónito—. De ninguna manera.

Alec percibió que no sería fácil hacerle cambiar de idea. Se acercó a él y le habló con gravedad.

—Comprendo lo que dices, hijo. Pero escúchame. ¿Qué podemos hacer por estos niños? En este infierno, todos están enfermos y no tenemos los recursos para sacarlos de aquí. Al menos ellos son… No sé qué decir.

—Sobrevivientes —agregó Mark en voz baja—. Pensé que sobrevivir era lo único que importaba, pero me equivoqué. No podemos dejar a estos chicos acá.

Alec suspiró profundamente.

—Mírame —exclamó y como Mark no reaccionaba, chasqueó los dedos y le gritó—. ¡Mírame!

Entonces el chico desvió la vista hacia él.

—Vayamos a buscar a las mujeres. Después podemos regresar. Pero si los llevamos ahora, no tendremos ninguna posibilidad de lograrlo. ¿Me oíste? Ninguna.

Hizo un gesto de aprobación: sabía que el viejo estaba en lo cierto. Pero al ver a esos niños, algo se había desgarrado dentro de su corazón, provocándole un gran dolor. Pensó que ya nunca sanaría.

Se dio vuelta para calmarse y pensar. Todo lo que pudo hacer fue concentrarse en Trina: debía salvarla. A ella y a Deedee.

—Muy bien —pronunció finalmente—. Vámonos.

Recorrieron las viviendas una por una y las registraron de arriba a abajo.

Para Mark, todo se había vuelto una gran nebulosa. Cuanto más veía, más insensible se volvía ante este nuevo mundo tan desconcertante, con esa enfermedad desparramada deliberadamente. En cada casa, en cada manzana, contempló imágenes que superaban todo lo imaginable. Vio a una mujer arrojarse desde el techo de su casa y quedar destrozada en los escalones. Vio a tres hombres dibujar círculos en la tierra y luego entrar y salir de ellos saltando, como si se tratara de un juego de niños. Algo los fue irritando cada vez más hasta que finalmente estallaron en una pelea delirante. En una de las residencias había una habitación donde veinte o treinta personas se hallaban amontonadas en completo silencio. Vivas, pero inmóviles.

Una mujer se estaba comiendo un gato. En un rincón de la sala, un hombre masticaba la alfombra. Dos niños se lanzaban piedras mutuamente con todas sus fuerzas hasta que sus cuerpos quedaron cubiertos de sangre y de moretones… sin dejar de reír. Vio personas en los jardines mirando estáticas hacia el cielo. Otras, cabeza abajo, hablando solas a viva voz. Vio a un hombre golpearse una y otra vez contra el tronco de un árbol, como si pensara que tarde o temprano lograría derribarlo.

Continuaron la marcha revisando cada una de las casas mientras se iban acercando cada vez más hacia donde Alec había dicho que estaba la "fiesta". Lo más raro de todo era que, hasta el momento, nadie los había atacado. La mayoría de la gente parecía tenerles un miedo mortal.

Se aproximaban a la siguiente morada cuando un aullido surcó el aire, un poco más fuerte que todos los demás ruidos juntos. Salvaje y desgarrador, atravesó la calle como si fuera un ser vivo.

Alec se detuvo en seco y Mark lo imitó. Ambos miraron en la dirección de donde provenía el ruido.

Unas cinco casas más adelante, dos hombres arrastraban de los pies a una mujer de cabello negro a través de la puerta de entrada. Al descender hacia el jardín, su cabeza golpeó cada uno de los peldaños de piedra.

—Por todos los santos… —murmuró Alec—. Es Lana.

55

Sin esperar la reacción de Mark, echó a correr por el pavimento en dirección a Lana y los desconocidos que la arrastraban por el jardín cubierto de grava. Su respuesta había sido tan rápida que Mark había quedado muy rezagado. Al seguir a su amigo, la mochila le golpeaba la espalda y el arma amenazaba con deslizarse de sus manos sudorosas.

Alec les gritó a los hombres que se detuvieran. Aunque levantó el Desintegrador en el aire, los matones no captaron la amenaza o no les importó. Continuaron arrastrando a Lana por el jardín hasta que llegaron a la vereda, donde la dejaron caer violentamente. Como los gritos se habían apagado, Mark se preguntó si todavía estaría con vida.

El soldado se detuvo a unos cuatro metros del cuerpo inerte de su amiga. Apuntándoles con el arma, les ordenó a los captores que no se movieran. Cuando Mark lo alcanzó, tuvo que recuperar la respiración antes de levantar su arma hacia ellos.

Eran tres en total y formaban un círculo alrededor del cuerpo de Lana con las miradas clavadas en ella. No parecían conscientes de que había dos armas apuntando a sus cabezas.

—¡Aléjense de ella! —gritó Alec.

Cuando Mark consiguió ver de cerca a su amiga, sintió que el estómago le daba vueltas. Estaba herida y cubierta de sangre y moretones. Le habían arrancado parte del pelo y tenía sangre en el cuero cabelludo. Lo último que notó fue que una de sus orejas estaba desgarrada, como si alguien hubiera intentado arrancársela. El horror lo asaltó como un martillazo en el pecho, y esa furia tan familiar se arremolinó nuevamente en su interior. Esas personas eran monstruos, y si le habían hecho lo mismo a Trina…

Se lanzó contra ellos, pero Alec extendió la mano para que se detuviera.

—Espera un segundo —exclamó y luego se dirigió otra vez a los captores—. No voy a volver a repetirlo. Apártense de ella o comenzaré a disparar.

En vez de responder, los tres se arrodillaron en el suelo y formaron un círculo alrededor de la prisionera, con las rodillas tocando su cuerpo. Con desesperación en la mirada, ella fue paseando la vista de uno a otro.

—Hazlo de una vez —dijo Mark—. ¿Qué estás esperando?

—No puedo ver bien —rugió Alec—. ¡Y no quiero dispararle a ella!

Las palabras de Alec lo irritaron todavía más. No iba a quedarse allí ni un segundo más sin hacer nada.

—Ya soporté demasiado —masculló y comenzó a caminar hacia adelante apartando la mano con que Alec intentó detenerlo otra vez.

Mientras se aproximaba, los hombres lo observaban con las manos hundidas en los bolsillos como si buscaran algo, con los cuerpos colocados de tal forma que le bloqueaban la vista.

—¡Ey! —les gritó—. Muévanse de ahí o disparo. ¡Créanme que no les va a gustar!

No lo escucharon o fingieron no hacerlo. Lo que sucedió después fue tan veloz y espeluznante que lo hizo tambalearse y casi se desplomó en la tierra. En un movimiento frenético, uno de los hombres sacó una navaja y apuñaló a Lana. Sus aullidos de espanto sacudieron los huesos de Mark. De inmediato, corrió hacia adelante con el arma colgando en la espalda y se arrojó sobre ellos. Derribó al que tenía más cerca y ambos se apartaron de Lana rodando sobre la maleza.

Oyó que Alec decía su nombre, pero lo ignoró. Su único pensamiento era desarmar a ese tipo lo suficientemente rápido como para detener a los otros. Al menos, apartarlos de Lana como para que Alec pudiera encargarse de ellos. El adversario de Mark era fuerte, pero al tomarlo por sorpresa logró inmovilizarlo con las rodillas contra el suelo y arrebatarle la navaja. Sin pensarlo, se la clavó en el pecho y terminó con todo.

Cayó al suelo de espaldas y trató de enderezarse mientras observaba horrorizado lo que acababa de hacer. De inmediato, el mundo que lo rodeaba recuperó la nitidez, y se levantó de un salto. Alec alzó la culata del arma con las dos manos y la descargó en la cabeza de uno de los atacantes, que se desmoronó en el suelo.

Desde el otro lado de la calle, un grupo de personas se acercaba en tropel. Mark no sabía de dónde habían salido pero eran por lo menos siete u ocho. Todos hombres. Armados con navajas, martillos y destornilladores, y con los rostros encendidos de furia.

—¡Cuidado! —le gritó a Alec.

Pero los recién llegados no estaban interesados en ellos. En cambio, se abalanzaron sobre Lana, que seguía en manos del último de sus captores. Desconcertado, Alec retrocedió unos pasos y Mark corrió a su lado. Mientras observaba, comprendió que serían incapaces de interrumpir aquella locura a menos que comenzaran a utilizar los Desintegradores. De repente, lo invadió una incertidumbre fatal.

En ese momento, un cambio evidente transformó el cuerpo de Alec y su rostro se volvió rígido como una roca. Se enderezó y se estiró cuan largo era. Sin decir una sola palabra, levantó el arma y apuntó hacia el grupo de lunáticos.

Lanzó un disparo. La veloz ráfaga de luz blanca salió proyectada hacia adelante y fue a dar contra el agresor más cercano, que acababa de recobrar su arma: un martillo ensangrentado. En un segundo se transformó en una ondeante bandera gris que estalló en una nube de bruma, sacudida por un viento imperceptible. Alec ya estaba disparando otra ráfaga al hombre que se hallaba próximo a él. Aunque Lana había sido muy fuerte y valiente desde el día en que se habían conocido en los túneles de la ciudad, Mark sabía que no podían ganar esa batalla.

Levantó su propia arma y comenzó a disparar. Entre los dos, fueron eliminando uno por uno a todos los atacantes: apretaban el gatillo y pasaban al siguiente.

Pronto los monstruos habían desaparecido y solo quedaba en el suelo la figura lastimosa y desdichada de su amiga. Sin dudar un instante, Alec apuntó y disparó una ráfaga más: el sufrimiento de Lana se esfumó en infinitas gotas de bruma gris.

56

Los ojos de Mark se apartaron de la mancha de sangre y se posaron en Alec. Su mirada expresaba millones de sensaciones pero, por debajo de todas ellas, había una profunda tristeza. A pesar de que nunca había comprendido totalmente cuál era la relación que los unía, sabía que había sido profunda y estaba llena de historia.

Y ahora ella se había ido.

La expresión de Alec se disipó en pocos segundos, pero a Mark le pareció una eternidad. Nunca había visto a su amigo tan triste.

De inmediato, el viejo oso estaba de nuevo en movimiento y señalaba la casa que se encontraba frente a ellos.

—Ahí es donde la llevaron. Entraremos ahora mismo. Estoy seguro de que Trina y la niña están allí adentro.

Al darse vuelta, Mark se encontró con una elegante mansión de tres pisos y enormes ventanales, muchos de ellos rotos. El techo quemado, las paredes sucias y el jardín amarillento y cubierto de maleza le daban un aspecto envejecido. Sintió terror al imaginar lo que podían hallar dentro.

La gente comenzó a amontonarse a su alrededor. Había pasado menos de un minuto desde que los violentos matones habían atacado a Lana, pero la multitud que pululaba por el jardín y las calles se había duplicado. Hombres, mujeres y niños. La mayoría tenía marcas de moretones y rasguños. Un sujeto al que le faltaba gran parte del hombro se desplazaba lentamente en dirección a ellos: parecía como si alguien lo hubiera atacado con un hacha en un arranque de furia. A una mujer le faltaba un brazo y la articulación no era más que carne ensangrentada. Lo más perturbador de todo fueron dos niños con heridas brutales, que aparentaban ignorar que estaban lastimados.

Sin detenerse, el grupo comenzó a acercarse despacio y fue rodeando a Mark y a Alec. Ropa andrajosa y mugrienta, cabelleras sucias, miradas sombrías; la muchedumbre no apartaba la atención de los dos recién llegados.

Alec caminó despacio hacia la puerta del frente de la casa. Mark imitó sus movimientos cautelosos, como si cualquier acción repentina pudiera despertar la incipiente locura en aquellos que observaban cada uno de sus pasos. Sujetando las armas con firmeza, continuaron aproximándose. Mark decidió no correr el más mínimo riesgo: si alguien se acercaba a él, le dispararía.

La multitud fue cercándolos como si fueran los espectadores de un desfile. Ya debían ser decenas de personas, tal vez cien. Luego, varios hombres se separaron del grupo mayor y bloquearon el paso hacia la puerta delantera. Apenas lo hicieron, otros los imitaron y el círculo alrededor de Mark y Alec se fue estrechando cada vez más.

—No sé si pueden entenderme —rugió el soldado—, pero esta es mi única oferta: apártense de nuestro camino o empezamos a disparar.

—En esta casa están nuestras amigas —agregó Mark—. Y no nos iremos sin ellas —concluyó elevando el arma.

La expresión de los rostros que los rodeaban fue cambiando y la fría indiferencia comenzó a despejarse. Aguzaron la mirada, fruncieron el entrecejo y curvaron los labios en muecas feroces. Dos mujeres les gruñeron y un chico rechinó los dientes como una bestia salvaje.

—¡Muévanse! —gritó Alec.

La multitud avanzó en tropel unos pasos, acortando cada vez más la distancia que los separaba. Mark volvió a sentir en su interior esa fractura tan conocida, como si estuviera perdiendo el control. Una ráfaga de odio lo atravesó.

—Llegó la hora —masculló.

Apuntó el Desintegrador al hombre que tenía más cerca y apretó el gatillo. Un haz de luz blanca y cegadora surgió del arma y se clavó en el pecho del adversario. Al instante se convirtió en una pared gris y explotó en un sinfín de partículas que se disolvieron en el aire. Sin vacilar, apuntó al siguiente, disparó y observó cómo se transformaba en gotas de vapor. Había una mujer a pocos pasos de él: tres segundos después había desaparecido.

Había esperado que Alec lo detuviera, pero el veterano no perdió el tiempo. Apenas la mujer empezó a esfumarse, ya había comenzado a disparar. Moviendo las armas de un lado a otro, fueron abriéndose paso hacia la vivienda mientras eliminaban a los agresores uno por uno. Cuando los Desintegradores se calentaron, las ráfagas de luz inundaron el aire y desataron una oleada de destrucción sin derramar una gota de sangre.

Habían liquidado a unas doce personas y atravesado la mitad de la multitud que tenían delante, cuando el resto de los infectados pareció captar lo que estaba sucediendo. Un grito violento surcó el aire con un sonido persistente y desgarrador y, de improviso, las hordas enloquecidas asaltaron con rapidez a los dos hombres que empuñaban las armas letales.

Mark agitaba la suya de derecha a izquierda e iba disparando ráfagas cortas sin preocuparse por apuntar a un blanco en particular. Los rayos blanquecinos se estrellaron contra varias mujeres. Un disparo perdido golpeó a un niño y lo desintegró. La muchedumbre continuaba persiguiéndolos a gran velocidad y Mark se dio vuelta para enfrentarla. Disparó nuevamente y después aferró el Desintegrador y descargó la culata en la cara de un hombre, que se estremeció del dolor.

Trastabilló pero logró recuperar el equilibrio. Estaba rodeado de individuos que silbaban, exhibían los dientes y danzaban con miradas dementes y carcajadas histéricas. Volvió a sujetar el arma con firmeza contra el pecho y lanzó disparos al azar; giraba y disolvía a quien se hallara más cerca. Sin dejar de observar a Alec, hizo un barrido hacia el otro lado.

Los minutos que siguieron fueron de una locura absoluta. Inundado por el pánico, continuó disparando a diestra y siniestra al tiempo que se abría camino a codazos entre la multitud. Mató al menos a diez personas más antes de tropezar con los escalones del frente de la casa.

Apenas cayó, apuntó el Desintegrador directamente sobre el pecho de un hombre que saltaba hacia él. La neblina gris se derramó sobre su rostro y se desvaneció. Distinguió a pocos metros a Alec, que estampaba el extremo del arma en la cara de una mujer y luego subía saltando los escalones hacia la puerta.

Mark lanzó un disparo más antes de empezar a arrastrarse por la escalera. Al llegar arriba, se puso de pie y alcanzó la puerta justo cuando Alec la cruzaba. Entró raudamente y su amigo cerró tras él. Ni bien colocó el cerrojo, escucharon los golpes de los cuerpos que se abalanzaban contra el otro lado. Mark dudó que la puerta soportara mucho tiempo.

Los dos compañeros echaron a correr por un pasillo y doblaron a la derecha. Dos personas que estaban de guardia junto a una habitación los vieron venir y los atacaron. Con un par de disparos, Alec eliminó a ambos mientras Mark pasaba de largo y abría la puerta. Se encontró con una escalera, por la cual un hombre subía con paso fuerte, el rostro sucio y arañado, los ojos lanzando fuego. En un instante, lo disolvió en el aire.

Descendió los peldaños de dos en dos. Con cuchillos en las manos, un hombre y una mujer se arrojaron sobre Mark antes de que este pudiera levantar el arma. Los apartó de un golpe y se agachó justo cuando Alec apareció y disparó dos veces. Entonces todo quedó en silencio, interrumpido solamente por los ruidos lejanos de la gente que estaba afuera, que pronto vendría por ellos.

Se encontraban en un sótano. Los rayos del sol brillaban a través de una ventana angosta en lo alto de la pared que estaba a la derecha de Mark. Las motas de polvo danzaban en el aire. Dos personas se hallaban acurrucadas en una esquina de la habitación, con aspecto aterrorizado.

Aferradas una a la otra, Trina y Deedee tenían los brazos enroscados alrededor de sus cuerpos heridos. Corrió hacia ellas, se arrodilló y apoyó el arma en el suelo.

Entre sollozos, Deedee fue la primera en hablar.

—Está enferma —dijo con su voz infantil y temblorosa. Sin dejar de llorar, abrazó a su amiga con más fuerza.

Mark se estiró, tomó la mano de Trina y le dio un apretón.

—Ya está todo bien. Ahora que las encontramos, las sacaremos de aquí.

Hasta ese momento, Trina había mantenido los ojos clavados en el piso. Muy lentamente, comenzó a levantar la cabeza y observó a Mark con ojos oscuros y vacíos.

—¿Quién eres? —le preguntó.

57

Sus palabras fueron como una andanada de golpes fulminantes a su corazón. Trató de convencerse de que había un millón de razones por las cuales ella podría haber dicho eso. Quizá la habitación no tenía suficiente luz; tal vez le habían golpeado la cabeza o su visión estaba borrosa. Pero la realidad de la situación se encontraba en esos ojos: ella no tenía la menor idea de quién era él.

—Trina… —buscó las palabras exactas—. Soy yo, Mark.

Se escuchó un estrépito de objetos que se rompían en el piso superior. Luego una serie de golpes y pisadas.

—Tenemos que irnos —bramó Alec—. Ahora.

Trina continuaba mirándolo, con el gesto fruncido por la confusión. Tenía la cabeza inclinada hacia un costado como si, en su mente, estuviera tratando de dilucidar quién podría ser ese tipo que tenía frente a ella. Pero también había una expresión inquietante de miedo y de pánico.

—Tal vez exista un tratamiento —Mark se sorprendió susurrando como en una suerte de trance. Era la única persona del mundo que quería tener sana y salva a su lado—. Tal vez…

—¡Mark! —gritó Alec—. ¡Ayúdalas a levantarse! ¡Ahora!

Echó una mirada hacia atrás y vio a su amigo al final de la escalera con el arma en alto, dispuesto a dispararle a quien se atreviera a bajar primero. Por encima de sus cabezas, el ruido se había intensificado. La gente corría y gritaba. Se oía el estruendo de objetos que se estrellaban contra el piso. Después divisó un movimiento rápido por la ventana: dos pies que desaparecieron en un segundo.

—Todo se va a arreglar —repuso volviendo la vista a las chicas—. Vamos, tenemos que salir de aquí.

El volumen creciente del ruido estuvo a punto de conducirlo al borde del descontrol, pero sabía que debía ser muy cuidadoso con Trina. Ignoraba cuál podía ser su reacción si intentaba apresurarla.

—¿Deedee? —la llamó lo más dulcemente que pudo. Tomó el arma y se colocó la correa en el hombro—. Ven aquí, cariño. Dame la mano y ponte de pie.

Desde la escalera, un ruido atronador surcó el aire: alguien había abierto violentamente una puerta y la había estrellado contra la pared. Los gritos alcanzaban un tono de histeria. Escuchó el silbido inconfundible de la descarga eléctrica del arma de Alec. De inmediato distinguió los alaridos ahogados a causa del estupor del grupo al contemplar a uno de sus camaradas esfumándose en una ráfaga de bruma gris. Se imaginó la escena mientras continuaba con la mano estirada e intentaba mantenerse calmado para no asustar a Deedee.

La niña lo miró durante unos segundos desesperantes: miles de pensamientos debían estar cruzando por su mente. Mark se mantuvo inmóvil, con la mano extendida y la sonrisa perfecta. Finalmente, ella se estiró, tomó la mano y permitió que la levantara. Sin soltarla, se inclinó, deslizó el otro brazo por la espalda de Trina y la sujetó con fuerza. Utilizó toda la energía que le quedaba para ayudarla a incorporarse y ponerse de pie.

Aunque ella no se resistió, Mark estaba preocupado de que pudiera desmoronarse si la soltaba.

—¿Quién eres? —repitió—. ¿Viniste a salvarnos?

—Soy tu mejor amigo de toda la vida —respondió mientras se obligaba a no permitir que sus palabras lo hirieran—. Estas personas te alejaron de mí. Por eso vine a llevarte de vuelta a un lugar seguro. Al hogar dulce hogar.

—Por favor —dijo ella—. Por favor, no dejes que me lastimen otra vez.

Un abismo se abrió en su pecho y amenazó con devorar su corazón.

—Para eso estoy aquí. Solo tienes que caminar, ¿entiendes? Mantente cerca de mí.

Más sonidos llegaban desde arriba: un grito, una ventana haciéndose pedazos. Luego, pasos en la escalera. Alec disparó una vez más.

—Está bien. Ya estoy bien. Haré lo que sea con tal de salir de aquí —por fin habló Trina, que se movió y colocó todo el peso sobre ambos pies.

—Esa es mi chica —exclamó Mark y, muy a su pesar, retiró el brazo de la espalda de Trina y miró a Deedee a los ojos—. Esto va a ser horroroso, ¿sabes? Pero pasará pronto. No te apartes…

—No hay problema —lo interrumpió la niña. Un fuego repentino ardió en sus ojos y pareció diez años mayor—. Vámonos.

—Perfecto. Hagámoslo de una vez —dijo Mark con una leve sonrisa.

Tomó la mano de Deedee, la puso encima de la de Trina y las aferró a ambas. Luego acomodó el arma y la apoyó firmemente contra el pecho, listo para disparar.

—Manténganse detrás de mí —indicó y miró a las dos para confirmar que habían comprendido. Trina parecía un poco más lúcida: sus ojos habían recuperado cierta nitidez—. Siempre detrás.

Sujetó el arma, apoyó el dedo en el gatillo y se volvió hacia el pie de la escalera, donde Alec permanecía de guardia.

Había dado solo dos pasos —con Deedee y Trina pegadas a su espalda— cuando la ventana de la izquierda explotó repentinamente hacia adentro e innumerables trozos de ladrillo cayeron al piso en medio de una lluvia de vidrios. Deedee dio un chillido, Trina saltó hacia adelante y chocó contra la espalda de Mark, que trastabilló pero logró sostenerse y no caer. Dirigió el Desintegrador hacia la ventana rota: el brazo de un hombre ya se había escurrido por la angosta abertura y estaba tanteando las paredes.

Disparó una ráfaga de luz. El primer rayo blanco falló y abrió un orificio en la pared, que envió hacia arriba una extraña nube de polvo. Probó nuevamente y, esta vez, la descarga llegó a su destino: el brazo se disolvió en una masa grisácea, que despidió una estela de mal olor. Dos personas más aparecieron en el sitio donde había estado el hombre, pero Mark sabía que el agujero de la ventana era muy pequeño como para que alguien pasara a través de él. Se alejó otra vez hacia la escalera, donde Alec se mantenía imperturbable. Mientras lo observaba, el soldado le lanzó un disparo a una persona.

—No tenemos otra opción que intentar llegar hasta arriba —gruñó sin apartar la vista de la puerta—. Seguramente aparecerán más lunáticos en cualquier momento.

—Estamos listos —respondió Mark, aunque no tenía la menor idea de cómo lograrían pasar los cuatro entre la banda de dementes infectados por la Llamarada—. Tal vez deberíamos colocar a las chicas entre nosotros dos.

—Exactamente. Yo iré primero y tú colócate a la retaguardia. Abrirse camino entre estos chiflados no va a ser nada agradable.

Mark asintió y dio un paso atrás. Trina estaba cada vez más recuperada, pero todavía no había dado señales de reconocimiento. Tomó la mano de Deedee y la acompañó hasta quedar al lado de Alec. El hombre le hizo un guiño a la pequeña y comenzó a subir. Trina lo siguió con Deedee detrás. Mark quedó en último lugar, por si alguien descubría alguna forma de ingresar al sótano.

Paso a paso, ascendieron hacia el caos que los esperaba en la superficie.

—¡Apártense de nuestro camino! —gritó Alec—. ¡En tres segundos empezaré a disparar!

El rugido de la actividad aumentaba: gritos, silbidos, abucheos y risas. Mark abandonó la idea de cuidar sus espaldas; alzó la vista y divisó cinco o seis rostros amontonados en la puerta, con los ojos desquiciados y aparentemente hambrientos de violencia. El miedo explotó en su pecho y le resultó difícil respirar. Sabía que si lograban llegar al exterior, tendrían posibilidades de ganar la batalla.

—¡Se acabó el tiempo! —rugió Alec y lanzó tres disparos fulminantes. Dos mujeres y un hombre desaparecieron rápidamente de este mundo.

De inmediato, toda la muchedumbre avanzó con furor dando gritos, atravesando la puerta en una masa compacta de cuerpos. Alec lanzó otro par de disparos, pero enseguida tuvo diez personas encima, que brincaban y lo arañaban.

Cayó hacia atrás sobre Trina y Deedee, quien chocó contra Mark. Los cuatro se precipitaron escaleras abajo en un revoltijo de brazos y piernas. Al instante, los infectados se abalanzaron sobre ellos.

58

La cabeza de Mark golpeó contra un peldaño, luego contra la pared y por último fue a dar al suelo. Mientras tanto, no dejó de recibir patadas, golpes y codazos en todo el cuerpo. El mundo se había convertido en una locura frenética y dolorosa. Cuando todo se calmó, Trina y Alec se hallaban sobre su pecho y Deedee sobre sus piernas, forcejeando para ponerse de pie. Torpemente, Alec intentó levantar el Desintegrador para disparar, pero un hombre saltó desde el cuarto escalón, se estrelló contra él empujándolo y lo hizo volar lejos de Mark.

Trina se estiró hacia Deedee y la abrazó con fuerza apenas a tiempo para alejarse de la zona de la pelea y de los atacantes que continuaban lloviendo desde arriba. En un instante, Mark ya tenía más de doce infectados encima, que le propinaban golpes y patadas como si quisieran despedazarlo. Estaba perdido y desesperado: todos sus planes se habían ido por la borda. Sujetando el arma con ambas manos, retorció el cuerpo e intentó rodar fuera de la masa de gente mientras agitaba el Desintegrador a diestra y siniestra para alejar a los adversarios.

−¡Basta! ¡Deténganse todos y escúchenme! −gritó Trina con voz fuerte y desgarradora.

Sus palabras surcaron el aire y acallaron los aullidos y gruñidos que provenían de la maraña de cuerpos que tapizaba la escalera. Todos los movimientos se detuvieron en seco. Perplejo ante el brusco cambio, Mark emergió con dificultad de debajo de un par de personas que observaban a Trina en estado de trance, y golpeó con la espalda la pared opuesta del escalón más bajo. A la izquierda, Trina sujetaba a Deedee entre los brazos; a la derecha, Alec también había logrado liberarse.

Todos los ojos estaban posados en Trina, como si ella tuviera algún tipo de poder mágico e hipnótico. Solo interrumpía el silencio del sótano la respiración de sus ocupantes.

—Tienen que prestarme atención —dijo con voz más suave y furia en los ojos—. Ahora yo soy una de ustedes. Estos hombres han venido a ayudarnos. Pero para que puedan hacerlo tienen que dejarnos ir.

La exhortación provocó un coro de murmullos y cuchicheos en la multitud. Fascinado, Mark contempló cómo se ponían de pie en medio de susurros frenéticos con la aparente intención de obedecer. Sucios y cubiertos de sangre, los lunáticos comenzaron a actuar en forma ordenada. En pocos minutos, se habían alineado a ambos lados de la escalera, dejando un camino libre en el centro. Percibió que los de arriba se comunicaban con otros compañeros que se hallaban en la casa para que hicieran correr la voz. Todo se realizaba de manera reverencial.

Trina se volvió hacia Mark.

—Condúcenos hasta arriba.

Seguía sin mostrar señales de reconocerlo y Mark sintió que otra vez se le oprimía el corazón. No tenía la menor idea de lo que estaba sucediendo ni por qué esa pandilla de dementes respetaba sus órdenes, pero no iba a perder la oportunidad. Se levantó de un salto y preparó el arma sin exhibirla de manera amenazadora. Echó una mirada a Alec, que parecía más sorprendido que nunca. Con la duda en la mirada, el viejo le hizo una seña para que marchara primero.

Mark caminó hacia la escalera y se dio vuelta hacia las dos chicas.

—Subamos, entonces. Vamos, todo va a estar bien —exclamó. Nunca en su vida había dicho algo en lo que creyera menos.

Dispuestas a seguirlo, se acercaron a él. Trina llevaba a Deedee delante de sí, sujetándola por los hombros. Alec se colocó detrás.

—Arriba se ha dicho —masculló el viejo. Sus ojos se movían como dardos entre las dos hileras de extraños apostados a ambos lados de la escalera. Por la forma en que los miraba, era obvio que estaba seguro de que se trataba de una trampa. Se aferraba al Desintegrador con un poco más de fuerza que Mark.

Con una inhalación profunda, que le hizo percibir los horrendos olores de las personas que lo rodeaban, Mark se dio vuelta y subió el primer peldaño. Arriba, todos los ojos estaban clavados en su rostro. A la derecha, una mujer de pelo grasiento y mejillas magulladas lo observaba con una sonrisa débil y astuta. A la izquierda, un adolescente andrajoso cubierto de rasguños y suciedad parecía a punto de echarse a reír. Inmóviles y callados, no apartaban los ojos de él.

—¿Puedes moverte de una vez por todas? —susurró Alec desde atrás.

Mark dio un paso más. Temía subir las escaleras deprisa, como si Trina hubiera hipnotizado a los infectados y cualquier movimiento brusco pudiera romper el hechizo. Levantó el pie y subió otro peldaño. Luego uno más. De un vistazo hacia atrás, comprobó que Trina y Deedee estaban pegadas a su espalda y Alec venía detrás. Su amigo le echó una mirada que decía claramente que no estaba nada contento con el ritmo del ascenso.

Otros dos pasos y sintió que le corrían escalofríos por la espalda ante las miradas de los extraños. Las sonrisas eran cada vez más grandes y aterradoras. Ya habían recorrido dos tercios de la escalera, cuando oyó una voz femenina a sus espaldas.

—Bonita. Muy bonita.

Al darse vuelta, vio a la mujer acariciando la cabeza de Deedee como si fuera un animal del zoológico. El rostro de la niña estaba lleno de espanto.

—Qué niña tan bonita —exclamó la mujer—. Podría comerte. Eres como un pastel. Sí, sí. Muy dulce.

Asqueado, Mark volvió la vista hacia adelante. Tenía una sensación desbordante en el pecho, como si algo estuviera tratando de liberarse. Acababa de subir otro escalón cuando un hombre estiró el dedo y le tocó el hombro.

—Un chico bueno y fuerte, eso es lo que eres —masculló el extraño—. Estoy seguro de que tu mamá estará orgullosa de ti.

Mark lo ignoró y dio un paso más. Esta vez, varias personas apoyaron las manos en su brazo: no de manera amenazadora, simplemente lo rozaron. Otro escalón más. Una mujer se apartó de la pared y le echó los brazos al cuello en un abrazo breve y feroz. Después lo soltó y volvió a su posición junto a la pared, con una sonrisa cruel en el rostro.

Mark estaba lleno de repulsión. No podía soportar un minuto más dentro de esa casa. Abandonando toda precaución, tomó la mano de Deedee y comenzó a subir los escalones más rápidamente. Pudo escuchar las fuertes pisadas de Alec en la retaguardia.

Al principio, los extraños se mostraron sorprendidos ante la súbita aceleración del movimiento. Llegó al final de la escalera, atravesó el descanso y se dirigió hacia el corredor mientras, a ambos lados, los rostros embrujados continuaban observándolos. La casa estaba atestada de gente; había personas por todos lados y algunas empuñaban palos, bates y cuchillos. Pero, en el centro, había un sendero despejado que conducía a la puerta del frente. Sin vacilar, comenzó a correr hacia la salida, arrastrando a Deedee con él.

Lograron atravesar la mitad del camino antes de que se desatara el caos. Todos los habitantes de la casa parecieron aullar al mismo tiempo y sus cuerpos se arremolinaron con fuerza alrededor de los cuatro amigos. Mark soltó la mano de Deedee y la vio desaparecer entre la muchedumbre; su grito dulce y débil fue como el de un ángel en medio de los demonios.

59

Mark se lanzó tras ella, pero perdió el equilibrio, resbaló y cayó al suelo. Al instante tenía varios cuerpos encima, rasgando sus ropas. Sacudió los hombros de un lado a otro, sintió que chocaban contra otros cuerpos y escuchó gritos. Las manos intentaban asir el arma y eran demasiadas para él. Pateó y se retorció sobre el estómago para impulsarse hacia arriba. Un golpe fuerte en la parte de atrás de la cabeza lo derribó y su rostro se estrelló contra las duras baldosas. Después percibió un tirón débil y doloroso en el cuello: comprendió con horror que era la correa del arma. Trató de impedir que se deslizara por su mandíbula y luego por la cabeza. Hubo risas, gritos y vivas.

El Desintegrador había desaparecido.

Todos los que se hallaban en la habitación desviaron su atención hacia el arma, lo cual dio a Mark unos pocos segundos para ponerse de pie. El hombre que se la había quitado la sostenía en el aire con ambas manos y giraba lentamente con un paso de baile. Los que lo rodeaban saltaban con los brazos extendidos para poder tocar la superficie brillante. Comenzaron a alejarse gradualmente de Mark y cada vez más gente empujaba para contemplar el botín. La masa se dirigía al otro extremo del pasillo, hacia lo que parecía ser la cocina.

Supo que nunca recuperaría el Desintegrador. Escudriñó con desesperación el cuarto en busca de señales de sus amigos. Tres o cuatro personas arrastraban a Deedee, que lanzaba patadas y aullidos mientras sus captores trataban de subirla por las escaleras. Trina se encontraba detrás de ellos forcejeando para alcanzar a la niña. Alec luchaba contra por lo menos seis dementes, que parecían empeñados en conseguir su propio botín. Mark lo vio descargar el extremo del arma en la cara de uno de los tipos y disparar un haz de luz blanca a otro, que se volatilizó en el aire. Pero luego otros arremetieron en un ataque frenético contra el viejo, que cayó al piso mientras la gente comenzaba a saltar encima de él.

Sin pensarlo dos veces, salió primero detrás de Trina y Deedee.

Corrió hacia adelante en medio de la multitud, que no parecía saber con certeza qué estaba haciendo allí, y saltó sobre el borde que recorría la parte exterior de las escaleras. Sabía que su única posibilidad era trepar por él. Se aferró al barandal y se impulsó hacia arriba.

Un hombre le soltó un puñetazo, pero falló. Una mujer se arrojó sobre él, ignorando que podía lastimarse a sí misma. Mark logró agacharse y ella siguió de largo y fue a dar contra el piso. Algunos intentaron empujarlo; otros, desde abajo, le sujetaron las piernas tratando de atraerlo hacia la marea humana. Con una mano en el barandal de madera, consiguió librarse de todos mientras esquivaba, pegaba y desbarataba los intentos de detener su avance.

Finalmente logró superar al grupo líder, el hombre y la mujer que sostenían a Deedee en los brazos. Se aferró al barandal con las dos manos, dio un salto y aterrizó limpiamente en un peldaño casi al final de la escalera. La pareja no se detuvo y continuó avanzando directamente hacia él. Sin saber qué hacer, Mark se arrojó hacia adelante mientras ponía los brazos alrededor de Deedee y la apretaba con fuerza, dejando que el impulso de su cuerpo la liberara de las manos de sus captores.

Rodaron escaleras abajo, golpeando personas a derecha e izquierda, hasta que rebotaron en el último escalón y aterrizaron en el piso. Abrazando en actitud protectora a la pequeña, levantó la vista y divisó a Trina que se acercaba veloz empujando a la gente, con los ojos encendidos y concentrados en Deedee.

Gimiendo por el dolor que atormentaba su cuerpo, Mark consiguió levantarse con dificultad. Trina apareció corriendo a su lado y tomó a Deedee entre sus brazos mientras la niñita sollozaba. Sin embargo, el breve aplazamiento había llegado a su fin: los atacantes se dirigían a ellos desde todos lados.

Echó un vistazo rápido a su alrededor y comprendió que el panorama era desalentador: la casa estaba completamente fuera de control.

Alec se encontraba en el comedor, todavía batallando contra una decena de atacantes y disparando el arma cuando podía. Al ver a Mark, varios se alejaron de él y salieron tras el muchacho. Desde el corredor que llevaba a la cocina en el lado opuesto, surgió otro tropel que se acercaba deprisa, como si huyera de algo. Más infectados se ubicaron entre Mark y la puerta bloqueándole la salida: todos parecían dispuestos a matar o morir.

Elevó los brazos para proteger a Trina y a Deedee, retrocedió y las empujó contra la pared que se hallaba junto a la escalera. El primero en llegar hasta él fue un anciano con la cabeza llena de rasguños y tajos. De un salto en el aire, se dirigía directamente a su encuentro cuando se escuchó un ruido sordo en la cocina. El cuerpo del hombre se transformó en una pared gris y se esfumó en una nube de bruma que salpicó a Mark.

Se quedó congelado. El sonido no había venido desde donde estaba Alec: alguien había descubierto la manera de usar el Desintegrador.

La idea apenas comenzaba a formarse en su mente cuando un rayo de luz blanca pasó como un bólido junto a él y se estampó en el pecho de una mujer que se hallaba junto a la puerta.

—¡Alec! —gritó—. ¡Alguien está disparando el otro Desintegrador!

El miedo que erizó su piel era completamente nuevo para él; no se parecía en nada a las experiencias infernales que habían sufrido desde el día en que el subterráneo había quedado a oscuras. Una persona desquiciada estaba dando vueltas por ahí con un arma que podía disolver a un ser humano en cuestión de segundos. En un instante, su vida podría esfumarse antes de que él mismo lograra comprender qué había sucedido.

Tenían que salir de allí.

A pesar de la enfermedad que opacaba sus mentes, los demás habitantes de la casa se dieron cuenta de que algo extraordinario estaba ocurriendo.

El pánico se extendió por la multitud y todos se lanzaron hacia la puerta del frente. Gritos y peticiones de ayuda tiñeron el aire. El pasillo era una corriente de brazos, piernas y rostros de pánico, todos apiñados, afanándose por llegar a la puerta de calle. Sonaron más disparos del Desintegrador rebelde; más personas desaparecieron.

Mark sintió que su salud mental se hacía pedazos. Se dio vuelta y levantó a Deedee en brazos, luego tomó a Trina del hombro y la separó de la pared. Se alejó de la muchedumbre y enfiló hacia el comedor, donde Alec había estado combatiendo. Se hallaba rodeado de un océano de personas, demasiadas para poder dispararles.

Arrastró a Trina, esta vez hacia los pocos ventanales de la casa que permanecían intactos. Tomó una lámpara, la arrojó contra el vidrio y este se hizo añicos. Apretando con fuerza a Deedee con el brazo derecho, corrió hasta Trina y sujetó su hombro con la mano izquierda. Sin disminuir la velocidad, voló directamente hacia la abertura; después soltó a Trina y se zambulló de espaldas por el orificio. Abrazó firmemente a la niña contra su cuerpo para protegerla mientras chocaba con la tierra endurecida de lo que alguna vez había sido una cama de flores. La caída lo dejó sin aliento.

Jadeando para recuperar la respiración, levantó la vista hacia el cielo azul y distinguió la cabeza de Alec que se asomaba fuera de la casa.

—Realmente has perdido la razón —exclamó su amigo, que ya estaba ayudando a Trina a trepar por la ventana antes de concluir la frase.

Saltó detrás de ella y aterrizó sano y salvo. Luego ambos ayudaron a Mark a ponerse de pie y Trina volvió a tomar a Deedee entre sus brazos. Algunos de los infectados habían sido testigos de la huida y venían tras ellos; otros se abalanzaban por la puerta delantera. Los gritos y los gemidos llenaron el aire. Afuera, las personas ya luchaban unas contra otras.

—Para mí, esta fiesta ya se terminó —masculló Alec.

Cuando Mark logró recuperar el aliento, los cuatro atravesaron corriendo el patio polvoriento y enfilaron hacia la calle que los llevaría de regreso al Berg. Alec se ofreció a transportar a Deedee en sus brazos, pero Trina se negó y continuó la marcha. En su rostro se percibía el esfuerzo que realizaba. En cuanto a la niñita, en algún momento sus gritos habían sido reemplazados por el silencio. Ni siquiera había lágrimas en su rostro.

Mark echó una mirada hacia atrás. En el porche del frente, distinguió a un hombre empuñando el Desintegrador y disparando al azar mientras enviaba a la gente a una muerte sutil. Cuando divisó al grupo que escapaba por la calle, descargó sobre ellos un par de disparos, que fueron a dar muy lejos del blanco. Los rayos brillantes se incrustaron en el pavimento y levantaron nubes de polvo. El hombre se dio por vencido y se limitó a disparar a las presas más cercanas.

Mark y sus amigos no disminuyeron la velocidad. Al pasar delante de la casa llena de niños pequeños pensó en Trina, en Deedee y en el futuro. Siguió corriendo y no se detuvo.

60

Por fin divisaron el Berg. La nave se alzaba en la lejanía, más hermosa de lo que Mark hubiera podido imaginar. A pesar de que jadeaban como si cada aliento fuera el último, no redujeron el paso y pronto la gigantesca mole de metal se encontró por encima de sus cabezas.

No podía entender cómo había hecho Trina para llegar hasta ahí con Deedee en brazos, pero se había negado a aceptar ayuda.

—¿Te encuentras… bien? —le preguntó con la respiración entrecortada.

Su amiga se derrumbó en el suelo y dejó caer a la niña a su lado lo más suavemente que pudo. Luego alzó la vista hacia él; en sus ojos todavía no había rastros de reconocimiento.

—Estoy… bien. Gracias por rescatarnos.

Mark se arrodilló a su lado. Como la locura de la huida había quedado atrás, el dolor volvió a instalarse sigilosamente en su corazón.

—Trina, ¿de veras no te acuerdas de mí?

—Me resultas… familiar. Pero mi cabeza está abarrotada. Tenemos que llevar a la niña; es inmune, yo lo sé. Tenemos que llevarla con gente que la cuide. Antes de que todos nos volvamos locos.

Mark sintió que se le hacía un nudo en el estómago y se echó hacia atrás para alejarse de su mejor amiga. La forma tan escalofriante con que había pronunciado esas últimas palabras…

Sabía que ella estaba realmente mal. Pero, ¿acaso no podía decir exactamente lo mismo acerca de él? ¿Cuánto tiempo le quedaría hasta perder el interés por todo? ¿Un día? ¿Tal vez dos?

Con un golpe seco, la puerta del Berg se sacudió y comenzó a chirria. La observó descender hasta el suelo.

—Subamos a bordo y comamos algo. Luego tenemos que decidir qué vamos a hacer. Es probable que pronto estemos tan chiflados como esas personas de las que logramos escapar —dijo Alec en voz alta, por encima de los crujidos de los engranajes.

—La niña no —repuso Mark en voz tan baja que se preguntó si su amigo lo habría escuchado.

—¿Qué quieres decir? —exclamó el soldado.

—La cicatriz de su brazo. Recibió un dardo meses atrás. Piénsalo. Trina tiene razón: debe ser inmune. Eso tiene que significar algo.

Al oír esa afirmación, Trina se sintió animada y comenzó a agitar la cabeza con violencia. Con demasiada violencia. Mark sintió que la tristeza invadía su corazón. Actuaba de manera muy extraña.

Alec lanzó uno de sus famosos resoplidos.

—Bueno, a menos que quieran intercambiar cuerpos, creo que no nos servirá de mucho por el momento.

—Pero quizá podría ayudar a otros. Si es que no han encontrado ya algún tratamiento…

Alec le echó una mirada de incredulidad.

—Mejor entremos en la nave antes de que esos lunáticos nos alcancen.

Y nos dispare con mi Desintegrador, pensó Mark con amargura. Agradecía que Alec no lo reprendiera por eso.

El viejo se dirigió hacia la rampa, que ya había descendido casi por completo, y dejó que Mark se encargara de las dos chicas. El muchacho le extendió la mano a Trina.

—Vamos. A bordo estaremos a salvo. Y además hay comida y un lugar donde descansar. No se preocupen. Pueden… confiar en mí —agregó. Le resultaba doloroso tener que decir algo semejante.

Con el rostro duro como la piedra, Deedee se puso de pie y tomó la mano de Mark antes de que Trina pudiera hacerlo. La pequeña lo observó y, aunque su expresión no cambió, hubo algo en sus ojos que le hizo pensar que había una sonrisa escondida en su interior. Trina se levantó.

—Solo espero que no haya un fantasma allí dentro —dijo con voz distante y sepulcral. Después comenzó a caminar hacia la rampa.

Con Deedee a su lado, Mark suspiró y subió tras ella.

Las horas siguientes transcurrieron en calma mientras el sol descendía con rapidez hacia el horizonte y la oscuridad cubría los alrededores del Berg. Alec condujo la nave hasta el barrio donde habían estado anteriormente, que aún parecía desierto. Luego comieron y prepararon unas literas para que Trina y Deedee durmieran un poco. En medio del sueño, Trina balbuceó por lo bajo y, en un momento, Mark notó que escurría un poco de saliva por su mentón. Mientras le secaba el rostro, la pena volvió a anidar en su corazón.

En cuanto a él, dormir le pareció completamente imposible.

Pensó en hablar con Alec, planear con exactitud cuáles serían sus próximos movimientos, pero cuando lo encontró, el viejo oso estaba roncando en el asiento del piloto, con la cabeza caída hacia un costado. Estuvo tentado de lanzarle un trozo de comida en la boca, y la sola idea lo hizo sonreír.

Había sonreído.

Realmente estoy comenzando a perder la razón, pensó. Y su ánimo cayó en un sitio profundo y oscuro. Necesitaba desesperadamente hacer algo que lo distrajera un poco.

De repente recordó los dispositivos que había visto en el depósito, los que había sujetado con correas al estante. Se sintió un poco animado ante la esperanza de encontrar algo en esos aparatos que aclarara la situación. Tal vez, solo tal vez, podía existir una forma de deshacerse del virus. Era una posibilidad.

Al dirigirse hacia el depósito por los pasillos débilmente iluminados del Berg, se golpeó dos veces la rodilla y una vez la cabeza. A medio trayecto recordó que necesitaría una linterna y regresó a buscarla en su mochila. Unos segundos después, se hallaba finalmente de pie frente al estante. Desenganchó las tabletas con rapidez y se sentó a estudiarlas.

Eran tres. La primera estaba muerta y la contraseña le impidió ingresar en la segunda, que aún titilaba pero, de todas maneras, pronto quedaría sin batería. El entusiasmo de Mark sufrió un rudo golpe. Sin embargo, la tercera se encendió y el resplandor lanzó una luz tan brillante que decidió apagar la linterna. El dueño —un tipo llamado Randall Spilker— no había considerado necesario usar una clave, y la estación doméstica apareció de inmediato.

Dedicó la siguiente media hora a revisar información inútil: los juegos amorosos y las conversaciones de Spilker. Pensando que el tipo solo había utilizado el dispositivo como un juguete, estaba a punto de darse por vencido cuando por fin descubrió unos archivos ocultos.

Pasó una carpeta tras otra que no contenían nada interesante. Pero al final dio con lo que estaba buscando en el lugar en que la mayoría de las personas no hubieran tenido la paciencia de buscar. Se trataba de una carpeta, igual que las demás, casi perdida en una lista de otras cien que estaban vacías.

Se denominaba *VIRUS: ORDEN LETAL*.

61

Había tantos documentos que no sabía por dónde comenzar. Cada archivo tenía un número asignado y parecía haber sido guardado en un orden aleatorio. Sabía que no tenía tiempo para leerlos todos; entonces decidió empezar a abrirlos y ver qué encontraba.

Muchos contenían correspondencia, memorándums y anuncios oficiales. Los más numerosos eran los que tenían intercambios personales –todos copiados en unos pocos archivos– entre Spilker y sus amigos, en especial con una mujer llamada Ladena Lichliter. Ambos trabajaban para la Coalición Post Catástrofe, una entidad de la que habían escuchado hablar en los asentamientos pero de la cual prácticamente no sabían nada. Por lo que Mark pudo deducir, el grupo había reunido a todos los organismos de gobierno que había logrado contactar en el mundo. Se habían juntado en Alaska (zona que, según se decía, estaba entre las menos afectadas por las llamaradas solares) y estaban intentando que el mundo funcionara otra vez.

Todo aparentaba ser muy noble (y frustrante para aquellos que estaban involucrados) hasta que se topó con un intercambio entre Spilker y Ladena Lichliter, su confidente más cercana, que lo hizo estremecer. Había estado hojeando un texto tras otro, pero ese lo leyó dos veces:

Para: Randall Spilker
De: Ladena Lichliter
Asunto:
Todavía me siento enferma por la reunión de hoy. No puedo creerlo. Me niego a aceptar que el CCP realmente nos haya presentado semejante propuesta sin pestañear. En serio. Me quedé perpleja.

¡Y después más de la mitad del recinto ESTUVO DE ACUERDO CON ELLOS! ¡Los apoyaron! ¿Qué diablos está sucediendo? Randall, dime ¿qué DIABLOS está sucediendo? ¿Cómo podemos siquiera considerar la idea de hacer algo semejante? ¿Cómo puede ser?

Pasé la tarde intentando encontrarle sentido a todo lo que se dijo. No puedo aceptarlo. Es imposible. ¿Cómo llegamos hasta aquí?

Ven a verme esta noche. Por favor.

¿Qué rayos es eso?, se preguntó Mark. El CCP… El hombre llamado Bruce lo había mencionado como una parte de la gente que estaba detrás del ataque del virus. ¿O había sido la CPC: la Coalición Post Catástrofe? Tal vez la primera era una sección de la segunda. Tenían el cuartel general en Alaska. Decidió continuar con la investigación.

Unos minutos después encontró gran cantidad de correspondencia reunida en un mismo archivo, y casi se le detuvo el corazón. El estremecimiento anterior se convirtió en un sudor frío.

Memorándum de la Coalición Post Catástrofe
Fecha: 217.11.28, Hora 21.46
Para: Todos los miembros del Consejo
De: Ministro John Michael
RE: Preocupación por la población

El informe que nos fue presentado el día de hoy, cuyas copias se enviaron a todos los miembros de la Coalición, no dejaron la menor duda con respecto a los problemas que enfrenta este mundo ya mutilado. Estoy seguro de que todos ustedes, igual que yo, regresaron a sus refugios pasmados y mudos. Espero que la dura realidad descripta en este informe esté ahora suficientemente clara como para comenzar a discutir las soluciones.

El problema es simple: el mundo tiene demasiadas personas y pocos recursos.

Hemos agendado nuestro próximo encuentro para dentro de una semana a partir de mañana. Espero que todos los miembros vengan preparados para presentar una solución, sin importar cuán extraordinaria pudiera parecer. Seguramente conocen un viejo dicho del mundo de los negocios: "Hay que pensar con creatividad y salir de los esquemas establecidos". Creo que es eso lo que debemos hacer.

Espero sus ideas con ansiedad.

Para: John Michael
De: Katie McVoy
Asunto: Posibilidad

John:

Estuve estudiando el tema que discutimos anoche durante la cena. El Instituto Militar de Investigación de Enfermedades Infecciosas apenas logró sobrevivir a las llamaradas solares, pero confían en que el sistema de control subterráneo de armas biológicas, bacterias y virus más peligrosos no falló.

Me tomó un poco de trabajo pero logré conseguir la información que necesitamos. La estuve examinando y se me ocurrió una sugerencia: todas las soluciones potenciales son sumamente imprevisibles excepto una.

Se trata de un virus. Ataca el cerebro y anula su funcionamiento sin causar dolor. Actúa de manera rápida y contundente. Fue diseñado para que vaya disminuyendo lentamente el ritmo de la infección a medida que se va propagando de una persona a otra. Es justo lo que necesitamos, en especial si consideramos lo difícil que se ha vuelto viajar. Podría funcionar, John. Y por más horrible que parezca, creo que podría resultar muy eficaz.

Te enviaré los detalles. Espero tu opinión.

Katie

Para: Katie McVoy
De: John Michael
Asunto: RE: Posibilidad

Katie:

Necesito tu ayuda para preparar mi presentación completa para la propuesta de liberación del virus. Tenemos que concentrarnos en la razón por la cual una matanza controlada es la única forma de salvar vidas.

Dado que la supervivencia solo será posible para una selecta parte de la población, a menos que tomemos medidas extremas podríamos enfrentarnos incluso a la extinción de la raza humana.

Ambos sabemos cuán hipotética es esta solución. Pero hemos hecho las pruebas miles de veces y no veo que exista alternativa. Si no lo hacemos, el mundo se quedará sin recursos.

Creo firmemente que es la decisión más ética: el riesgo de la extinción de la raza humana justifica la eliminación de algunos. Ya tomé una decisión. Ahora es solo cuestión de convencer al resto del Consejo.

Reunámonos en mis dependencias a las 5 PM. Todo debe estar formulado con precisión, de modo que prepárate para una larga noche de trabajo.

Hasta entonces,

John

Memorándum de la Coalición Post Catástrofe
Fecha: 219.2.12, Hora 19.32
Para: Todos los miembros del consejo
De: Ministro John Michael
Asunto: Borrador DPE

Por favor díganme lo que piensan del siguiente borrador. La orden final saldrá mañana.

13º Decreto del Poder Ejecutivo de la Coalición Post Catástrofe, por recomendación del Comité de Control de la Población, para ser considerado altamente confidencial y de máxima prioridad, bajo pena de muerte.

Por la presente, nosotros los miembros de la Coalición concedemos al CCP el permiso expreso para la implementación completa de la Iniciativa Nº 1 de CP como se presenta y adjunta a continuación. Los miembros de la Coalición aceptamos total responsabilidad por esta acción y nos encargaremos de monitorear el desarrollo de la misma y ofrecer asistencia utilizando al máximo nuestros recursos. El virus será liberado en las posiciones recomendadas por el CCP y aprobadas por la Coalición. Las Fuerzas Armadas estarán apostadas para asegurar que el proceso se cumpla lo más ordenadamente posible.

DPE Nº 13, ICP Nº 1, queda ratificado. Comienzo inmediato.

Mark tuvo que apagar el dispositivo durante unos minutos. Le zumbaban los oídos, tenía el rostro acalorado y la cabeza le palpitaba.

Todo lo que había presenciado durante la última semana había sido sancionado por el gobierno interino de ese planeta asolado por las llamaradas en el cual vivían. No habían sido terroristas ni la obra de un grupo de locos: había sido aprobado y ejecutado con la intención de controlar a la población, para borrar áreas enteras y dejar más recursos para los sobrevivientes.

Todo su cuerpo se sacudió de ira, intensificada por la locura que crecía en su interior. Se sentó en medio de la oscuridad y se quedó mirando fijamente el vacío mientras unas manchas danzaban frente a sus ojos. Esas manchas se transformaron en estelas de fuego que lo hicieron pensar en las llamaradas solares, en rostros de personas que gritaban pidiendo ayuda, en dardos impregnados del virus silbando por el aire y clavándose en cuellos, brazos y hombros de seres humanos. Comenzó a preocuparse por las manchas que veía retorcerse ante sus ojos y se preguntó si esa revelación sería el último empujón que lo despeñaría por el abismo de la locura.

Se estremeció y el sudor cubrió su piel. Se echó a llorar; luego aulló con todas sus fuerzas. Lo asaltó una avalancha de furia hasta entonces desconocida. Luego escuchó un violento estrépito que provenía de sus rodillas.

Bajó la vista pero no alcanzó a ver nada. Su intento de encender la tableta resultó inútil. Tanteó a su alrededor hasta que encontró la linterna y la encendió. La pantalla estaba destrozada y el dispositivo se había torcido de manera extraña. En su enojo, había roto la estúpida máquina. Nunca hubiera pensado que tenía tanta fuerza.

Logró formar un pensamiento coherente dentro de la locura que se expandía a través de su cerebro. Sabía lo que tenían que hacer y que esa era la última oportunidad. Si la gente del búnker se dirigía a Asheville para enfrentar a quienquiera que les hubiera dado las órdenes, entonces Mark y sus amigos también lo harían. Ingresar en la ciudad amurallada era la única forma que se le ocurría para encontrar a las personas que habían dado la orden letal. Solo esperaba que tuvieran una forma de detener la enfermedad. Quería mejorar.

Asheville. Allí era adonde tenían que ir. Como ese matón de Bruce había dicho durante su discurso en el auditorio. Pero Mark quería adelantarse a ellos.

Se puso de pie y se sintió un poco mareado por las imágenes que se habían arremolinado en su visión. La furia latía en su interior como si brotara de su corazón y corriera por sus venas en lugar de sangre. De todos modos, ya comenzaba a sentir que la calma lo invadía. Apuntó una vez más la luz de la linterna sobre la tableta destrozada y luego arrojó el aparato al otro lado de la habitación; cayó con estruendo. Esperaba tener algún día la oportunidad de decirle al CCP lo que pensaba de su decisión.

El dolor perforó su cerebro y una repentina oleada de agotamiento lo envolvió: pesada y penetrante, como si hubieran echado una manta de dos toneladas sobre sus hombros. Cayó de rodillas y después se deslizó sobre su costado, con la cabeza apoyada en el piso frío. Había tanto que hacer. No había tiempo para dormir. Pero estaba tan cansado…

Por una vez, tuvo un sueño agradable.

62

El rugido de los truenos sacudió a Trina, que se encontraba en los brazos de Mark.

Llovía en el exterior de la cueva: era la primera vez en tres meses desde las explosiones de las llamaradas solares. Mark se estremeció; el escalofrío sobre la piel le resultó un fresco alivio ante el calor infernal en que se había convertido su vida. Habían tenido suerte de hallar ese sitio oculto en la ladera de la montaña y descubrió que no le molestaría pasar el resto de su vida en aquel lugar oscuro y frío. Alec y los demás dormían en la profundidad de la caverna.

Apretó los hombros de Trina y apoyó su cabeza en la de ella. Al inhalar, sintió su olor dulce y salado. Desde que habían abandonado el barco en las costas de Nueva Jersey, era la primera vez que se sentía tranquilo. Casi contento.

—Me encanta ese sonido —susurró Trina, como si hablar en voz alta fuera a interrumpir el repiqueteo de la lluvia en el exterior—. Me da ganas de dormir. Apoyar mi cabeza en tu axila y roncar durante tres días seguidos.

—¿En mi axila? —repitió Mark—. Menos mal que esta mañana nos dimos una buena ducha bajo la tormenta. Huelo a rosas, así que no debes preocuparte.

Ella se movió para acomodarse.

—En serio, Mark, no puedo creer que todavía estemos vivos. Es increíble. De todos modos, quién sabe: en seis meses podríamos estar muertos. O quizá mañana mismo.

—Ese es el espíritu —exclamó con humor—. Vamos: no hables así. ¿Te parece que las cosas podrían empeorar aún más? Permaneceremos aquí durante un tiempo y luego iremos en busca de los asentamientos en las montañas del sur.

—Rumores —comentó ella suavemente.

—¿Cómo?

—Rumores de asentamientos.

—Los encontraremos. Ya verás —respondió con un suspiro.

Apoyó la cabeza contra la roca y pensó en lo que ella había dicho: que tenían suerte de estar vivos. Nunca había escuchado palabras más ciertas.

Habían permanecido ocultos dentro del Edificio Lincoln durante las semanas de radiación solar y convivido con el calor implacable y la sequía. Habían recorrido kilómetros y kilómetros de páramos y calles repletas de delincuentes. Habían tenido que enfrentar la idea de que sus familiares estaban muertos. Viajar de noche y ocultarse de día, encontrar comida donde fuera y, a veces, pasar días sin probar bocado. Sabía que de no haber sido por el entrenamiento militar de Alec y Lana, no habrían llegado tan lejos. Jamás.

Pero lo habían hecho. Todavía estaban vivitos y coleando. Sonrió casi como desafiando a las fuerzas del universo que les arrojaban esos obstáculos en el camino. Comenzó a pensar que tal vez en unos años todo podría volver a estar bien.

Haces de luz en la distancia; rugidos de truenos unos pocos segundos después. Parecían más fuertes y cercanos que los anteriores. La lluvia había aumentado y martillaba contra el suelo fuera de la entrada de la cueva. Por enésima vez, pensó cuán afortunados eran de haberse topado con ese refugio bien resguardado.

Trina se movió para levantar la vista hacia él.

—Alec dijo que una vez que se desataran las tormentas, serían muy fuertes. Que el clima del mundo se iba a descontrolar por completo.

—Sí. Está bien. Yo prefiero la lluvia, el viento y los relámpagos antes que lo que tuvimos que afrontar. Nos quedaremos en esta cueva y ya está. ¿Qué te parece?

—No podemos quedarnos aquí para siempre.

–Muy bien, entonces una semana. Un mes. No pienses *más*. Shhhhh.

Trina alzó la cabeza y lo besó en la mejilla.

–No sé qué haría sin ti. Me moriría de estrés y depresión antes de que la naturaleza acabara conmigo.

–Probablemente es cierto –sonrió y esperó que ella pudiera disfrutar de un rato de paz.

Después de volver a colocarse en una posición cómoda, Trina lo abrazó un poco más fuerte.

–En serio: estoy muy contenta de tenerte. Eres muy importante para mí.

–Lo mismo digo –contestó. Y luego se quedó en silencio, sin atreverse a abrir la boca y decir alguna estupidez que arruinara ese momento. Cerró los ojos.

Sonaron más relámpagos seguidos del rugido de los truenos: no cabía duda de que la tormenta estaba cada vez más cerca.

Se despertó y durante unos segundos recordó la sensación de observar a Trina cuando las cosas habían empezado a mejorar y la esperanza (una huella mínima) se reflejaba en sus ojos. Aunque ella no quisiera admitirlo. Por primera vez en muchos meses, deseó volver a sumergirse en sus sueños. El anhelo que sentía en su corazón era casi doloroso. Pero después irrumpió la realidad junto con la oscuridad del depósito. *Las tormentas fueron terribles, es cierto*, pensó. Muy terribles. Sin embargo, ellos también habían sobrevivido a ellas y encontrado, con el tiempo, el camino hacia los asentamientos. Allí podrían haber vivido en paz de no haber sido por el CCP, el Comité de Control de la Población.

Con un gruñido, se frotó los ojos y soltó un largo bostezo. Se puso de pie y recordó claramente las determinaciones que había tomado antes de sucumbir al sueño.

Asheville.

Se agachó, levantó la linterna y la encendió. Después volteó para encaminarse hacia la salida y se sorprendió al ver a Alec de pie en el marco de la puerta; parecía como si hubiera crecido varios centímetros. La tenue luz de la nave a sus espaldas y el rostro oculto en las sombras le conferían un tinte siniestro a toda la escena. Había algo inquietante en el hecho de que hubiera permanecido allí sin decir nada por quién sabía cuánto tiempo. Y seguía sin pronunciar una palabra.

—¿Alec? —lo llamó—. ¿Te encuentras bien, grandulón?

El hombre avanzó trastabillando y casi se cayó. Luego se enderezó y se incorporó cuan largo era. Mark hubiera querido no alumbrar la cara de su amigo, pero sintió que no le quedaba otra opción. Alzó la linterna y apuntó directamente hacia él. Tenía el rostro enrojecido y sudoroso. Los ojos abiertos de par en par se movían frenéticos de un lado a otro, como si esperase que un monstruo fuese a brotar de las sombras en cualquier momento.

—¿Qué pasa? —preguntó.

Alec dio otro paso con dificultad.

—Estoy enfermo, Mark. Muy, muy enfermo. Voy a morirme, pero no quiero que mi muerte sea en vano.

63

Mark nunca se había encontrado en semejante situación. Estaba mudo.

Alec se derrumbó y cayó al suelo sobre una rodilla.

—Hablo en serio, muchacho. He estado sintiéndome raro; mi mente está jugando conmigo. Veo visiones, siento cosas extrañas. Ahora estoy un poquito mejor, pero no quiero ser como esas personas. Prefiero morir, no voy a esperar hasta la mañana.

—¿Qué…? ¿Por qué…? —balbuceó Mark tratando de encontrar la frase correcta. Era inevitable que eso ocurriera, pero igual se sentía brutalmente conmocionado—. ¿Qué quieres que haga?

El hombre le echó una mirada fulminante.

—Pensé que…

De repente, le sobrevino un espasmo, el cuerpo se contrajo en forma anormal y la cabeza cayó hacia atrás, con el rostro retorcido por el dolor. Un grito ahogado escapó de su garganta.

—¡Alec! —gritó corriendo hacia él. Tuvo que agacharse para esquivar el puñetazo sorpresivo de su amigo, que luego se desplomó en el piso—. ¿Qué tienes?

El cuerpo del viejo se relajó y consiguió apoyarse sobre las manos y las rodillas mientras hacía grandes esfuerzos para respirar.

—Yo… yo solo… no lo sé. Cosas raras dan vueltas por mi cabeza.

Mark se pasó la mano por el pelo y echó una mirada angustiada a su alrededor como si la mágica respuesta a todos sus problemas fuese a brotar de uno de los oscuros rincones del depósito. Cuando se volvió hacia Alec, el hombre se encontraba de pie con las manos en alto como si se estuviera rindiendo.

—Escúchame —dijo el soldado—. Tengo algunas ideas. La situación es funesta, no hay duda. Pero… —señaló hacia las literas donde Trina y Deedee dormían—. Tenemos una niñita preciosa allí dentro que puede salvarse. Eso es lo más importante. Debemos llevarla a Asheville y dejarla allí. Luego…

Se encogió de hombros en un gesto patético y elocuente: para los demás, había llegado el final.

—Un tratamiento, una cura —arriesgó Mark, percibiendo la rebeldía que teñía su voz—. Ese tipo Bruce pensaba que era probable que existiera. Tenemos que ir allá para averiguarlo, y…

—Demonios —ladró Alec interrumpiéndolo—. Solo escúchame antes de que ya no pueda hablar más. Soy el único que puede volar esta nave. Quiero que vengas conmigo a la cabina y me observes, así aprenderás todo lo que esa cabeza tuya pueda captar. Por las dudas. Tienes razón: llevaremos a esa niña a Asheville aunque eso sea lo último que haga.

Mark se sintió envuelto por un sentimiento oscuro y sofocante. Pronto estaría loco o muerto. Pero la idea de Alec era bastante parecida a la suya y lo único que podía pensar en ese momento era en ponerse en marcha.

—Entonces vámonos —exclamó, reprimiendo las lágrimas que amenazaban con brotar de sus ojos—. No perdamos un segundo más.

Alec se retorció y sus brazos se proyectaron hacia afuera, pero después apretó los puños y volvió a bajarlos, con el rostro contraído como si hubiera repelido otro ataque solo a fuerza de voluntad. La claridad inundó sus ojos y miró a Mark durante largo rato. Parecía que todo el año transcurrido (los recuerdos, los horrores, incluso las risas) pasaba velozmente entre ellos, y Mark se preguntó si alguno de los dos volvería a tener los pies sobre la tierra alguna vez. La locura los esperaba a la vuelta de la esquina.

El soldado asintió rápidamente y ambos se encaminaron hacia la puerta.

Llegaron a la cabina sin percibir ningún movimiento de Trina o Deedee. Mark esperaba que estuvieran despiertas: tal vez, por un milagro, Trina estaría mejor, sonriendo y recordando. Era un pensamiento tonto.

Mientras Alec operaba los controles, se puso a mirar por la ventanilla. Hacia el este, las primeras señales del amanecer ya iluminaban el cielo y la oscuridad se iba transformando en una luz violeta que bañaba las casas y los árboles a lo lejos. La mayoría de las estrellas se había apagado; el sol haría su gran aparición en menos de una hora. Tenía una fuerte sensación de que, al final del día, todo habría cambiado para siempre.

–Por el momento estoy bien –dijo Alec echándose hacia atrás para revisar los instrumentos y las pantallas del panel de control–. ¿Por qué no vas a ver cómo están las chicas? Levantaremos vuelo en un santiamén. Sobrevolaremos la zona para inspeccionar el terreno.

Mark le dio una palmada en la espalda: un ademán ridículo, pero fue lo único que se le ocurrió. Estaba preocupado por su amigo. Con la linterna encendida, abandonó la cabina e ingresó en el corto pasillo que conducía a las literas, donde había dejado a Trina descansando tranquilamente junto a Deedee.

Se encontraba muy cerca de la puerta de los dormitorios cuando oyó un extraño rasguño por encima de su cabeza, como ratas correteando entre los paneles del techo. Luego se escuchó el sonido inconfundible de la risa de un hombre a poco más de un metro. Un estremecimiento de horror lo atravesó. Corrió unos pasos por el pasillo y giró con la espalda apoyada contra la pared. Levantó la vista al techo y deslizó la luz de la linterna por los paneles, pero no distinguió nada fuera de lo normal.

Contuvo el aliento y prestó atención.

Había algo allí arriba, que se movía de un lado a otro, de forma casi rítmica.

–¡Hola! ¿Quién…? –exclamó, pero interrumpió su pregunta al darse cuenta de que todavía no había ido a ver a Trina. Si alguien (o *algo*) había logrado penetrar furtivamente en el Berg…

Salió disparado hacia la puerta del dormitorio y la abrió de golpe, mientras apuntaba frenéticamente la linterna sobre la litera donde había visto a Trina descansando la última vez. Por una milésima de segundo, se sintió morir: la cama estaba vacía, solo vio sábanas arrugadas y una manta. Luego, por el rabillo del ojo, divisó a Trina en el suelo y a Deedee sentada junto a ella. Agarradas de las manos, tenían una expresión brutal de pánico en el rostro.

—¿Qué? –preguntó Mark–. ¿Qué pasó?

Deedee estiró su dedo trémulo hacia el techo.

—Allá arriba hay un fantasma –hizo una pausa sin dejar de temblar y Mark sintió que el alma se le hacía añicos–. Y trajo a sus amigos.

64

Apenas pronunciada la última palabra, el Berg se movió y despegó del suelo. Cuando el piso empezó a inclinarse, Mark trastabilló, cayó en la litera y al instante volvió a ponerse de pie.

—No se muevan de aquí —exclamó—. Enseguida vuelvo.

Esta vez no iba a vacilar.

Perforando la oscuridad con su linterna, salió al corredor y se dirigió hacia la cabina. En el mismo lugar que antes, creyó oír otra risita que provenía del techo y los pensamientos más horrorosos asaltaron su mente: hombres y mujeres sedientos de sangre, infectados y dementes, brincando por los paneles y atacando a las chicas que él había dejado en el dormitorio. Pero no le quedaba alternativa y tenía que actuar con rapidez. Además, si *realmente* había personas allí arriba, habían esperado muchas horas sin hacer nada. Con un poco de suerte, tenía algo de tiempo.

—¿Dónde está el Desintegrador? —gritó Mark.

Con expresión de miedo, Alec se dio vuelta. Pero Mark no perdió tiempo con explicaciones: el arma estaba apoyada contra la pared junto al soldado. Corrió hacia ella, la tomó y se echó la correa alrededor del hombro. Luego se aseguró de que estuviera cargada y se dirigió hacia los dormitorios. Hacia Trina y Deedee.

—¡Enciende alguna luz aquí adentro! —le gritó a Alec cuando salía de la cabina: en algún momento había dejado caer la linterna y en la nave reinaba la oscuridad más completa. Además, conservar la energía y el combustible ya no tenía sentido. Había avanzado unos pocos metros por el corredor antes de que las luces mortecinas comenzaran a brillar e iluminaran el camino, pese a que las sombras seguían colgando de las paredes.

El sudor chorreaba sobre sus ojos mientras recorría el pasillo a grandes zancadas. Le pareció que la temperatura había ascendido miles de grados. El aire sofocante, unido a sus nervios destrozados, lo colocaron al filo de la locura. Tenía que controlarse solo un rato más. Haciendo un gran esfuerzo, se concentró únicamente en los segundos de su vida que venían a continuación.

Cruzó por debajo del sitio donde había escuchado las risitas. Al hacerlo, una carcajada brotó por encima de su cabeza. Era grave y gutural, lo más siniestro que hubiera podido imaginarse. Pero el panel seguía intacto. Atravesó raudamente la puerta del dormitorio y comprobó aliviado que Trina y Deedee seguían abrazadas en el suelo.

Estaba por dirigirse hacia ellas cuando las tres secciones del techo se desmoronaron de golpe en un estrépito de yeso y metal. Entre los trozos, cayeron varios cuerpos, que se estrellaron contra las dos chicas y Deedee lanzó un grito.

Mark levantó el arma y corrió hacia adelante, sin atreverse a disparar pero listo para luchar.

Tres personas se pusieron de pie con dificultad mientras empujaban a Deedee y a Trina como si no fueran más que meros objetos que obstaculizaban su camino. Eran un hombre y dos mujeres, que se reían histéricamente al tiempo que saltaban de un pie al otro y sacudían los brazos como si fueran monos salvajes. Mark se acercó al hombre y descargó la culata del arma en el costado de su cabeza. El sujeto lanzó un quejido y se desplomó en el piso. Aprovechando el impulso, Mark giró el cuerpo y apartó de una patada a una de las mujeres que, con un chillido, cayó sobre la litera más cercana mientras él apuntaba el Desintegrador y oprimía el gatillo. Un rayo de fuego blanco pegó en el cuerpo de la mujer, que se volvió gris y se disipó en el aire.

Acababa de desaparecer cuando su compañera lo atacó desde el costado y ambos aterrizaron en el piso. Por centésima vez en esa semana, sintió que no podía respirar. Se puso de espaldas mientras ella forcejeaba para arrancarle el arma.

Vio que Trina y Deedee estaban apoyadas contra la pared observando la pelea con impotencia. Sabía que su vieja amiga habría atacado a su agresora y la habría dejado inconsciente. Pero esta nueva Trina, enferma, solo atinaba a quedarse allí como una niñita asustada, sosteniendo a Deedee entre sus brazos.

Resopló y continuó luchando. Escuchó un gemido y contempló al hombre arrastrándose por el piso hacia él. Tenía los ojos clavados en los suyos, llenos de odio y locura. Mostraba los dientes y gruñía.

Se acercó en cuatro patas como si se hubiera transformado en alguna especie de animal rabioso y, un salto, se metió en la riña entre los suyos y la mujer; era un león atacando a la presa. Chocó con su compañera y ambos se trabaron en un abrazo. Cayeron al piso y rodaron por el suelo como si estuvieran realizando algún juego. Intentando recuperar la respiración, Mark se colocó de costado y luego sobre el vientre. Puso las rodillas debajo del cuerpo, después los codos y empujó hacia arriba. Se apoyó contra un catre y finalmente logró incorporarse.

Con calma, dirigió el Desintegrador hacia el hombre, luego hacia la mujer y lanzó dos disparos certeros. El sonido sacudió el aire como un trueno y los dos cuerpos desaparecieron.

Mark escuchó su propia respiración, lenta y forzada. Echó una mirada cansada hacia Trina y Deedee, que continuaban apretadas contra la pared: era difícil distinguir cuál de las dos estaba más aterrorizada.

—Lamento que tengan que contemplar esto —masculló sin saber bien qué decir—. Vamos. Tenemos que ir a la cabina. Llevaremos a… —casi había dicho *llevaremos a Deedee*, pero se detuvo a tiempo. No sabía cómo podía reaccionar Trina—. Nos dirigiremos a un lugar seguro —afirmó.

De pronto, un estallido de risa pareció brotar de todas partes al mismo tiempo, un sonido igual de espeluznante que el anterior. Le siguió una serie de toses en cadena que concluyeron en un siniestro ataque de risitas demenciales. Mark tuvo la sensación de que se encontraba en un hospital psiquiátrico y se le puso la piel de gallina. Trina se había quedado observando fijamente el piso, con la mirada tan vacía que su amigo experimentó otra punzada de dolor. Se acercó a las chicas y estiró la mano. El hombre oculto en las vigas del techo no cesaba de reír.

—Podemos hacerlo —dijo—. Solo tienen que tomar mi mano y caminar junto a mí. En poco tiempo todos estaremos… a salvo —agregó. Hubiera deseado no vacilar antes de pronunciar las dos últimas palabras.

Deedee alzó su brazo lleno de cicatrices, le apretó el dedo del medio y se aferró a él. Eso pareció provocar una reacción en Trina, que se alejó de la pared y se afirmó sobre sus pies. Pese a que no desviaba la vista del piso y continuaba apretando los hombros de Deedee con ambas manos, dio la impresión de que iría con él.

—Muy bien —murmuró Mark—. Vamos a ignorar a ese pobre tipo de allí arriba y caminaremos tranquilamente hasta la cabina.

Aunque no había percibido ningún cambio en la expresión de Trina, se dio vuelta y empezó a andar. Llevando de la mano a Deedee, avanzó rápidamente hacia la puerta del dormitorio. Un vistazo hacia atrás le reveló que Trina seguía aferrada a la niña como si ambas estuvieran pegadas. Se oyó el golpeteo de pisadas sobre sus cabezas, pero Mark controló sus nervios y siguió adelante.

Cruzaron la puerta y salieron al pasillo. Ahí afuera estaba más oscuro; las luces de emergencia eran solo un pálido resplandor a lo largo de las paredes.

Después de echar una mirada fugaz a derecha e izquierda, enfiló en dirección a la cabina. Apenas había dado un paso cuando regresaron los sonidos y los movimientos.

A continuación se escuchó un golpe seco sobre sus cabezas, acompañado de un ataque de risa. La aparición repentina del rostro y los brazos de un hombre colgado cabeza abajo frente a él hizo que escapara un grito de los labios de Mark, y el impacto lo dejó helado.

En medio del estupor, fue incapaz de reaccionar a tiempo. El lunático se estiró y le arrebató el arma de las manos, rompiendo la correa durante la acción. Mark intentó recuperarla de un manotazo, pero el extraño había sido veloz en su ataque, como una serpiente.

De inmediato volvió a desaparecer tras los paneles del techo, sin dejar de reír. Las fuertes pisadas y las risas burlonas se fueron apagando mientras se dirigía hacia otro sector de la nave.

65

Mark no creyó poder trepar al techo y perseguir al ladrón. Podía estar escondido en cualquier lado, y si alguien se interpusiera en su camino recibiría una muerte certera e instantánea.

—No lo puedo creer —susurró. ¿Cómo había permitido que ese tipo le quitara el arma de las manos? Le había sucedido dos veces en menos de un día. Y ahora había un demente en algún lugar de la nave, empuñando el arma más peligrosa que se había inventado.

—Vamos —dijo secamente y luego jaló a Deedee y a Trina mientras echaba a correr por el pasillo. Cada vez que podía, levantaba la vista preguntándose si el hombre se presentaría repentinamente colgando del techo y dispuesto a disparar. También aguzó el oído por si percibía algún sonido que no fueran sus propias pisadas.

Al llegar a la cabina, lo primero que vio fue a Alec desplomado sobre los controles, con la cabeza sepultada entre los brazos.

—¡Alec! —gritó mientras soltaba la mano de Deedee y se acercaba volando al viejo oso. Pero antes de que Mark lo alcanzara, Alec se incorporó de golpe y lo asustó tanto que casi resbaló—. Guau. ¿Te encuentras bien?

No parecía. Tenía los ojos hinchados e inyectados en sangre, la piel pálida y sudorosa.

—Todavía… no me he dado por vencido.

—Eres el único que sabe volar este aparato —comentó Mark y se sintió muy egoísta por el comentario. Pero miró por la ventana y divisó las colinas que se elevaban sobre Asheville pasando lentamente por debajo de ellos—. Quiero decir… yo no…

—No gastes saliva, muchacho. Yo sé lo que está en juego. Estoy tratando de encontrar el cuartel general de la CPC en la ciudad. Solo necesito descansar un poco.

Mark le dio las terribles noticias.

—Hay un loco en la nave y me robó el Desintegrador.

Alec no dijo nada, solo arrugó el rostro, que se le había puesto alarmantemente rojo. Parecía que iba a explotar en cualquier momento.

—Cálmate —dijo Mark lentamente—. Lo voy a recuperar. Tú sigue buscando el lugar.

—Lo… haré —repuso el viejo con los dientes apretados—. Tengo que… mostrarte pronto algunos de los controles.

—Tengo miedo —exclamó Deedee, que seguía aferrada a la mano de Trina.

Mark notó que sus ojos estaban fijos en las ventanas: era probable que nunca antes hubiera estado en un Berg. Esperó que Trina la consolara, pero ella tenía nuevamente la mirada vacía clavada en el piso.

—Escúchame, todo estará bien —aseguró, poniéndose en cuclillas a la altura de la niña. Apenas se agachó, la nave se sacudió en un pozo de aire. Deedee volvió a chillar y esta vez se desprendió de la mano de Trina y comenzó a correr. Desapareció de la cabina antes de que nadie atinara a sujetarla.

—¡Espera! —gritó Mark, que ya había salido tras ella. La imagen fugaz de la niña recibiendo un disparo lo aterrorizó. Siguió a Deedee sin perder un segundo y la vio desaparecer por la esquina del pasillo en dirección al depósito—. ¡Regresa!

Pero ya se había perdido de vista. Salió volando tras ella, y no había dado más que unos pocos y frenéticos pasos cuando volvió a divisarla: estaba completamente inmóvil observando algo que se encontraba frente a ella. No se detuvo hasta que llegó junto a la pequeña y contempló lo que había captado su atención.

El hombre infectado que le había arrebatado el Desintegrador se hallaba delante de la puerta del depósito, con el arma en las manos.

—Por favor —susurró Mark por encima de las explosiones de su helado corazón—. No lo hagas —estiró una mano hacia el extraño y colocó la otra sobre el hombro de Deedee—. Te lo ruego. Ella es solo…

—¡Yo sé quién es ella! —explotó el hombre y un chorro de saliva corrió por su mandíbula mientras las manos y las rodillas se sacudían. El pelo oscuro y pegajoso colgaba de su rostro mugriento, dándole un marco a esa cara pálida, magullada y perlada de sudor. Se apoyó contra la puerta como si ya no tuviera fuerzas—. ¿Una dulce niñita? Eso es lo que crees.

—¿De qué hablas? —preguntó Mark, mientras pensaba que era imposible conversar con alguien que ya había perdido la razón.

Era obvio que el desconocido ya estaba más allá de cualquier salvación posible. Sus ojos lo expresaban en forma elocuente.

—Trajo a los demonios, eso hizo —apuntó el Desintegrador hacia arriba como para enfatizar el comentario—. Yo estaba con ella en el pueblo. Ellos nos atacaron como si fueran las mismas llamaradas, arrojaron luces y una lluvia de veneno. Nos dejaron morir, ¡pero mírala a ella ahora! A pesar de haber recibido disparos, ¡se ve hermosa y en perfecto estado! Y se ríe de nosotros por lo que nos hizo.

—Ella no tuvo nada que ver con todo eso —respondió Mark. Podía sentir el temblor de Deedee en su mano—. Absolutamente nada. ¿Cómo podría haberlo hecho? ¡No puede tener más de cinco años! —agregó mientras la furia se arremolinaba en su interior y ya no podía ocultarla.

—¿Nada que ver? ¿Y por eso recibió un dardo y no le quedaron huellas? Para esos demonios, ella es una especie de salvadora, ¡y yo estoy dispuesto a mandarla de vuelta con ellos!

El hombre se tambaleó hacia adelante. Dio dos largos pasos y casi perdió el equilibrio, pero logró mantenerse en pie. El Desintegrador temblaba en sus manos pero seguía apuntándole a Deedee.

La furia de Mark se disolvió y fue reemplazada por un enorme nudo de miedo que se alojó en su garganta. Las lágrimas le quemaban los ojos: sentía tanta impotencia.

—Por favor… no sé qué decirte, pero te juro que ella es inocente. Fuimos al búnker de donde salieron los Bergs y descubrimos quién está detrás de la enfermedad. No son demonios sino personas comunes. Nosotros creemos que ella es inmune: por eso no se enfermó.

—Cállate la boca —escupió el hombre mientras avanzaba unos pasos más con mucha dificultad. Alzó el arma y la apuntó al rostro de Mark—. Tu expresión lo dice todo. Eres patético. Estúpido. Te tiemblan las rodillas. Los demonios ni se tomarían el trabajo de matarte. No eres más que un despojo de carne humana —señaló y esbozó una sonrisa estirando los labios de una manera bestial. Le faltaban la mitad de los dientes.

En lo más profundo de Mark, algo se movió. Aunque no se hubiera atrevido a admitirlo, sabía muy bien de qué se trataba: era esa burbuja de demencia que estaba lista para explotar de una vez por todas y para siempre. Una oleada de furia y de adrenalina inundó su cuerpo.

La ira se acumuló en su pecho, rasgó su garganta y se liberó en un aullido tan brutal que ni siquiera él mismo sabía que tenía la fuerza para producirlo.

Antes de que su adversario comenzara a procesar lo que estaba ocurriendo, entró en acción y se abalanzó sobre él. Percibió que el hombre movía el dedo sobre el gatillo pero, por alguna misteriosa razón, como si su creciente locura hubiera aguzado sus sentidos por última vez, Mark se adelantó. Saltó sacudiendo la mano y logró desviar el arma en el momento en que lanzaba un rayo de fuego blanco. El disparo se estrelló con estrépito contra la pared que estaba detrás de ellos.

Sin vacilar, estampó su hombro en el extraño y lo derribó. Se arrojó encima de él, lo tomó de la camisa e impulsó hacia arriba mientras le arrancaba el arma de las manos y la lanzaba al piso. Para ese psicópata, aquella era una muerte demasiado fácil.

Comenzó a arrastrarlo por el corredor. En algún punto de su mente tenía conciencia de que había cruzado un límite del que no estaba seguro si podría regresar.

66

El hombre aullaba y le rasguñaba el rostro, lanzaba patadas al aire e intentaba ponerse de pie y correr. Pero Mark no permitió que nada de eso lo afectara. Un huracán de furia giraba en su interior, un sentimiento insoportable que sabía que no podía perdurar ni contener. Su cordura pendía de un hilo.

Llevando al tipo a rastras, dobló el recodo del pasillo, cruzó la puerta de la cabina y se encaminó hacia la ventana rota. Alec no pareció darse cuenta de su presencia: seguía sentado con las manos cruzadas en las rodillas y la mirada perdida sobre los controles.

Mark no dijo nada, pues pensó que si osaba abrir la boca, algo saldría disparado de ella. Se detuvo cerca de la ventana, se agachó, tomó al hombre del torso y luego lo levantó de costado. Giró para llevar al lunático hacia atrás y luego lo lanzó hacia la ventana. La cabeza chocó contra la pared y el hombre se desplomó en el piso de la cabina. Mark lo recogió, se echó hacia atrás y probó otra vez. El mismo resultado: la cabeza del hombre golpeó estrepitosamente contra la pared.

Volvió a levantarlo y repitió la operación. Esta vez, atravesó la ventana: primero la cabeza, después los hombros y por fin la cintura, hasta que quedó atascado. Sin soltarlo, Mark continuó impulsándolo con todas sus fuerzas, decidido a terminar con la vida de aquel infeliz.

Cuando logró hacer pasar la cadera por la abertura, la nave se sacudió y los músculos de Mark se pusieron tensos por el esfuerzo. Sintió que el mundo se inclinaba y su cabeza comenzó a girar, enviando un torrente de sangre por su organismo. La gravedad también pareció desaparecer y se encontró cayendo por la ventana junto con su enemigo. En lugar del cielo azul y las nubes tenues, ahora la tierra ocupaba todo su campo de visión. Estaba a punto de descender en picada hacia la muerte.

Sacudió las piernas frenéticamente hasta que logró engancharlas en el borde del marco de la ventana justo antes de caer al vacío. El resto de su cuerpo colgaba del Berg y el hombre seguía aferrado a él. Se había agarrado con fuerza de la parte superior de los brazos de Mark y se sujetaba de su camisa para evitar desplomarse a tierra. El muchacho intentó zafarse, pero el lunático actuaba de manera salvaje y desesperada, trepando por su cuerpo como si fuera una soga. Ascendió hasta que pudo enroscar las piernas alrededor de la cabeza de Mark y el viento los azotó a los dos.

¿Cómo es posible que esto esté sucediendo otra vez?, se preguntó Mark. *¡Es la segunda vez que estoy colgando de la ventana del Berg!*

De una repentina sacudida, la nave se enderezó. Los dos adversarios se balancearon hacia la estructura del Berg y se estrellaron contra el costado, justo debajo de la ventana de la cual pendían. Las piernas de Mark reventaban de dolor al tener que soportar el peso de dos personas. Revoleó los brazos buscando algo para asirse. El exterior de la nave estaba cubierto de manijas y salientes cuadradas que utilizaban los encargados de mantenimiento. Deslizó las manos por ellas pero no logró afirmarse lo suficiente como para aferrarse.

Finalmente, sus dedos encontraron una barra larga y se sujetó con firmeza. Justo a tiempo, porque las piernas ya habían perdido toda su fuerza. Sus pies resbalaron de la ventana y los dos cuerpos giraron y volvieron a estamparse contra el flanco de la nave. Sintió el golpe en todo el cuerpo, pero no se soltó y consiguió introducir el brazo en el orificio entre la manija y la nave para que el codo soportara el peso. Tenía el vientre y la cara presionados contra el metal caliente del Berg, y el lunático continuaba encaramado en su espalda y le aullaba al oído.

La mente de Mark alternaba entre la claridad y la furia cegadora. ¿Qué estaba haciendo Alec? ¿Qué sucedía allí adentro? La nave se había enderezado; continuaba su vuelo hacia adelante, a menor velocidad, y nadie se asomaba por la ventana para ayudarlo. Echó una mirada hacia abajo y de inmediato se arrepintió de haberlo hecho: una ráfaga de terror lo asaltó al comprobar cuán lejos se encontraba la tierra.

Tenía que deshacerse de ese hombre o nunca lograría regresar al interior.

El viento soplaba con fuerza y rasgaba sus ropas al tiempo que agitaba el pelo del hombre, que golpeaba como un látigo sobre su rostro. El ruido era ensordecedor: el viento, los gritos, el rugido de los propulsores. El chorro más cercano de llama azul se hallaba justo debajo de ellos, a unos tres metros, y ardía como la respiración de un dragón.

Sacudió los hombros, pateó el costado del Berg con los pies y se dejó caer nuevamente sobre la nave; sin embargo, el hombre continuaba aferrado a él. Había rasguñado el cuello, las mejillas y los brazos de Mark, dejándole tajos dolorosos por todo el cuerpo. Un rápido examen del Berg le reveló varios sitios donde encajar los pies. Con el demente colgado de su espalda, resultaba imposible trepar por la nave, de modo que decidió bajar: una idea aterradora se había formado en su cabeza.

La gama de opciones se había acabado y sus fuerzas estaban por desaparecer.

Se estiró hacia abajo, se sujetó de una barra corta y dejó caer el cuerpo al tiempo que apoyaba el pie en una prominencia semejante a una caja de metal. De una sacudida, el hombre se resbaló y estuvo a punto de soltarse, pero se deslizó hasta envolver el cuello de Mark con los dos brazos y lo apretó con tanta fuerza que le produjo arcadas.

Tosiendo para no ahogarse, buscó más lugares donde apoyar las manos y los pies y descendió prácticamente un metro. Luego otro más. El hombre había cesado de temblar y hasta se había quedado en silencio. Mark no había sentido tanto odio por nadie y en alguna zona oculta de su mente sabía que no estaba pensando de forma muy racional. Pero lo *detestaba* y quería verlo muerto. Era el único objetivo que albergaba su cabeza.

Continuó el descenso. El viento azotaba sus cuerpos en un intento de lanzarlos al vacío. El propulsor estaba cada vez más cerca, abajo hacia la izquierda, y el rugido era lo más atronador que Mark había escuchado en su vida. Descendió un poco más y de pronto sus pies quedaron colgando en el aire: hacia la izquierda ya no había ningún otro lugar donde apoyarlos. Otra barra recorría el borde inferior del Berg y tenía el espacio necesario para que Mark pasara un brazo a través de ella.

Deslizó el derecho y dobló el codo, dejando que todo su peso, más el del hombre, descansara nuevamente en la articulación. El esfuerzo fue infernal; creyó que su brazo se rasgaría en dos en cualquier momento. Pero solo necesitaba unos segundos más. Unos pocos segundos.

Retorció el cuerpo y alzó el cuello para observar a su enemigo, que colgaba de su espalda. Tenía un brazo enroscado por encima del hombro y el otro alrededor del pecho. Mark consiguió alzar la mano libre, deslizándola entre los dos cuerpos hasta el cuello de su enemigo. La descargó sobre su tráquea y comenzó a apretar.

El hombre empezó a ahogarse; la lengua gris violácea se proyectó hacia afuera entre los labios agrietados. El codo derecho de Mark se estremeció de dolor y comenzó a temblar como si los tendones, los tejidos y los huesos estuvieran separándose. Apretó los dedos con más firmeza alrededor de la garganta del adversario. El hombre tosió y escupió, los ojos se le salían de las órbitas. Al notar que la fuerza con que se aferraba a él se iba debilitando, Mark entró en acción.

Con un grito de furia, empujó el cuerpo hacia afuera con el brazo bien estirado y lo arrastró directamente hasta el paso de las llamaradas azules de los propulsores. Antes de que llegara a proferir un solo grito, la cabeza y los hombros del agresor fueron consumidos por el fuego y se desintegraron. Lo que quedaba del cuerpo se precipitó hacia la ciudad que se encontraba abajo y desapareció de la vista de Mark mientras el Berg proseguía su vuelo.

La locura se deslizó sigilosamente por sus músculos. Las luces danzaban delante de sus ojos y la ira aullaba en su interior. Sabía que su vida estaba casi perdida, pero le quedaba una última cosa por hacer.

Comenzó a trepar por la cara exterior de la gigantesca nave hacia la cabina.

67

Nadie lo ayudó a atravesar la ventana. Le dolía cada centímetro del cuerpo y sus músculos parecían de goma, pero logró entrar solo en la cabina y se desplomó en el piso. Alec estaba doblado sobre los controles, con el rostro flojo y los ojos vacíos. Trina se encontraba en un rincón con Deedee acurrucada en su falda. Ambas lo miraron con expresión indescifrable.

–Trans-Plana –soltó Mark. Destellos y rayos de luz continuaban cruzando sus ojos y apenas lograba contener las inestables emociones que se agitaban en su interior–. Bruce dijo que la CPC tiene una Trans-Plana en Asheville. Tenemos que encontrarla.

La cabeza de Alec se elevó de golpe y le echó una mirada feroz. Pero al instante sus ojos se suavizaron.

–Creo que sé dónde se encuentra –afirmó con voz más inexpresiva que nunca.

Cuando el Berg comenzó a descender, Mark inclinó la cabeza contra la pared y cerró los ojos. En ese momento lo único que deseaba era dormir y no despertarse jamás, o hacer todo lo contrario: arrodillarse y golpearse la cabeza contra el piso hasta que todo terminara. Pero en el fondo de su mente todavía quedaba un atisbo de claridad y se aferró a él como un hombre asido a una raíz en la pared de un empinado precipicio.

Abrió los ojos nuevamente. Con un gruñido, se obligó a ponerse de pie y se apoyó contra la ventana. La pequeña ciudad de Asheville se extendía delante de ellos. Habían construido muros con madera, chatarra, restos de automóviles, cualquier cosa lo suficientemente grande y resistente como para proteger lo que había en su interior: un centro urbano prácticamente arrasado por el fuego. Vio una gran cantidad de personas en torno de un hueco en una pared, trepando sobre ella y avanzando en masa sobre la ciudad.

Un hombre les hacía señas con una bandera roja atada a un palo. Era Bruce, el sujeto que había dado el discurso en el búnker. Ellos también habían venido en busca de la Trans-Plana, tal como les había prometido a sus compañeros de trabajo. Y, aparentemente, muchísima más gente infectada se había unido a él: había cientos de personas escalando la pared derruida.

El Berg pasó volando junto a ellos y recorrió, una por una, todas las calles vacías. Luego, Mark divisó un pequeño edificio con puertas dobles que se hallaban abiertas de par en par. Un cartel pintado a mano decía: "SOLO PARA PERSONAL DE LA CPC". Unas pocas personas de aspecto tranquilo formaban una fila para ingresar. Mark sintió odio por ellas y, por un breve instante, ansió tener el Desintegrador en sus manos para comenzar a disparar.

—Es… ahí —balbuceó Alec.

Y Mark comprendió a qué se refería. Si realmente existía una Trans-Plana, tendría que estar allí. Esos pocos individuos que ingresaban al edificio tenían que ser los últimos trabajadores de la CPC, que huían del Este de una vez por todas, dejando que la locura y la muerte se encargaran de todo. Alzaron la vista hacia el Berg con algo de terror en los ojos y luego desaparecieron rápidamente en el interior.

Mark hurgó en un armario hasta que encontró unos trozos de papel y un lápiz, guardados allí para casos de falta de energía. Con mano temblorosa, garabateó el mensaje en que había estado pensando y luego se volvió hacia Alec.

—Aterriza —balbuceó exhausto. Sintió que, en vez de aire, tenía los pulmones llenos de fuego—. Apúrate —agregó mientras doblaba la nota y la colocaba en su bolsillo trasero.

Todos los movimientos de Alec eran duros; tenía los músculos tensos, las venas tirantes bajo la piel. Su rostro estaba encendido y sudoroso.

Temblaba. Pero unos minutos después, el Berg aterrizaba con un golpe sorprendentemente suave justo frente a la entrada del edificio de la CPC.

–Abre la escotilla –exclamó Mark, que ya se había puesto en movimiento en medio de la bruma que lo rodeaba. Tomó a Deedee de la falda de Trina, con más rudeza de la que pretendía, ignorando los grititos de protesta de la niña. Sujetándola en sus brazos, se dirigió a la salida, con Trina pegada detrás. Ella no había dicho una palabra ni levantado un dedo para detenerlo.

En la puerta de la cabina, Mark hizo una pausa.

–Cuando yo haya terminado… ya sabes… lo que tienes que hacer –le dijo a Alec, eligiendo las palabras con dificultad–. Aunque eso no esté allí, ya sabes lo que tienes que hacer –y sin esperar respuesta, salió al pasillo.

Deedee se fue calmando mientras se encaminaban hacia el depósito y la salida. Tenía los brazos apretados alrededor del cuello de Mark y la cabeza escondida en su hombro, como si ella también hubiera comprendido que ese era el final. Frente a los ojos de Mark, danzaban manchas y luces resplandecientes. El corazón le palpitaba a toda velocidad y sentía como si circulase ácido por sus venas. En silencio, Trina caminaba junto a él.

Ingresaron en el depósito, descendieron la rampa de la escotilla y salieron a la luz del día. Ni bien bajaron de la nave, los chirridos atronaron el aire y la lámina de metal comenzó a cerrarse. Alec levantó al Berg en el aire en medio del rugido y el azul de los propulsores. A pesar de tener la mente ocupada, a Mark lo invadió una tristeza repentina e insoportable: nunca más volvería a ver al viejo oso.

El sol ardía en el cielo. Había un estruendo creciente de gritos y silbidos y un desfile de gente. Grupos de infectados se aproximaban desde todas partes. A lo lejos, a través del despliegue de luces que centellaban delante de sus ojos, creyó distinguir a Bruce con su bandera roja a la cabeza de su propia tropa. Si esas personas llegaban a la Trans-Plana antes de que alguien la apagara o la destruyera…

–Vamos –le dijo a Trina con un gruñido.

Al correr hacia las puertas abiertas del edificio, los envolvió el viento que levantaba el Berg en su ascenso. Deedee se aferraba a Mark y Trina se encontraba a su lado. Cruzaron la entrada e ingresaron en una habitación amplia sin muebles. No había más que un objeto extraño en el centro: dos barras de metal enmarcaban la pared gris brillante que se extendía entre ellas. Esta parecía moverse y lanzar chispas y, al mismo tiempo, se mantenía inmóvil y serena. Al observarla fijamente, Mark sintió que le ardían los ojos.

Un hombre y una mujer se dirigían hacia la pantalla gris y, al ver llegar a Mark y a sus amigas, los observaron con ojos atemorizados.

—¡Esperen! —gritó Mark.

Pero no respondieron ni se detuvieron: los dos extraños saltaron hacia el abismo y desaparecieron de su vista. Instintivamente, Mark corrió hacia el otro lado de la pared gris, pero no encontró nada.

Una Trans-Plana. Era la primera vez en su vida que veía a alguien viajando de verdad a través de una de ellas. El ruido de las multitudes que se acercaban pareció aumentar de nivel y Mark comprendió que se le acababa el tiempo… para tantas cosas.

Regresó al lado correcto de la pared titilante, se arrodilló delante de ella y puso a Deedee con cuidado en el piso. Tuvo que hacer un gran esfuerzo para mantener la calma y contener las emociones turbulentas, la ira y la locura que lo embargaban. Sin decir una sola palabra, Trina se arrodilló a su lado.

—Escúchame —le pidió Mark. Hizo una pausa y cerró los ojos por unos segundos, buscando fuerzas para no dejarse vencer por la oscuridad que amenazaba consumirlo. *Solo un rato más*, se dijo a sí mismo—. Es necesario… que ahora seas muy valiente, ¿podrás hacer eso por mí? Detrás de esta pared mágica hay personas que… van a ayudarte. Y tú las ayudarás a ellas… a hacer algo realmente importante. Hay algo… excepcional en ti.

No sabía bien cómo había imaginado que reaccionaría Deedee. Tal vez protestaría o se echaría a llorar o simplemente saldría huyendo. Por el contrario, la niña lo miró a los ojos y asintió. En ese momento, Mark carecía de la claridad necesaria para comprender la valentía de la pequeña: ella era *realmente* excepcional.

Casi había olvidado la nota que había escrito un rato antes. Extrajo el papel del bolsillo trasero de su pantalón y lo leyó una vez más, sosteniéndolo con manos temblorosas.

Ella es inmune a la Llamarada.
Úsenla.
Háganlo antes de que los locos los encuentren.

Con suavidad, tomó la mano de Deedee, arrugó el papel en la palma de su mano, le cerró los dedos y apretó la pequeña mano entre las suyas. Los gritos y llamadas del exterior llegaron a un punto culminante. Mark divisó a Bruce, que arremetía contra la puerta seguido por una muchedumbre. Inundado por la tristeza, hizo una seña hacia la Trans-Plana y Deedee asintió con la cabeza. Trina y la pequeña se abrazaron con fuerza, llorando. Al ponerse de pie, Mark oyó el sonido inconfundible de los propulsores del Berg que retornaba y percibió el viento arremolinándose fuera del edificio. Había llegado la hora.

—Apúrate —le indicó a la niña mientras combatía las emociones que lo embargaban.

Deedee se apartó de Trina, giró y atravesó corriendo la pared brillante de la Trans-Plana. La pantalla gris la devoró por completo y desapareció. El rugido del Berg impregnó el aire y el edificio se sacudió. Bruce se asomó a la puerta lanzando gritos ininteligibles.

Y luego Trina se arrojó sobre Mark, le echó los brazos al cuello y lo besó. Un millón de imágenes se dispararon en su mente y Trina estaba en todas ellas: peleando en el jardín de su casa antes de que fueran lo suficientemente grandes como para entender algo; saludándose en el vestíbulo de la escuela; viajando en el subterráneo; apretando su mano en la oscuridad después de que cayeran las llamaradas; en el terror de los túneles, en las corrientes de agua, en el Edificio Lincoln esperando la radiación, robando el barco, en las innumerables caminatas por la tierra arrasada y calcinante. Ella había estado con él durante toda esa odisea. Con Alec, Lana, Darnell y los demás.

Y ahí, al final de la lucha, Trina se encontraba en sus brazos.

Un ruido feroz y un temblor monstruoso arrasaron el lugar, pero él continuaba oyendo lo que ella le había susurrado al oído antes de que el Berg irrumpiera violentamente en el interior del edificio.

—Mark.

EPÍLOGO

DOS AÑOS DESPUÉS

Una sola bombilla colgaba del techo descolorido del apartamento y emitía un zumbido intermitente. De alguna forma, parecía representar aquello en lo que se había transformado el mundo: un sitio solitario, ruidoso y agonizante, que resistía a duras penas.

La mujer estaba sentada en un sillón, haciendo grandes esfuerzos por no llorar.

Sabía que llamarían a la puerta mucho antes de que eso ocurriera. Quería mostrarse fuerte por su hijo, para que él pensara que la nueva vida que le esperaba era algo bueno y prometedor. Tenía que ser fuerte. Cuando su hijo (su único hijo) se hubiera marchado, dejaría salir sus emociones. Entonces lloraría hasta quedarse sin lágrimas, hasta que la locura la hiciera olvidar.

El chico se encontraba sentado junto a ella, callado e inmóvil. A pesar de que no era más que un niño, parecía comprender que su vida ya no volvería a ser la misma. Había un pequeño bolso a su lado, aunque la mujer suponía que el contenido no llegaría con él hasta su destino final.

Los visitantes tocaron tres veces, sin ira ni fuerza; unos simples golpecitos, como el ligero picoteo de un pájaro.

—Pasen —exclamó en voz tan alta que se sobresaltó. Eran los nervios: estaba a punto de quebrarse.

La puerta se abrió. Dos hombres y una mujer entraron en el pequeño apartamento, vestidos con trajes negros y máscaras protectoras sobre la boca y la nariz.

La mujer parecía estar a cargo de la misión.

—Veo que ya están listos —dijo en voz baja mientras avanzaba y se detenía frente a la madre y al hijo—. Valoramos su buena disposición para hacer semejante sacrificio. No hace falta que le diga lo que esto significa para las generaciones futuras. Estamos a las puertas de algo grandioso. Señora, le aseguro que vamos a encontrar la cura. Le doy mi palabra.

La mujer solo atinó a mover la cabeza. Si trataba de hablar, todo explotaría: el dolor, el miedo, el enojo, las lágrimas. Y el esfuerzo que había hecho para mantenerse fuerte para el niño no habría servido de nada. De modo que se contuvo como una represa frente a un río embravecido.

La mujer no perdió un momento.

—Ven —dijo extendiendo la mano.

El chico levantó la vista hacia su madre. No tenía motivos para contener las lágrimas, que cayeron libremente por su rostro. Se puso de pie de un salto y la abrazó. A ella se le partió el corazón en mil pedazos. Lo apretó con fuerza contra su cuerpo.

—Harás grandes cosas por este mundo —susurró controlándose a duras penas—. Voy a estar tan orgullosa. Te quiero, mi amor. Te quiero tanto. Nunca lo olvides.

Como única respuesta, el niño sollozó sobre su hombro. Eso lo dijo todo: había llegado el final.

—Lo lamento mucho —se excusó la mujer de máscara y traje negro—. Pero estamos muy apurados. En verdad lo siento.

—Vete ahora —dijo la mujer a su hijo—. Ve y sé valiente.

Con la cara húmeda y los ojos enrojecidos, el niño retrocedió. Una fuerza especial pareció invadirlo y asintió, ayudándola a creer que todo iba a salir bien. Él era fuerte.

Se alejó sin echarle otra mirada. Se dirigió hacia la puerta y la cruzó sin vacilar. Sin mirar atrás ni protestar.

—Gracias una vez más —dijo la visitante y salió detrás del niño.

Uno de los hombres observó la bombilla que zumbaba y se balanceaba y se volvió a su compañero.

—Sabes quién las inventó, ¿no es cierto? Tal vez a este deberíamos llamarlo Thomas —comentó. Y luego se marcharon.

Finalmente, cuando la puerta se cerró, la mujer se acurrucó en el sillón y se echó a llorar.

AGRADECIMIENTOS

Ya todos saben bien quiénes son los que me ayudaron a llevar adelante esta saga, porque los he mencionado en todos los libros. Especialmente a Krista y a Michael.

Por lo tanto, quiero dedicar este espacio a todos los lectores. Mi vida ha cambiado drásticamente desde que comencé a escribir sobre Thomas y el resto de los Habitantes, y gran parte de eso se lo debo a ustedes. Gracias por disfrutar de esta historia y por gastar en mis libros el dinero que ganan con tanto esfuerzo. Gracias por hablar con sus amigos y familiares acerca de las novelas. Gracias por los elogios tan fervientes que me envían a través del blog, de Twitter y de Facebook. Gracias por permitir que me gane la vida haciendo algo que me gusta tanto.

Como tengo muchos libros en la cabeza, creo que seguiremos siendo amigos durante mucho tiempo. ¡Les agradezco con todo mi corazón, con toda mi mente y con toda mi alma!